W0346358

Alle Rechte, einschließlich das des vollständigen oder auszugsweisen Nachdrucks in jeglicher Form, sind vorbehalten.

Sämtliche Personen dieser Ausgabe sind frei erfunden. Ähnlichkeiten mit lebenden oder verstorbenen Personen sind rein zufällig.

Der Preis dieses Bandes versteht sich einschließlich der gesetzlichen Mehrwertsteuer.

Umwelthinweis:
Dieses Buch wurde auf chlor- und säurefreiem Papier gedruckt.

Cathrin Moeller

Wolfgang muss weg!

Roman

mtb

MIRA® TASCHENBUCH
Band 25847
3. Auflage: Juli 2015

MIRA® TASCHENBÜCHER
erscheinen in der HarperCollins Germany GmbH,
Valentinskamp 24, 20354 Hamburg
Geschäftsführer: Thomas Beckmann

Copyright © 2015 by MIRA Taschenbuch
in der HarperCollins Germany GmbH

Deutsche Originalausgabe
Dieses Werk wurde vermittelt durch
die Autoren- und Projektagentur Gerd F. Rumler (München)
Copyright © 2015 by Cathrin Moeller

Konzeption/Reihengestaltung: fredebold&partner GmbH, Köln
Umschlaggestaltung: pecher und soiron, Köln
Redaktion: Maya Gause
Titelabbildung: Thinkstock/Getty Images, München
Autorenfoto: © Cathrin Moeller
Satz: GGP Media GmbH, Pößneck
Druck und Bindearbeiten: CPI books GmbH, Leck – Germany
Printed in Germany
Dieses Buch wurde auf FSC®-zertifiziertem Papier gedruckt.
ISBN 978-3-95649-193-1

www.mira-taschenbuch.de

Werden Sie Fan von MIRA Taschenbuch auf Facebook!

Träume machen den Unterschied zwischen Leben und Existieren aus.

Für die liebsten Menschen, die ich manchmal bis an die Schmerzgrenze mit meinem großen Traum genervt habe …

1. KAPITEL

„Annemie, hier fehlt schon wieder eine Socke!“

Ich atmete geräuschvoll aus, zog die dampfende Tasse unter der Espressomaschine hervor und zurrte mir den Bademantelgürtel fest um den Bauch. In Filzlatschen schlurfte ich zum gedeckten Tisch im Wohnzimmer und stellte die Tasse neben Wolfgangs Teller. „Dann nimm dir ein anderes Paar.“

Gähnend strich ich mir das zerwühlte Haar aus dem Gesicht. Heute war eindeutig nicht mein Tag. Die ganze letzte Nacht hatte mich das Gejammer rolliger Katzen unter meinem Schlafzimmerfenster um den Schlaf gebracht, sodass ich jetzt völlig neben mir stand, weil mein Kreislauf auf Sparflamme lief. Ich fühlte mich wie eine Hundertjährige und wünschte mir, Wolfgang käme schnell aus dem Haus, damit ich mich noch einmal hinlegen könnte.

Wie ferngesteuert lief ich in die Küche zurück, schreckte wie jeden Morgen die exakt sechs Minuten gekochten Eier ab und wischte sie trocken. Die Schlafzimmertür schlug zu. Schwere Schritte polterten die Kellertreppe herunter.

Was sucht er denn jetzt im Keller?

„Ich finde kein anderes Paar!“, rief eine Stimme aus der Tiefe unseres Hauses.

Wieso fand er nie alleine seine Klamotten? Mir legte doch auch keiner die Unterhosen raus. Ein Wunder, dass er es mit seinen fünfzig Jahren schaffte, sich allein anzuziehen. Ich hatte diesen Mann eindeutig zu sehr verwöhnt.

„Im Schrank, untere Schublade.“

Schwere Schritte polterten die Treppe wieder herauf.

Mein Mann stand nackt mit einem Socken am Fuß und vorwurfsvollem Blick in der Küchentür. „Du bist den ganzen Tag zu Hause. Ich frage mich ernsthaft, was du machst, während ich für unseren Lebensunterhalt schufte. Der Waschkeller liegt voller Haufen schmutziger Wäsche, und ich habe keine Socken mehr im Schrank."

„Natürlich hast du frische Socken im Schrank!", sagte ich genervt. Als ich meinen Blick über ihn schweifen ließ, stockte ich plötzlich: Seit wann rasierte er sich eigentlich die Brusthaare weg? Ich lief an ihm vorbei und inhalierte eine Prise seines Parfüms; rauchig, herb. War das neu? Ich hatte keine Ahnung. Wolfgang und ich kamen uns seit Längerem nur noch gelegentlich nah. Die Kuschelphase hatten wir nach achtzehn Jahren Ehe bereits hinter uns gelassen – wobei Wolfgang nie der feurige Liebhaber gewesen war. Seine Leidenschaften beschränkten sich eher auf Fußballgucken, Schachspielen sowie Briefmarkensammeln und meine dagegen auf Naschen und Malen. Sex wurde eh völlig überbewertet. Ich hatte nicht das Gefühl, etwas zu vermissen. Wir schliefen auch getrennt, weil ich angeblich schnarchte wie ein Bär. Der Vorteil bestand darin, dass ich in meinem kleinen Reich so lange lesen, malen oder fernsehen konnte, wie ich wollte, ohne dass jemand grummelte: „Mach endlich das Licht aus!"

Um eine weitere Diskussion und mir damit verbundene Kopfschmerzen zu ersparen, holte ich ihm ein Paar saubere Socken aus dem prall gefüllten unteren Schubfach seines Kleiderschrankes, entrollte sie und legte sie ihm in die Hand.

„Ich hoffe, du wäschst heute. Ich brauche frische Hemden. Denk dran, ich fahre am Montag zum Lehrgang!"

Ach ja, der Lehrgang! Eine Woche sturmfrei. Fünf Tage, an denen ich mal nicht kochen, putzen, waschen und bügeln musste. Herrlich.

„So wie du guckst, hast du das schon wieder vergessen."

„Wolfgang, heute ist Mittwoch. Keine Angst, dein Koffer wird schon rechtzeitig gepackt sein."

„Ich kenne dich, meine Liebe, du erledigst es auf den letzten Drücker. Dann fehlt die Hälfte, und ich stehe wieder ohne Zahnbürste da."

Da hatte ich einmal in all den Jahren vergessen, ihm die Zahnbürste einzupacken. Das würde er mir wohl noch auf dem Sterbebett vorhalten. Ich verdrehte die Augen. „Willst du eigentlich nackt frühstücken?"

Er räusperte sich und verschwand im Badezimmer.

Nach wenigen Minuten setzte er sich geschniegelt und gestriegelt an den Tisch, legte seine Dienstwaffe neben die Zuckerdose und vergrub sich stumm hinter der Morgenzeitung. Ohne hervorzuschauen, griff er das von mir geschmierte Marmeladenbrot von seinem Teller, biss hinein und verzog angeekelt das Gesicht. „Annemie, das ist aber nicht Muttis selbst gemachte. Wieso kaufst du immer dieses geschmacklose Zeug im Supermarkt?"

„Weil der Marmeladenvorrat deiner Mutter aufgebraucht ist, wir Mitte Mai haben, die neue Erdbeersaison erst in einigen Wochen beginnt und dir die selbst gekochte Marmelade aus den derzeit erhältlichen wässrigen spanischen Erdbeeren nicht schmeckt."

Ich trank einen Schluck Kaffee.

Wolfgang schlug sein Ei auf und schob es zur Seite.

„Labberig. Dieses Ei hat niemals sechs Minuten gekocht. Mir ist der Appetit vergangen."

Er stand auf und steckte die Waffe in das Holster, das ihm um die Schulter hing. „Ich frühstücke in der Stadt."

Auch gut, dann hatte ich wenigstens meine Ruhe. „Wann kommst du nach Hause?"

„Wie immer, wenn nichts dazwischenkommt."

„Krautrouladen?", fragte ich und aß den Rest seines angebissenen Marmeladenbrotes.

„Aber nimm bitte Wirsing. Du weißt, von normalem Weißkraut kriege ich immer solche Blähungen. Das ist unangenehm ... Sind meine Schuhe eigentlich geputzt?"

„Bist du jemals mit schmutzigen Schuhen aus dem Haus gegangen?“

„Na ja!“ Er zog sich das Jackett über, schaute mich irgendwie mitleidig an und brachte sogar ein Lächeln über die Lippen, als er sagte: „Kannst du dir nicht einmal was Hübsches anziehen? Du siehst immer so verwahrlost aus. Geh mal zum Friseur. Schmeiß endlich diesen vergilbten Bademantel weg! Und mal ehrlich, etwas Sport würde dir auch guttun.“

Ich schluckte. Das musste gerade mein Mann sagen, der locker neunzig Kilo auf die Waage brachte, selbst jeden Schritt mit dem Auto fuhr und bei der kleinsten körperlichen Anstrengung schwitzte.

Ich bewegte mich ja wohl genug, wenn ich das Haus von oben bis unten schrubbte, den Garten pflegte, Einkaufstüten schleppte und viermal wöchentlich die Besucher im Bildermuseum herumführte. Gut, ich hatte mich vom Hungerhaken zur Rubensfrau entwickelt, aber ich war auch keine zwanzig mehr.

„Du bist ja nun auch nicht gerade ein Adonis mit Modelmaßen“, konterte ich barsch und verschwand in der Küche.

Er kam mir hinterher und strich mir versöhnlich über die Schulter. „Mach’s gut, mein Schatz, und …“

„Jaja, ich schließe alle Türen, wenn du aus dem Haus bist, und vergesse auch nicht, die Tür vom Hintereingang zum Keller zuzuschließen“, vervollständigte ich seine allmorgendliche Predigt.

„Darum habe ich mich wegen deiner Nachlässigkeit bereits gekümmert. Im Moment bessern nämlich wieder einige böse Buben ihr Taschengeld mit Eigenheimeinbrüchen auf.“

Er blieb stehen, lächelte verlegen wie ein Zwölfjähriger, den man beim Rauchen erwischt hatte, gab mir einen Kuss und sagte: „Mach’s gut, mein Schatz!“

Ein Kuss? Und schon wieder „mein Schatz“. Das irritierte mich. Entweder war Wolfgang krank, oder er führte etwas im

Schilde. *Mein Schatz* sagte er doch nur, wenn er seine Mutter eingeladen hatte, und den letzten Kuss bekam ich, als er mit seinem Kumpel Holger übers Wochenende zu irgendeinem Fußballspiel nach München fahren wollte.

Ich schaute ihm skeptisch hinterher, verschwand dann aber schnell im Bett, um in den nächsten zwei Stunden den versäumten Schlaf nachzuholen. Wäre ich nicht so müde gewesen, hätte ich vielleicht auf die schrillende Alarmglocke in meinem Hinterkopf gehört.

Gegen zehn schälte ich mich aus den Kissen. Immer noch ungekämmt, in meinen herrlich schlampigen Bademantel gehüllt und mit einem Kaffeebecher bewaffnet, schaltete ich durch das Vormittagsprogramm. Teilnahmslos ließ ich mich von fadenscheinigen Dokusoaps, in denen abgewrackte Gestalten, die Mandy und Kevin hießen, ziellos im Meer des Lebens herumtrieben und nichts auf die Reihe bekamen, berieseln. Als Mandy inmitten von dreckigem Geschirr die Nägel lackierend mit der Kippe im Mundwinkel in der Küche saß und den hereinkommenden Kevin mit heiserer Kettenraucherinnenstimme anpöbelte: „Ey, Kevin, komm ma bei. Isch kann dat nich alles alleine. Tu gefälligst auch mal die Müll wegbringen“, schaltete ich angewidert weiter.

Ich landete bei einer dieser Ratgebersendungen, wo man uns Nestbauerinnen täglich zeigte, wie man den Tisch mit perfekt gebundenen Blumengebinden aufpeppte und in null Komma nix aus den letzten Resten im Kühlschrank ein Drei-Gänge-Menü zauberte. Eine überschminkte Dame mit betonierten Locken schaute mich mit strengem Blick aus dem Fernseher an. Vorwurfsvoll hielt sie eine einst blütenreine Tischdecke hoch, die jetzt ein großer Rotweinfleck zierte. „Wenn man im Haushalt unachtsam ist, passieren einem schreckliche Malheure.“ Sie rümpfte ihre spitze Nase. „Die moderne Frau von heute greift bei solchen Fällen ja gerne zur chemischen Keule. Alles schnell, schnell, damit man bloß noch rechtzeitig zum Yogakurs kommt. Dabei sind Omas Hausmittel so viel besser geeignet …", belehrte sie die Nation in bedeutungsvollem Ton über die richtige Technik der randlosen Entfernung von Gras-, Rotwein- und Blutflecken, als würde sie eine Operation am offenen Herzen demonstrieren.

Das musste ich mir *unbedingt* merken: Bei Grasflecken hilft Zitrone, bei Rotwein Salz und bei Blut zaubert eine aufgelöste Aspirin das Missgeschick genauso weg wie der Einsatz von Spucke. Halbherzig legte ich die Information irgendwo in meinem Gehirn ab und schaute gähnend auf die Uhr. Mist, schon zwölf! Jetzt hatte ich den halben Tag verbummelt. Mit schlechtem Gewissen dachte ich schaudernd an das Wäschegebirge im Keller. Ach was, das hatte bestimmt Zeit bis morgen, oder?

Moment … War ich etwa genauso wie Mandy und Kevin? Ließ ich mich nicht auch von meinen Launen treiben, anstatt mal in die Puschen zu kommen und endlich loszulegen? Wo waren sie hin, die großen Ziele des Lebens, die ich einmal hatte? In drei Wochen wurde ich vierzig, und was hatte ich erreicht? Ich lief zum Fenster und starrte in den frühlingsfrischen Garten.

Ich war die Frau eines Kriminalhauptkommissars, sicher versorgt, sein Erfolg war auch mein Erfolg … aber …

Meine Selbstzweifel nagten in letzter Zeit wie gefräßige Ratten an der Fassade unserer vorgetäuschten Harmonie. Klar, war es bequem; ich hatte mich eingerichtet, und mein Mann vereinnahmte mich genauso wie Papa, als er damals mit seiner spießigen Art und ständigen Nörgelei meine lebenslustige Mutter vertrieben hatte. Nachdem sie uns verlassen hatte, war ich sein einziger Halt, und ich klammerte mich an ihn, weil er mich beschützte, wenn mich die anderen wegen meiner Brille, den schiefen Zähnen und meinem Watschelgang ärgerten. Dann las er mir das Märchen vom hässlichen Entlein vor und überzeugte mich, dass auch in mir ein schöner Schwan schlummert, der irgendwann erwacht. Dankbar bekochte ich ihn, wusch und putzte, so gut ich es mit meinen zehn Jahren konnte. Wir waren ein eingespieltes Team. Er brachte das Geld nach Hause und rechnete meine Aufgaben in Mathe und Physik, wenn ich nur Bahnhof verstand. Das war bestimmt lieb gemeint – doch hätte er stattdessen mit mir geübt, wäre mir die Ehrenrunde in der Zwölften sicher erspart geblieben …

Gegen die schiefen Zähne kaufte er eine teure Zahnspange, die außerdem erfolgreich dafür sorgte, dass ich zur Witzfigur der Schule aufstieg und als das „Lama" in der Abizeitung verewigt wurde. Meine Mitschüler in der ersten Reihe gingen jedes Mal demonstrativ in Deckung, wenn die Lehrerin mich an die Tafel rief, weil ich beim Sprechen wie besagtes Trampeltier spuckte. Die Brille tauschte ich mit vierzehn gegen Kontaktlinsen. Der Watschelgang blieb mir dank zeitlich verschobener Wachstumsphasen meiner Beine bis zum Ende der Schulzeit erhalten. Die ersehnte Verwandlung vom hässlichen Entlein in den schönen Schwan fand nie statt. Als ich mit achtzehn immer noch brustlos vorm Spiegel stand und vergeblich versuchte, die Luft im BH mit Taschentüchern zu kaschieren, ahnte ich, dass Wunder nur im Märchen geschehen, und fühlte mich von meinem Vater betrogen. Den ungeliebten Körper versteckte ich unter weiten unförmigen Klamotten. Meine Unsicherheit ließ sich schlecht verbergen. Meine Mitschüler foppten und mobbten mich: „Deine Eltern sind doch Chemiker und du ein Versuch." Sie stellten mir immer wieder Beinchen und zogen mir Stühle weg. Weil immer alle über mich lachten, verkroch ich mich in meinem Kämmerlein. Dort fühlte ich mich sicher, betäubte den Schmerz mit Nutella, malte und träumte davon, dass meine Bilder in den großen Galerien der Welt hingen.

Meine alten Tanten bescheinigten mir Talent. Davon bestärkt, stellte ich meine Version der „Prinzessin auf der Erbse“ zum Kulturwettbewerb im Schulhaus aus. Am nächsten Tag trug die Schöne auf dem Bild einen Maulkorb und das Schild „Vorsicht, nicht küssen, Lama spuckt!“ in der Hand. Ich riss das Bild von der Wand und begrub meinen großen Traum.

Später studierte ich Kunstgeschichte. Es interessierte mich zwar, fühlte sich aber immer an wie die zweite Wahl. Verdammt, ich wollte keine Bilder analysieren, ich wollte die berühmte Künstlerin sein, die sie malt! Und so verzog ich mich auch während des Studiums oft in mein Schneckenhaus, malte und malte, um mir den großen Traum eventuell doch zu erfüllen. Als Außenseiterin fehlte mir allerdings der Mut, meine eigenen Ideen und Werke der Kritik meiner Kommilitonen oder unserer Professoren auszusetzen. Als Wolfgang in mein Leben trat, kam er mir wie mein Retter vor. Ich kam von der Bibliothek, fuhr mit dem Fahrrad nach Hause und bog gedankenverloren, ohne die Hand rauszuhalten, nach links ab direkt vor die Kühlerhaube eines Kleinbusses, der geistesgegenwärtig bremste. Mit verschrammten Knien, zerrissenem Rock und eingezogenem Kopf ließ ich die Moralpredigt des Streifenpolizisten über mich ergehen, der den Unfallhergang aufnahm und sich als Wachtmeister Pfeffer vorstellte. Ich tat ihm so unsagbar leid, weil ich so klein und dünn war, dass er mich zum Essen zu seiner Mutter einlud.

Wir verabredeten uns immer öfter. Der elf Jahre ältere Mann gab mir irgendwie dieselbe Sicherheit wie mein Vater und nahm, als dieser kurz darauf starb, seinen Platz ein. Mit Wolfgang war ich nicht allein. Er kümmerte sich um mich. Wenn es in der Uni spät wurde, holte er mich stets ab und sorgte dafür, dass ich sicher nach Hause kam. Er trug immer meine schwere Tasche und passte auf, dass ich genug aß.

Mit seiner Bodenständigkeit holte er mich wie Papa auf die Erde zurück, wenn ich im Höhenrausch von der Künstlerkarriere träumte. Dabei argumentierte er mit deutlichen Worten: „Ich verstehe ja nichts von Kunst … Klar, sind deine Bilder gut gemalt, aber ich denke, du verrennst dich! Sei realistisch, aus dir wird nie ein Monet, Rembrandt oder Picasso. Das waren Ausnahmetalente. Übrigens alles Männer! Nenn mir eine Frau, die mit ihren Werken Millionen verdient! Was nützt es, Bilder zu malen, die niemand kauft? Weißt du eigentlich, wie viele Maler von Sozialhilfe leben?“ Wenn ich mich dann rechtfertigte, dass es mir nicht um die Million ging, und mir die Tränen in die Augen stiegen, tätschelte er mich liebevoll und sagte: „Ich will dir doch nur die Enttäuschung ersparen.“ Meine Selbstzweifel waren zu groß. Ich vertraute Wolfgang. Er wollte ja nur das Beste für mich. So kam es, dass Wolfgang immer mehr bestimmte, was gut und was schlecht für mich war.

Ich hielt an der Beziehung fest, obwohl ich damals eigentlich in einen anderen verknallt war, der ähnlich wie der Traum von der Künstlerkarriere unerreichbar schien. Rocco war ein schöner Draufgänger, dessen verschmitztes Lächeln gepaart mit dem Blick aus den stechend grünen Augen alle Studentinnen aus der Fassung brachte, wenn er lässig mit seinem Kaffeebecher in der Hand über den Campus schlenderte. Keine Ahnung, wie der das machte, dass die Mädels in seiner Gegenwart keinen zusammenhängenden Satz herausbekamen. Er war so unberechenbar wie ein Vulkan, der einen jeden Moment vernichten konnte. Er hasste Dummheit. Ich war die Einzige, deren Argumente er in Diskussionen anerkannte. Er schätzte meinen Sachverstand. Manchmal hatte ich den Eindruck, dass er mich dafür bewunderte. Aber als Frau nahm er mich null wahr.

Ich seufzte. War ich nicht selbst schuld an meiner Unzufriedenheit? Träumte ich nicht mein Leben, anstatt die Träume zu leben? Nein, es war sogar noch schlimmer: Ich träumte nicht mal mehr! Stattdessen ließ ich alles treudoof über mich ergehen und funktionierte nur noch. Kohlrouladen kochen und

Wolfgangs dreckige Socken waschen ... das konnte doch nicht alles sein.

„Annemie! Hör auf, dich selbst zu bemitleiden!“, schimpfte ich laut. Doch die deprimierenden Gedanken ließen sich nicht so leicht beiseiteschieben. Ist es das jetzt gewesen? fragte ich mich erneut. Wenn ich die fünfundsiebzig schaffe, habe ich in drei Wochen den Gipfel meines Lebens überschritten. Ab jetzt ging es also nur noch bergab. Runter geht es schneller als hoch. Ich fühlte mich plötzlich so richtig alt und hässlich. Wo war mein Sturm und Drang geblieben, etwas erreichen zu wollen? Wo war das Feuer, das einst in mir gebrannt hatte, wenn ich mit dem Pinsel vor einer blütenweißen Leinwand stand? Ich horchte in mich hinein: War dort alles tot oder nur verschüttet? Selbst die rolligen Katzen, die mir mit ihrem verzweifelten Geschrei und Gejammer letzte Nacht den Schlaf geraubt hatten, fand ich beneidenswert. Ich selber war längst verstummt, hatte mich mit allem abgefunden. Nein, ich schrie längst nicht mehr, weder nach Liebe noch nach Veränderung. Mein Leben dümpelte dahin wie ein alter Kahn auf der Donau und war vorhersehbar bis zur Bahre:

montags: Wäsche,
dienstags: Einkauf,
mittwochs: Hausputz,
Donnerstag bis Sonntag: drei Stunden Dienst im Museum.

Dann gab es in meinem so wahnsinnig aufregenden Leben noch die Gartenarbeit im Sommer, Schneeschippen im Winter, Hefezopf zu Ostern, Gänsebraten an Weihnachten und zwei Wochen Wanderurlaub in der Eifel im Juli einmal pro Jahr. Gut, seit Kurzem ging ich zum Yoga und sang im Chor der Landfrauen, aber das waren auch die einzigen Abwechslungen, die ich hatte. Trotzdem kam ich mir vor wie ein Kettenhund, dessen Leine nur bis zum Hoftor reicht. Dort sitzt er und schaut zu, wie die anderen fröhlich über die Wiese toben.

Vielleicht halfen ein Friseurbesuch, ein paar neue Schuhe, versuchte ich mich selbst zu überlisten. Eine neue Handtasche könnte ich auch gebrauchen. Wolfgang hatte recht. Der alte Bademantel gehörte in den Müll. Ich öffnete den Gürtel und schloss ihn gleich wieder, weil ich daran dachte, wie er mich ausgelacht hatte, als ich mich vor zwei Jahren in ein lilaseidenes Negligé mit entsprechendem Morgenmantel geworfen hatte, um unser Liebesleben ein bisschen in Schwung zu bringen. Anstatt ihn mit dem üblichen Abendessen zu empfangen, hatte ich mich lasziv in den Türrahmen gelehnt. Er hatte sich gar nicht wieder eingekriegt und festgestellt: „Du guckst eindeutig zu viel *Desperate Housewives*. Das mag vielleicht im Film funktionieren, dass die Frau ihren Mann derart milde stimmt, wenn sie nichts gekocht hat. Ich hab jedenfalls Hunger und fahre jetzt zu Mutti, wenn ich bei dir nichts zu essen kriege."

Mein aufkeimender Elan fiel zusammen wie ein Hefeteig, der Zugluft bekam. Wozu aufhübschen? Mein Interesse an Wolfgang war genauso abgeflaut wie seines an mir.

Resigniert klatschte ich die Krautrouladen zusammen. Das frisch geschlachtete Rinderhack fühlte sich lebendiger an als mein Fleisch. Vielleicht sollte ich mir einen Geliebten zulegen? Irgendwas lag heute in der Luft. Wahrscheinlich lösten die atmosphärischen Störungen – es roch nach Gewitter – diese Depression in mir aus. Der Frühling sprießte, alles erwachte, und überall sah ich bunte Bilder überschäumender Verliebtheit um mich herum. Selbst die Vögel beneidete ich um ihr Balzgehabe.

Ich versuchte, mich mit Malen ein wenig zu erheitern. Doch das ging mir heute zäh von der Hand. Nach wenigen verunglückten Strichen gab ich auf und stürzte mich mit meiner Lieblingsmusik auf den Ohren in eine regelrechte Putzorgie.

Irgendwie musste dieser Frühlingsblues doch zu besiegen sein. Gegen zwei Uhr blitzten Wohnzimmer, Küche und Bad streifenfrei; jetzt fehlte nur noch der Flur. Ich wischte und schrubbte akribisch. In der Hoffnung, mich zu erheitern, betäubte ich mich mit einer Überdosis von Meister Propers Limonenduft.

Plötzlich verdunkelte sich der Himmel, es blitzte, und ich zuckte zusammen, als ich einen riesigen Schatten auf dem Boden neben mir sah …

2. KAPITEL

„Wolfgang?“

Er sagte keinen Mucks.

Ach du Schreck!

Ich stand im Flur, schaute mit offenem Mund von der Waffe in meiner Hand, deren Mündung in einer Kartoffel steckte, auf meinen Mann, der regungslos mit einem blutenden Loch in der Brust am Boden lag.

Er war tot, mausetot, einfach so.

Prasselnder Regen setzte ein und peitschte gegen das Fenster. Ein Blitz erhellte den schwarz gefärbten Himmel. Ich zuckte zusammen. Na toll, jetzt hatte ich aus Versehen meinen Mann erschossen, und was gab es? Ein Unwetter.

Immer wenn in meinem Leben etwas Bedeutsames passierte, gab es Unwetter. Schon als ich durchs Abi fiel, ging mit mir draußen die Welt in einem tobenden Sturm unter. Am Tag meiner Hochzeit überraschte uns ein Platzregen direkt vor dem Standesamt und verwandelte mich innerhalb weniger Sekunden von der strahlenden Braut in ein klatschnasses Monster.

Ich schüttelte den Kopf und fragte mich, wie es dazu gekommen war, dass Wolfgang mich völlig unvorbereitet zur Witwe gemacht hatte.

Eins war klar: Ich konnte garantiert nichts dafür!

Hätte er sich nicht angeschlichen wie ein Dieb und dabei mit seiner Pistole herumgefuchtelt, wäre dieses Missgeschick nicht passiert. Wo kam eigentlich diese Kartoffel her, fragte ich mich und löste das durchlöcherte Gemüse von der Waffe.

Gedanklich versuchte ich, den Tathergang zu rekonstruieren: Ich stehe laut mitsingend – den Rücken zur Kellertür gewandt – über den Schrubber gebeugt und mit dem Scheuerlappen in der Hand auf der Schwelle zum Wohnzimmer. Die Musik bricht ab. Ein Blitz zuckt. Ich sehe diesen Schatten hinter mir, erschrecke, schnelle hoch, drehe mich um und klatsche gleichzeitig dem Eindringling den Lappen ins Gesicht. Er brüllt, ich schreie, wir geraten in ein Handgemenge, und – bumm – er fällt um. Der Lappen rutscht ihm vom Gesicht. Das ist ja Wolfgang, denke ich. Doch da ist es schon zu spät.

Wer rechnet denn auch damit, dass der eigene Mann zwei Stunden früher als üblich zu Hause eintrifft und dann auch noch durch den Hintereingang reinkommt?

Mitten in meine Überlegungen hinein klingelte das Telefon. Automatisch nahm ich den Hörer ab.

„Annemie Pfeffer", meldete ich mich.

„Annemie? Hier ist Sigrun", krächzte es aus der Leitung.

„Schwiegermutter! Das ist jetzt gerade ganz ungünstig, dass du anrufst."

„Wie immer! Nie hast du Zeit, wenn ich mal mit dir reden will." Sigrun klang beleidigt. Wie üblich.

„Ja, Sigrun! Äh, das heißt, nein." Ich hielt den Hörer eine Armlänge vom Ohr weg. Eine Moralpredigt hatte mir in diesem Moment gerade noch gefehlt. „Sigrun! Sigrun? Du, ich verstehe dich ganz schlecht. Irgendwas stimmt mit dem Telefon nicht. Haaalloo, Schwiegermutti?" Schwupps drückte ich sie weg und knallte das Gerät in die Ladestation.

Mit in Falten gezogener Stirn betrachtete ich meinen toten Mann. Das wird sie mir nie verzeihen, dass ich ihren Wolfgang … *Oh Gott, was habe ich nur getan?*

Es war ein Unfall, beruhigte ich mich. Ein Unfall. Müsste ich jetzt nicht eigentlich in Tränen ausbrechen? Mein Mann lag da mausetot vor mir, und ich fühlte mich … irgendwie befreit, als würde ich aus langer Dunkelhaft entlassen und ins Licht treten. Ich spürte, wie mir die Gesichtszüge entglitten und sich ein Grinsen breitmachte. Das war garantiert der Schock. Ich erkannte mich selbst nicht mehr.

Und nun?

War die schöne Pension futsch?

Annemie, dein Mann ist tot, der Mann, mit dem du achtzehn Jahre deines Lebens verbracht und den du einmal aus Liebe geheiratet hast! Und du denkst als Erstes an seine Pension? Schäm dich!

Das Gefühl der Scham oder der Trauer stellte sich einfach nicht ein. Stattdessen kreisten meine Gedanken um meine Zukunft. Plötzlich hatte ich wieder Träume. Ich sah mich mit wehenden Haaren in einem roten Cabrio ans Meer fahren. Wolfgang wollte nie ans Meer. Wenn wir überhaupt in den Urlaub fuhren, dann in die Berge zum Wandern, immer mit seiner Mutter im Schlepptau. Ich hasste die Berge. Und ich hasste seine Mutter. Nie wieder Wanderurlaub, nie wieder … Eifel … und nie wieder Urlaub mit der nörgelnden Sigrun.

Niemand würde mir glauben, dass das ein Unfall war, oder? Würde ich vielleicht in den Knast kommen? Nein, das sah ich nicht ein. Energisch verschränkte ich die Arme vor der Brust. Da hatte ich achtzehn Jahre meines Lebens geopfert, um Wolfgang quasi die Steigbügel zu halten, habe gekocht, geputzt, gewaschen, gebügelt, den Garten gepflegt, die Handwerker erspart … und jetzt stirbt er einfach so weg …

Nein, dafür lasse ich mich nicht bestrafen! Witwenrente bekam man als männermordende Ehefrau bestimmt auch nicht. Die zahlten doch nicht freiwillig, wenn man den Tod des Gatten selbst herbeigeführt hatte.

Das mit dem Unfall würde mir definitiv kein Mensch glauben. Wolfgang, eins achtzig groß, mit neunzig Kilo Lebendgewicht und ausgebildet in allen möglichen Fern- und Nahkampftechniken, ließ sich von mir, einer unsportlichen Blondine mit leichtem Übergewicht, aus Versehen mit seiner eigenen Dienstwaffe erschießen?

Seine Kollegen werden denken, ich hätte das mit List und

Tücke geplant. Da war nichts mit Rausreden von wegen Notwehr und so.

Das heißt, ich würde weder Pension, Witwenrente noch Hartz IV, sondern nur Knast bekommen. Na, darauf hatte ich nun wirklich keine Lust. Mein zukünftiges Dasein stellte ich mir schon anders vor.

„Mensch, Wolfgang, du hast mir ganz schön was eingebrockt!"

Da war ich heute Morgen an einem ganz gewöhnlichen Mittwoch nichts ahnend aufgewacht, hatte Wolfgang die Brote geschmiert, ihm auf dem Weg zur Arbeit hinterhergewunken und alle Pflichten erledigt: einkaufen gehen, Rasen mähen, Kuchen backen, Diele wischen ... Wie sehr hatte ich mich auch auf den abendlichen Yogakurs mit dem durchtrainierten Carlos gefreut ... und dann passierte so was. Da guckt man einmal nicht richtig hin, und schon hat man sich nicht nur den Tag versaut, sondern den Rest seines Lebens.

Rumlamentieren half jetzt auch nicht weiter. Der tote Wolfgang wurde nicht wieder lebendig. Passiert war passiert. Jetzt musste ich das Beste aus der Situation machen. Für jedes Problem gab es schließlich eine Lösung.

Um die Pension oder wenigstens die Witwenrente zu retten, musste ich alle Spuren verwischen, die darauf hindeuteten, dass ich ihn zur Strecke gebracht hatte. Als Gattin eines Hauptkommissars mit fünfundzwanzigjähriger Berufserfahrung und einem Handbuch für Kriminalisten im Regal war das keine wirklich schwierige Aufgabe.

Ich holte mir den Ratgeber und las im Stehen, worauf der Ermittler achtete, wenn er die Ursache für einen unnatürlichen Tod aufzuklären hatte. Ein blutendes Loch in der Brust eines fünfzigjährigen Mannes war sicher kein Indiz für ein natürliches Ableben, schätzte ich die Lage mit einem kritischen Blick auf den zu meinen Füßen liegenden Wolfgang ein.

Nach wenigen Minuten weiteren Blätterns im Ratgeber war mir klar, dass es gar nicht so einfach war, als unbescholtene Ehefrau davonzukommen. So viele Einzelheiten waren zu beachten. Das konnte sich ja kein Mensch merken. Da muss ich mir eine Liste machen, um bloß nichts zu vergessen, dachte ich und holte mir Stift und Papier.

Was die alles untersuchten! Fingerabdrücke an der Tatwaffe, am Toten, Schmauchspuren, DNA-Spuren, Hautpartikel des Täters unter den Fingernägeln oder an der Kleidung. Die finden die DNA sogar im Speichel und anderen Körperflüssigkeiten am Opfer.

Ich grübelte, wann ich das letzte Mal Sex mit Wolfgang gehabt hatte … und verwarf die Überlegung schnell als unwesentlich. Da waren ganz sicher keine Spuren mehr zu finden. Hatte ich ihn vor, während oder nach dem Handgemenge angespuckt? Nein, keine Chance. Er hatte ja den Lappen im Gesicht. Mit den Hautpartikeln war ich mir da nicht so sicher. War ich bei der tätlichen Auseinandersetzung mit einem Körperteil unter seine Fingernägel geraten? Keine Ahnung, das war ja alles so schnell gegangen. Am besten nahm ich mir seine Nägel noch mal vor.

Ich holte Wasser, Seife, Nagelschere, Feile und machte mich über seine Hände her. Fast hätte ich es vergessen, aber im letzten Moment, bevor ich ihn berührte, fiel es mir ein. Ich musste Gummihandschuhe anziehen, sonst würden mich zwar die beseitigten Hautpartikel unter seinen Nägeln nicht mehr verraten, aber meine Fingerabdrücke auf seiner Hand.

Ratzfatz waren die Nägel manikürt, und ich kümmerte mich um die Waffe, polierte das Eisen, bis es glänzte wie Omas Silberbesteck. Hier fand niemand mehr auch nur eine Papillare, weder von Wolfgang noch von mir. Ein Gedanke schoss mir durch den Kopf. Ruckartig hielt ich inne. Vielleicht sollte ich seinen Abgang als Selbstmord inszenieren? Bekam der

Beamte seine Pension, wenn er sich selbst ins Jenseits befördert hatte?

Eher nicht, denn niemand wusste, wie man sie ins Jenseits überweisen sollte. Ich kicherte hysterisch über meinen eigenen Witz.

Aber wenn nicht mal die Versicherung bei Selbstmord an die Hinterbliebenen zahlt, würde der Staat bestimmt nicht freiwillig die zurückgebliebene Ehefrau eines Polizisten versorgen. Nee, so großzügig war der Staat nicht. Aber das war doch mal eine wirtschaftlich schlaue Idee: Wenn man alle Polizisten kurz vor der Pension in den Selbstmord triebe, würde der Staat Millionen sparen. Die konnte man dann woanders viel besser einsetzen; zum Beispiel für die Rettung von armen Bankmanagern oder zum Bau von Tunneln, die die Regierungsgebäude in Berlin miteinander verbanden, damit die fleißigen Politiker auf ihrem Weg von Büro zu Büro nicht nass wurden.

Selbstmord kam also nicht infrage.

Wo waren eigentlich die Kugel und die Hülse abgeblieben?

Ich holte meine Brille vom Küchentisch und taxierte mit geübtem Hausfrauenblick Wand und Boden. Die Kugel hatte erst Wolfgang und dann den Schlüsselkasten durchbohrt, bevor sie in drei Zentimeter Tiefe in der Mauer zwischen Fenster und Eingangstür stecken geblieben war. Der Schlüsselkasten war eindeutig nicht mehr gebrauchsfähig. Ich hängte ihn ab und pulte mit der Nagelfeile die Kugel aus der Wand.

Das sah jetzt aber blöd aus, so ohne Schlüsselkasten mit dem tiefen Loch im Putz, dachte ich, holte Hammer und Nagel aus dem Keller und hängte meine Kopie von Picassos „Bildnis der Hermine Bein“ auf.

Schon ewig stand das Bild im Gästezimmer hinter dem Sofa rum, weil ich im ganzen Haus keinen Platz fand, wo Wolfgang es nicht sah, denn er mochte es nicht. Er mochte überhaupt kein Bild, das ich malte. Dieses erinnerte ihn noch dazu an seine

Mutter. Gut, ein wenig Ähnlichkeit war vorhanden, aber das war kein Grund, es in einer Ecke ungesehen verstauben zu lassen. Was konnten Picasso und ich dafür, dass Wolfgang Angst vor seiner Mutter hatte?

Jetzt musste ich nur noch die Hülse finden. „Beim Abschuss wird die Hülse von der Kugel getrennt. Die Kugel wird durch den auf den Abzug ausgeübten Druck aus der Mündung geschleudert, und die Hülse fällt als Abfallprodukt nach unten", zitierte ich meinen Kriminalisten-Ratgeber. Soso. Also konnte sie nur unter die antike Kommode gerollt sein. Ich bückte mich und kroch mit dem Kopf unter den schweren wurmstichigen Schrank. Da war sie, ganz hinten neben dem abgeschabten Kommodenfuß. Ich fingerte sie hervor, steckte sie zu der Kugel in meine Hosentasche und widmete meine Aufmerksamkeit wieder der angefertigten Liste.

Als mein Blick auf das Wort „Zeugen" fiel, bekam ich Panik. Was, wenn die alte Feldmann von gegenüber die unschöne Szene unseres Aufeinandertreffens beobachtet hatte? So neugierig, wie die immer hinter der Gardine stand.

Schnell ließ ich die Jalousien im Flur herunter. Am besten, ich schloss ringsum die Rollladen im Haus, um allen neugierigen Blicken vorzubeugen. Man hatte ja nicht jeden Tag eine Leiche im Flur.

Und wenn man es genau nahm, hatte man auch einen Durchblick vom Nachbargarten hinten raus über das Terrassenfenster ins Wohnzimmer bis zur Diele. Das konnte Schaulustige anlocken. So eine Leiche mit Herzdurchschuss – und davon ging ich aus, denn Wolfgang hatte nach dem *Bumm* keinen Mucks mehr von sich gegeben – sah man nicht so oft. Das wurde ganz schnell zum Dorfgespräch. Man konnte es den Leuten auch nicht übel nehmen, sie hatten ja nur ihren langweiligen Alltag mit Arbeitengehen, Saubermachen und Gartenumgraben. Das war ja immer das Gleiche. Was hatte man sich da schon groß zu erzählen? Da war so ein Toter mitten in der Woche kurz vor Feierabend eine willkommene Abwechslung. Darüber konnte man am Abendbrottisch reden und musste sich mal nicht anschweigen.

Apropos Abend! Mittwochabend. Wolfgangs Saunaabend. Ich musste gleich mal seinen nervigen Freund Holger anrufen, sonst würde der im übernächsten Augenblick vor der Tür stehen. Das hatte mir gerade noch gefehlt.

Ich schnappte mir das Telefon und wählte Holgers Nummer. In der Leitung knackte es. Ich schluckte, denn ich tat mich immer recht schwer mit Notlügen.

„Hallo, Holger, hier Annemie, ich wollte nur sagen, der Wolfgang kann heute nicht mit in die Sauna. Äh, mh“, suchte ich nach einer Ausrede. „Der ist nämlich krank.“

„Ach was?“, meldete sich eine Frauenstimme am anderen Ende der Leitung.

„Äh, hm! Ja, bist du es, Petra?“

„Ja, was hat der Ärmste denn?“

„Och, sieht nach Herz …, ich meine Grippe, ansteckender Grippe aus“, stotterte ich und hätte mich am liebsten selbst in den Arm gebissen. „Richtest du das deinem Mann aus, damit er nicht umsonst bei uns klingeln muss, weil er Wolfgang abholen will?“

„Der Wolfgang hat doch schon für heute und die nächsten drei Wochen abgesagt. Abgesehen davon wäre er heute mit Fahren dran gewesen.“

„Ja, das kann sein. Das konnte ich ja nun nicht wissen. Na, dann tschüss auch.“ Erleichtert atmete ich auf.

Guck an, da hatte mein Mann ja mal mitgedacht.

Kaum hatte ich Petra mit einem Knopfdruck aus der Leitung gekickt, klingelte das Telefon in meiner Hand. Wer war denn das jetzt?

Schwiegermama, schon wieder! Sollte ich rangehen? Wenn

nicht, würde sie sich vielleicht noch erdreisten vorbeizukommen. Das musste ich unbedingt vermeiden.

„Hallo, Sigr…"

„Ich will jetzt sofort meinen Wolfgang sprechen!", fiel sie mir ins Wort.

„Wieso?"

So leicht ließ sie sich nicht abwimmeln. Ich suchte nach einer plausiblen Erklärung.

„Der Wolfgang ist krank und kann nicht reden."

„Ach Gott, mein armer Junge. Dann komm ich besser mal gleich vorbei." Sigrun seufzte.

In meinem Kopf schrillten alle Alarmglocken. Ich hörte schon die Handschellen einrasten. Panisch versuchte ich, sie von ihrem Vorhaben abzubringen. „Du … du kannst ihn nicht besuchen. Der Wolfgang ist hochgradig ansteckend."

„Du musst ihm Hühnersuppe kochen."

„Ja, ich … ich werde ihm Hühnersuppe kochen, auch wenn ich nicht glaube, dass die ihn wieder auf die Beine bringt …" Kritisch betrachtete ich die Leiche am Boden. Nein, selbst die beste Hühnersuppe würde da nicht mehr helfen können.

Sigrun klang plötzlich verunsichert: „Anstecken will ich mich nun wirklich nicht. Du weißt, wie gefährlich das ist, in meinem Alter. Grüß meinen lieben Wolfgang schön von mir. Ich sehe ihn dann ja am Samstag, wenn er zum Essen kommt."

„Am Samstag?" Ich wunderte mich. Davon hatte er bis heute nichts erwähnt. Egal. „Ja, ich melde mich und gebe dir Bescheid. Tschüss, Schwiegermama."

Ich setzte mich auf die Treppe. „Puh!" Was war denn das? *Ich glaube nicht, dass die ihn wieder auf die Beine bringt!* Annemie, Annemie! Dein schwarzer Humor bringt dich noch in Teufels Küche!

Holger war abgesagt, seine Mutter vorerst vertröstet. Seine Kollegen! Die würden ihn morgen früh wie immer pünktlich um sieben auf der Dienststelle erwarten. Da half nur Anrufen.

„Hallo, Jürgen, gut, dass ich dich noch erwische. Du, der Wolfgang ist krank, der nimmt erst mal Karenz, so bis zum Ende der Woche."

Am anderen Ende der Leitung fragte eine mürrische Stimme: „Was hat er denn? Er war doch heute Mittag noch fit?"

„Ich weiß auch nicht, der war plötzlich ganz blass um die Nase und völlig am Boden zerstört. Ich hab keine Ahnung, was mit dem los ist. So hab ich den Wolfgang auch noch nie gesehen. Er hat erst mal beschlossen, liegen zu bleiben."

Jürgen grummelte: „Das heißt, er kommt dann vor seinem Urlaub nicht wieder?"

Urlaub? Ich kicherte nervös: „Ach ja, in zwei Tagen ist ja schon Samstag. Stimmt, das hab ich glatt verdrängt."

„Dann wünsche ich euch eine schöne Zeit."

„Ja, äh, danke."

„Er soll die Ansichtskarte nicht vergessen, sonst leiten wir die Fahndung nach ihm ein." Jürgen rang sich ein gequältes Lachen ab.

Mir wurde heiß und kalt zugleich. „Natürlich schreiben wir eine Karte, das haben wir doch immer …", versicherte ich schnell. „Tschau, Jürgen! Danke!"

Wieso dachte Jürgen, dass Wolfgang ab nächsten Montag Urlaub hatte? Mein Ehemann musste doch zu diesem hochwichtigen Antiterrorlehrgang, wo sie lernten, wie man Briefbomben entschärft und Al-Qaida-Schläfer entlarvt. Er war einer der Auserwählten, die unser Land vor terroristischen Anschlägen beschützen sollten, hatte er mir gesagt, und ich war stolz auf ihn. Mein Wolfgang, ein Auserwählter! Ich hatte mir schon ausgemalt, wie er das Bundesverdienstkreuz bekam, und ernsthaft darüber nachgedacht, welches Kleid ich zu der feierlichen Übergabe anziehen sollte. Daraus wurde nun leider nichts mehr …

Eine Hitzewelle durchraste meinen Körper wie der Intercity den Gotthardtunnel. Hoffentlich war ich jetzt nicht schuld daran, dass die Sicherheit der Bundesrepublik ins Wanken kam!

Es nützte nichts, die Selbstvorwürfe kamen zu spät.

Das Bundeskriminalamt oder der Staatsschutz, keine Ahnung, wer dafür verantwortlich war, hatten für unvorhergesehene Ausfälle bestimmt Ersatz eingeplant. Ich musste nachher gleich mal in seinem Kalender nachsehen, an wen ich mich wenden konnte, um meinen Mann von der Lehrgangsteilnahme zu entschuldigen.

Aber zuerst musste die Leiche hier weg. So konnte Wolfgang auf keinen Fall liegen bleiben. Der war aber auch blöd gefallen, man bekam ja nicht mal mehr die Haustür auf. Bloß, wohin mit ihm? Mit dem blutenden Loch in der Brust versaute er ja alles, und bei der Hitze fing er auch bald an zu stinken. Das kannte man ja von Gammelfleisch aus dem Supermarkt. Ich schaute auf und blickte in den Spiegel über der Kommode. „Annemie, wie redest du? Das ist doch dein Mann!" Schnell wandte ich mich ab.

Am besten, ich steckte ihn erst einmal in die Tiefkühltruhe. Vorübergehend. Was für eine grandiose Idee. Damit hatte ich gleich zwei Fliegen mit einer Klappe geschlagen. Wolfgang versperrte nicht mehr den Flur, falls Besuch kam, und ich konnte den Tatzeitpunkt manipulieren. Das zwischenzeitliche Einfrieren würde seinen Verfall aufhalten. Ich musste mithilfe des Handbuches nur ausrechnen, für welchen Zeitpunkt ich ein Alibi brauchte.

Darüber wollte ich mir aber im Moment nicht den Kopf zerbrechen, Wolfgang musste weg, in den Keller. Fragte sich nur, wie?

Ich stellte mich hinter seinen Kopf und fasste ihm unter die Arme. Mein Gott, war der schwer. Ich schob, zog und zerrte, bis mir der Schweiß aus allen Poren triefte. Als ich ihn bis zur Kellertreppe gebracht hatte, brauchte ich eine Pause. Ich war völlig fertig. Also, die Yogastunde konnte ich mir heute schenken. Gierig leerte ich eine halbe Flasche Evian und trocknete mir mit einem Frotteetuch das Gesicht ab. Nun kam der schwierige Teil. Die Kellertreppe. Ging ich rückwärts voran, brach ich mir selbst noch den Hals. Zu gefährlich.

Eigentlich empfand er ja sowieso keinen Schmerz mehr. „Sorry!“, sagte ich deshalb und gab ihm einen kräftigen Tritt, so wie ich es mit dem leeren Wäschekorb machte, wenn ich nach dem Aufhängen der Wäsche im Garten zu faul war, ihn in den Keller zurückzubringen. Wolfgang regte sich tierisch darüber auf, wenn er mich dabei erwischte.

Mit lautem Poltern landete seine Leiche eine Etage tiefer.

Ich sprang über ihn hinweg und inspizierte die Tiefkühltruhe.

Na toll! Alles voller Gartengemüse. Daran hätte ich auch früher denken können.

Ich schaufelte die Truhe leer. Ganz unten kamen die Steak- und Bratwurstreste vom Grillen im letzten Sommer zum Vorschein. Die konnte ich nun getrost wegwerfen. Allein würde ich den Grill sowieso nicht angezündet kriegen.

„Eigentlich waren diese Momente doch ganz romantisch, wenn wir an lauen Sommerabenden draußen auf unserer Terrasse bei Kerzenschein gegessen haben“, sagte ich zu Wolfgang, der regungslos zu meinen Füßen lag.

Annemie, du redest dir die Abendessen mit Wolfgang gerade schön. Was ist bitte daran romantisch, wenn ein Mann und eine Frau stumm wie Fische am Tisch hocken? Kaum war Wolfgangs Teller leer, schnappte er sich stets sein Bier, stand auf und verschwand vor den Fernseher. Kein Wort des Lobes für den vorzüglichen Kartoffelsalat, kein „Komm, Schatz, ich helfe dir beim Abräumen“.

Ich nahm eine Tupperdose mit undefinierbarem Inhalt in die Hand. *Was war das denn?* Ich öffnete den Deckel und roch.

Wurstsuppe, igitt! Wolfgangs Leibspeise, eines dieser fettigen Geschenke von seinem Fleischerfreund. Im Vorratskeller nebenan stapelten sich mindestens zwei Dutzend Blutwurstgläser. So viel Linsensuppe konnte ich gar nicht kochen, wie Holger für Nachschub sorgte. Die würde ich bei der Gelegenheit auch gleich wegwerfen. Mit zwei Fingern pulte ich die gefrorene Brühe aus der Dose und deponierte den Klumpen auf dem Abflussloch der Kanalisation am Fliesenboden. In ein paar Stunden war er geschmolzen, und ich musste nur noch nachspülen.

Die Beseitigung meines Gatten stellte sich da leider etwas schwieriger dar ... Mit ganzer Kraft wuchtete ich meinen Mann in die kalte Ruhestätte. *Puh, war der schwer! Wieso ließ sich dieser Arm nicht biegen?* Ich stellte mich über ihn und drückte die widerspenstigen Gliedmaßen herunter und schimpfte: „Verdammt, Wolfgang, die Truhe geht nicht zu! Mach wenigstens einmal, was ich will, und erspare mir die Säge."

Es knackte in seinem Schultergelenk. Ups! Jetzt hatte ich ihm wohl den Arm ausgekugelt. Das störrische Körperteil klatschte ihm wie ein schlaffer Sack an die Hosennaht. Ich wischte mir und Wolfgang meinen Schweiß von der Stirn, strich ihm das schüttere Haar glatt und faltete seine Hände über dem Bauch. „Na also, geht doch!", sagte ich, hielt einen Moment inne und seufzte.

Wie friedlich er daliegt ...

Aber jetzt war keine Zeit für Sentimentalität! Schnell stopfte ich das Gemüse bis zum oberen Rand dazu. Schalter auf *Schockfrosten* gedreht und Deckel drauf! Das war geschafft.

Nach zwei Stunden mit Putzen und Streichen hatte ich mir eine Pause verdient. Alles war blitzblank. Ein frischer Duft nach Limette-Minze und beige abgetönter Wandfarbe wehte durchs Haus und benebelte wie ein Hauch Cannabis wohltuend meine Sinne. Erschöpft fiel ich in den Fernsehsessel meines Mannes … nein, in *meinen* Fernsehsessel. In Zukunft würde ich ihn ganz für mich allein haben. Vorausgesetzt, kein neuer Wolfgang, Rainer oder Dieter würde ihn besetzen. Ich genehmigte mir einen Schnaps.

Nichts erinnerte mehr daran, dass ich in diesem Haus noch kurz zuvor meinen Mann ermordet und in die Tiefkühltruhe gestopft hatte. Ich ergötzte mich an der strahlenden Sauberkeit, und für einen Moment beschlich mich ein Glücksgefühl, ich erlebte einen richtigen Flow. Während Wolfgang friedlich in seinem eisigen Gemüsebett ruhte, gönnte ich mir einen Schnaps nach dem anderen und tanzte ausgelassen durchs Wohnzimmer.

Alles war plötzlich offen. Das Leben wurde wieder spannend. Ein Kind hatte ich nicht, Mann und Hund waren tot. Eine neue Ära begann – und das mit neununddreißig, na ja, fast vierzig! Ich fühlte mich befreit. Jetzt war Schluss mit Kochen, Backen, Schenken und Sich-für-alles-Entschuldigen. Bisher hatte ich einen guten Charakter und eine schlechte Figur. Das würde sich ändern. Nie wieder würde ich mich kleinmachen und einem Mann unterordnen. Ich würde auf eigenen Beinen stehen und meine Träume verwirklichen. Endlich würde ich nach Herzenslust malen, ohne dass jemand verlangte, ich solle mich lieber um den Haushalt kümmern. Endlich würde ich dahin reisen, wo ich hinwollte, und mir die Welt ansehen. Euphorisch erhob ich mein Glas. „Prost, du neues Leben!“

3. KAPITEL

Nach dem Höhenflug folgte prompt der Katzenjammer. Am nächsten Morgen landeten Flugzeuge in meinem Kopf. Die Sonne pulte ihre Strahlen aufdringlich durch die Jalousieritzen und blendete mich. Wer bin ich? Welcher Tag ist heute? Wo bin ich? Nachdem ich mir diese Fragen mühevoll beantwortet hatte, schälte ich mich vom Sofa. Angestrengter Blick aus herunterhängenden Schlupflidern zur Wanduhr. „Elf? Schiet! Verschlafen!" Mein Getriebe setzte sich in Gang. Der Motor heulte auf, und ich startete in den Tag. Zumindest versuchte ich es.

„Wolfgang? Bhhhu. Wir haben verschlafen! Bhhhhuuu!", rief ich auf dem Weg zur Toilette ins offen stehende Schlafzimmer und stürzte mit der Hand vorm Mund zur Kloschüssel. Schnell, Deckel hoch, Kopf in den Porzellantrichter versenkt und Rückwärtsgang eingelegt.

Mann, war mir schlecht. Nie wieder einen Tropfen Alkohol! Aber das schwor ich mir jedes Mal, wenn ich zu viel hatte.

Kreidebleich und schweißgebadet spülte ich mir die unrühmlichen Reste vom vorigen Abend aus Mund und Gesicht.

Ich startete einen zweiten Versuch. „Wolfgang! Nun aber! Den Traum beenden, das müde Fleisch aus den Federn in den Anzug quälen! Den Schlips nicht vergessen, Kaffee schlürfen, ein Brot auf die Faust und raus aus dem Haus! Du kommst doch zu spät!"

Nichts rührte sich. Der hatte aber auch einen festen Schlaf.

Phh! Annemie, runter mit dem Adrenalinspiegel! Wolfgang hat ja Karenz, der muss heute nicht ins Büro.

Obwohl immer noch quer durch meinen Kopf eine Landebahn für tonnenschwere Maschinen einbetoniert war, auf der Airbusse im Akkord bei dröhnendem Lärm starteten und landeten, erwachten meine fünf Sinne langsam aus ihrer Winterstarre.

Irgendwas fehlte, war anders als sonst. Ich horchte, so ganz bewusst. Kein Grunzen, kein Schnarchen drang durch das Haus. Totenstille.

Ich erinnerte mich, und mir wurde erneut übel. Ach ja! Wolfgang konnte nicht aufstehen, der lag gar nicht im Bett, sondern tiefgekühlt mit Bohnen, Erbsen und Möhren drapiert in der Tiefkühltruhe. Wie hatte ich das nur vergessen können? Hätte ich doch vielleicht die Polizei rufen sollen? Oh weh, was hatte ich nur getan …

Bleib stark, Annemie! Es muss jetzt irgendwie weitergehen. Das Kind ist sowieso schon in den Brunnen gefallen – beziehungsweise der Wolfgang in den Keller.

Im Morgenmantel schmiss ich die Kaffeemaschine an und eine Aspirin ins Glas, bevor ich die Zeitung aus dem Briefkasten holte. Meine übliche Routine half mir, mich wieder zu beruhigen. Die alte Feldmann von gegenüber stand Unkraut jätend gebückt hinterm Gartenzaun.

Jetzt hieß es schnell sein!

Mit gesenktem Kopf, Blick starr auf den Boden gerichtet, fischte ich die Zeitung aus dem Schlitz und hoffte, ihr ungegrüßt entkommen zu können.

„Guten Morgen, Annemie!“

Verdammt! Ich war zu langsam. Warum muss diese Zeitung auch immer so dick sein, dass man sie, nicht ohne den Briefkasten aufzuschließen, aus dem Schlitz gezogen bekommt? Fluchend zerrte ich an dem Papier. Dann setzte ich mein schönstes Sonntagslächeln auf und schaute ihr direkt ins Gesicht, wobei ich übertrieben fröhlich winkte. „Guten Morgen, Frau Feldmann!“

„Ihr habt aber lange geschlafen. Der Wolfgang muss wohl nicht zur Arbeit?“ Sie steuerte schnurstracks auf mich zu.

Ach nee, bitte nicht! Ich will jetzt nicht reden. Mein Kaffee wird kalt, der Toast verbrennt, und die Buchstaben der Zeitung lösen sich auf, wenn ich die nicht sofort lese.

Mein Lächeln gefror zur Maske, und ich antwortete brav: „Dem geht's nicht so gut."

„Was hat denn der Arme?"

„Ooch, der ist seit gestern ganz kalt und steif." Ich musste mich bemühen, ruhig zu bleiben. Diese Aussage lag schon etwas zu dicht an der Wahrheit …

„Deshalb steht der Wagen in der Einfahrt?", bohrte die alte Schreckschraube unerbittlich nach. Die achtete aber auch auf alles!

„Ja, er war nicht mehr in der Lage, nur einen Finger zu krümmen. Und ich als Frau kann so schlecht einparken. Deshalb hab ich ihn einfach stehen lassen. Besser ein gut gelüftetes Heck als eine Beule am Kotflügel", versuchte ich, sie mit einem Späßchen loszuwerden.

Dabei fiel mir auf, dass Wolfgang mit seinem Angeberschiff nicht nur die Garage, sondern auch das danebenliegende Carport so gekonnt zugeparkt hatte, dass ich mit meiner winzigen Rostschüssel niemals das Grundstück verlassen konnte, ohne beide Fahrzeuge zu Schrott zu fahren. Somit war der männermordenden Ehefrau der Fluchtweg versperrt.

„Warum hast du denn gestern am helllichten Tage alle Jalousien heruntergelassen, Annemie?"

„Was? Ach, die Jalousien? Ja, die Sonne hat dermaßen ins Haus geknallt."

„Aber es hat doch mittags geregnet."

„Meine ich doch, wenn die Sonne ins Haus knallt, sieht man immer so diese Regentropfenspuren auf den frisch geputzten Fenstern."

Hatte ich überhaupt in den letzten Tagen Fenster geputzt? Das wäre ihr doch nicht entgangen. „Und da habe ich die

Fenster vorm Regen geschützt. So, nun muss ich aber mal wieder …"

Ich drehte mich auf dem Absatz um, und direkt beim ersten Schritt saß ihre Frage wie ein Messer in meinem Rücken.

„Habt ihr gestern auch gegen zwei diesen dumpfen Knall gehört, als hätt' jemand geschossen?"

„Huuuuuuh!" Ich atmete hörbar tief aus. Vielleicht sollte ich sie ins Haus locken, wie die Hexe Hänsel und Gretel. Genug Kugeln waren noch übrig, und wenn ich das Gemüse aus der Tiefkühltruhe räumte? Immerhin war sie weder dick noch groß. In Zeitlupe drehte ich mich um. „Das waren bestimmt die Jäger. Es ist doch Wildschweinsaison."

„Nee, nee, die Borstenviecher haben bis Juli Schonzeit." Frau Feldmann wusste leider viel zu gut Bescheid.

„Manöver der Bundeswehr im Wald?"

„Nee, nee! Die schießen mit Platzpatronen. Das klingt anders, und die sind weiter weg."

Einen hatte ich noch, dann waren meine Joker verbraucht. Entweder sie schluckte jetzt die Antwort und ich gewann die Million, oder sie lief Gefahr, wie ein Suppenhuhn ausgekocht zu werden. „Also, ich hab nichts gehört. Vielleicht guckte jemand einen Krimi im Fernsehen und hat das Fenster dabei offen gelassen. Aber dass Sie so gute Ohren haben?", schmeichelte ich und bettelte um meine Freilassung.

Ich dachte immer, die Feldmann wäre fast taub.

„Hören tu ich wie ein junger Hund, aber gucken kann ich nur wie ein Maulwurf."

Und nerven wie eine Fliege. Ich lächelte devot. Ach, was war ich doch nett – abgesehen von meiner neusten Karriere als Profikillerin.

Ich drehte mich herum, um das Gespräch zu beenden. Wie durch ein Wunder verstand meine Nachbarin den Wink mit dem Zaunpfahl.

„Ja, dann grüß mal den Wolfgang schön von mir, und wenn du ihm eine kräftige Hühnersuppe kochst, wird er bald wieder auf die Füße kommen."

Was hatten die nur alle mit ihrer Hühnersuppe? Die priesen sie ja an, als würden sie Provision von der deutschen Hühnersuppenvereinigung bekommen!

„Mach ich, Frau Feldmann, mach ich. Ich hab da auch noch so schöne Erbsen und Möhren in der Truhe ...", sagte ich abwesend. Meine Gedanken kreisten um Wolfgangs Auto. Wie sollte ich das Riesenschiff in die Garage bekommen? Einparken war wirklich nicht meine Stärke. Egal!

Der Wagen musste weg. Wolfgang konnte nicht ewig im Keller ruhen, und einkaufen fahren musste ich schließlich auch irgendwann.

Der Schlüssel. Wo hatte er den Autoschlüssel? Schwungvoll knallte ich die Haustür hinter mir zu und wollte im Schlüsselkasten nachsehen. Aber da hing ja seine Mutter, ich meinte Picasso, also die gefälschte „Hermine".

Die Feldmann und die Tatsache, dass ich dem natürlichen Fluchtinstinkt bei drohender Gefahr nicht nachkommen konnte, weil Wolfgangs Wagen meinen KA zuparkte und ich zu blöd war, mit dem BMW zu fahren, machte mich ganz nervös.

Mensch, Annemie, der hatte doch gar keine Gelegenheit, den Schlüssel wie üblicherweise nach dem Jackeausziehen von sich zu werfen, dachte ich und rannte in den Keller. Ich hatte ihn ja komplett mit Jacke, Hemd und Hose eingefroren, nur die Schuhe hatte ich ihm abgenommen.

Friedlich schlummernd lag er da in seinem Gemüsebett mit Eiskristallen an Nase, Ohren und Augenbrauen. Gefrierbrand? Ich war wirklich eine schlechte Hausfrau, Sigrun hatte recht. Kichernd holte ich mir die Trittleiter, schichtete das Gemüse in einen Korb und kletterte in die Truhe.

Hui! War das kalt. Mit geübter Hand drehte ich ihm die steifen Taschen auf links und staunte wieder mal nicht schlecht, was man so alles in Jacken- und Hosentaschen verstauen konnte: Brieftasche, Handy, Schrauben, Klappmesser, Handschellen, Kugelschreiber und Kalender.

Und was war das? Eine Tüte mit einem Luftballon? Nee, ein Kondom.

Wozu brauchte Wolfgang Kondome? Nachdenklich drehte ich die Tüte in der Hand. „Mensch, Wolfgang ist Polizist. Wer weiß, die hat er vielleicht als Beweismittel an einem Tatort zufällig eingesteckt“, sagte ich zu mir selbst und suchte weiter. Es fanden sich ein Ferienhausprospekt, eine Gebrauchsanleitung für das Gießen einer Bodenplatte, drei Schlüsselbunde, Notizzettel, Bindfaden, Kamm, Nasenspray, Kaugummi, Hustenbonbons und ein Stück altes Brot. *Mmmhhhmm.* Die Taschen meines Mannes waren die reinste Fundgrube.

Ich steckte alle Gegenstände in eine Plastiktüte, kletterte aus der Truhe, bedeckte Wolfgang wieder mit den Gemüsebeuteln und klappte den Deckel zu.

Die Tüte nahm ich mit nach oben.

4. KAPITEL

Mit dem Autoschlüssel bewaffnet, zog ich mit dem Ziel, den BMW unbeschadet in die Garage einzulochen, hinaus in den Kampf.

Ich lugte aus der Tür. Von der Feldmann'schen Front gegenüber drohte keine Gefahr. Sie war zum täglichen Mittagsschlaf in ihrer Festung verschwunden und hatte die Vorhänge zugezogen.

Als ich auf den Schlüssel drückte, sprangen alle Türen des BMW mit lautem Klick auf. Ganz schön übertrieben, so ein automatischer Türöffner. Aber klar, wer protzen wollte, brauchte so was: mein Haus, mein Pferd, mein automatischer Türöffner.

Ich schloss die Beifahrertür und lief zum Heck.

Zementsäcke? Wieso lagen im Kofferraum lauter Zementsäcke? Mein Wolfgang, der Schöngeist mit Hang zur Sammelleidenschaft, die sich hauptsächlich auf Münzen und Briefmarken beschränkte, war ein typischer Antiheimwerker. Genetisch bedingt besaß er zwei linke Daumen, die ihn davon abhielten, selbst simple Dinge – wie einen Nagel in die Wand zu schlagen – unfallfrei hinzubekommen. Der wusste weder, wo der nächste Baumarkt war, noch, wozu man einen Akkuschrauber benutzte. Die Anleitung zum Gießen der Betonplatte in seiner Jackentasche fiel mir ein. Wollte er mich nach all den Jahren doch noch überraschen? Ich grübelte und dachte an den Kuss und das „mein Schatz" von gestern Morgen.

Schon immer hatte ich mir sehnlichst einen romantischen Gartenpavillon gewünscht und davon geträumt, wie ich im Sommer darin meine Staffelei aufbaute. In der Luft läge ein betörender Rosenduft – gut, die Rosen musste ich allerdings erst anpflanzen –, und ich würde mich endlich wieder inspiriert fühlen, um zu malen.

Wolfgang hatte natürlich gar nichts von der Idee gehalten. „Dreitausend Euro für ein Metallgerippe, das sinnlos im Garten herumsteht und dann vielleicht noch rostet? Annemie, das kannst du nicht ernst meinen. Das ist doch rausgeschmissenes Geld." Wir stritten, und ich warf ihm vor, dass er in diesen Dingen so gar keinen Sinn für Schönheit hatte. Und heulte, als ich merkte, dass ich bei ihm auf Granit biss. Daraufhin beruhigte er sich etwas. Wolfgang konnte nämlich überhaupt nicht damit umgehen, wenn ich heulte. Das verunsicherte ihn total. Aber großzügig machte es ihn, den elenden Sparfuchs, trotzdem nicht. Er hielt mir einen Vortrag darüber, dass man dafür ja auch noch ein Fundament braucht, sonst fiele der Pavillon beim ersten Windhauch um. „Erinnerst du dich an unseren Rosenbogen an der Gartenpforte, Annemie? Das unvernünftige Ding musste ich ja auch für viel Geld kaufen, weil du es unbedingt haben wolltest. Und wo ist er jetzt? In der Garage, weil er beim letzten Sturm einmal quer durchs Dorf geweht wurde. Und dann fragst du mich ernsthaft nach diesem lächerlichen Pavillon?"

In drei Wochen war mein Geburtstag. Hatte er etwa vorgehabt, mir den Pavillon doch zu schenken und nicht wie üblich ein Haushaltsgerät oder eine Eisenpfanne? Oh, Wolfgang …

Bevor mein schlechtes Gewissen dafür sorgte, dass ich vor Rührung den Verstand verlor und direkt zur Polizeiwache fuhr, um mich als männermordende Ehefrau selbst anzuzeigen, knallte ich die Heckklappe herunter, setzte mich hinter das Steuer und starrte gegen das geschlossene Garagentor. Ich schwitzte wie in der ersten Fahrstunde, schaltete den Motor ein und wieder aus. Das Garagentor! Ich sprang aus dem Wagen, schob die Metalljalousie nach oben und pflanzte mich abermals hinters Lenkrad. Wie bekam der dieses Schiff zwischen diese beiden Pfeiler, ohne anzuecken? Meine Hände trieften. Ich kratzte mich an der Stirn.

Los, Annemie, du wirst doch jetzt nicht an der kleinsten Hürde scheitern. Was sollte schon passieren? Dann bekam der Wagen eben einen Kratzer. Na und? Ich schaltete den Motor wieder aus, holte einen Zollstock und maß, wie viel Spielraum ich hatte. Dreißig Zentimeter an jeder Seite, das sollte zu schaffen sein. Niemand wird dich maßregeln, wenn du ihn an den Pfeiler setzt, machte ich mir Mut. Der Motor stockte und soff ab. Auch das noch. Wer mich beobachtete, musste denken, ich sei ein Fahranfänger. Dabei hatte ich meinen Führerschein achtzehnjährig mit Bravour gemacht. Meine Unsicherheit kam erst später mit Wolfgang. Kam er mal in die Verlegenheit, mit mir mitzufahren, wetterte er schon gefühlte zehn Kilometer, bevor wir die Ampelkreuzung erreichten. „Annemie, die Ampel ist rot! Nimm den Fuß vom Gas, oder willst du uns umbringen?" Als ob ich blind wäre. Er vertraute mir nicht und behauptete immer, ich sei eine grottenschlechte Fahrerin. Gut, Einparken war nicht unbedingt meine Stärke. Da gab es den ein oder anderen Fahrradständer und Bordstein, den ich mitgenommen hatte. Das waren jedoch Lappalien und noch lange kein Grund, mir stets alte Rostschüsseln zu kaufen, bei denen es auf eine Beule mehr oder weniger nicht ankam.

Mein Konto in Flensburg blieb jedenfalls genauso leer wie das auf der Volksbank. In zwanzig Jahren kassierte ich gerade einmal drei Strafzettel wegen Falschparkens. Seine Bedenken, dass ich sein Auto zu Klump fuhr, waren völlig unberechtigt. Eigentlich war er derjenige, der ständig unscharfe Porträtfotos von den Behörden bekam. Wolfgang raste oft wie ein Idiot. Mich wunderte ernsthaft, dass er nie einen größeren Unfall gebaut hatte. Einmal erwischten sie ihn mit null Komma acht Promille.

Er wollte sich natürlich rausreden, aber das funktionierte nicht. Da durfte ich ihn dann einen Monat lang zur Dienststelle kutschieren; natürlich mit meiner Rostschüssel. Er hielt sich stets am Türgriff fest. Die linke Hand lag griffbereit auf der Handbremse. Das machte mich so nervös, dass ich einmal beim Schalten vergaß zu kuppeln und den Motor mitten auf der Hauptstraße vor dem Rathaus abwürgte. Eine hupende Schlange bildete sich hinter uns, weil ich den Wagen nicht wieder anbekam. Das war ihm so peinlich, dass er in den Folgewochen immer drei Straßen von seiner Dienststelle entfernt ausstieg, damit ihn nur niemand sah.

Der Motor stockte, ich trat aufs Gas. Der BMW machte einen Satz, flog regelrecht an den Pfeilern vorbei und landete an der hinteren Garagenwand mitten in Sigruns altem Kleiderschrank. Es rumste. Ups! Ich trat auf die Bremse, stieg aus und begutachtete den Schaden. Na ja, eine kleine Beule im Grill. Das sah man kaum. Erleichtert atmete ich auf, um im nächsten Moment fast an einem Herzinfarkt zu sterben: Wie aus dem Nichts stand plötzlich Holger in der Einfahrt.

„Tststs! Annemie, Annemie! Das war knapp! Hat er dir den Schlüssel freiwillig gegeben?", rief der Busenfreund meines Mannes grinsend.

„Nicht so ganz. Das heißt, ja. Schließlich ist er kaum in der Lage, das selbst zu erledigen. Er hat mich zugeparkt. Wie soll ich da einkaufen fahren?" Langsam fing ich mich wieder. „Was gibt es denn? Hast du heute frei?", fragte ich scheinheilig und musterte den kleinen halslosen Mann, dessen blauer Overall über dem medizinballgroßen Bauch spannte.

Sein rundes Gesicht mit den kleinen braunen Knopfaugen, die fast versteckt hinter Tränensäcken hervorlugten, war puterrot und das dunkle schüttere Haar mit Gel einmal quer über die Stirn geklebt. Ich trat auf ihn zu und drückte seine nasse Hand.

Holger schwitzte, das sah ich nicht nur, das roch ich nun auch. Deshalb atmete ich lieber durch den Mund weiter.

„Nein, Spätschicht. Vorher wollte ich deinem Mann noch beim Fundament helfen."

Das erklärte die Arbeitsklamotten. Jetzt sah ich auch den Hänger an seinem Opel, in dem sich eine Fuhre Sand und ein Betonmischer befanden.

„Wo soll ich den Sand hinschütten?"

„Wolfgang ist krank!"

Holger zwinkerte. „Jaja, Karenz, ich bin im Bilde."

„Nein, der liegt echt flach."

„Das ist jetzt aber nicht sein Ernst. Das hätte er aber auch mal eher sagen können. Da stelle ich mich bei der Hitze hin und schaufle eine Stunde Sand für den Herrn – und der ist unpässlich. Ich denke, der hat schon alles vorbereitet und das Loch ausgehoben?"

Ich nickte verstehend. „Du kennst ihn ja, er ist halt manchmal etwas unberechenbar."

„Dann müssen wir einen neuen Termin abklären. Morgen und am Wochenende geht's bei mir gar nicht. Daniela kommt mit den Enkelkindern. Petra steigt mir aufs Dach, wenn ich da abhaue", sagte er mürrisch. „Wo liegt er denn rum, dein eingebildeter Kranker?" Holger watschelte wie eine Schwangere im neunten Monat mit vorgeschobenem Bauch auf unsere offene Haustür zu.

„Im Keller, äh, ich meine natürlich im Bett." Ich rannte ihm hinterher. Der wollte doch jetzt nicht wirklich einfach so in meine Privatsphäre eindringen und ohne meine Zustimmung das Haus betreten? He, was erlaubte der sich?

Auf dem Abtreter erwischte ich ihn und stellte mich in den Weg. „Du kannst nicht mit Wolfgang reden, der kriegt keinen Ton raus."

„Es reicht, wenn er zuhört."

„Der ist hochgradig ansteckend. Du arbeitest in der Lebensmittelbranche. Stell dir mal vor, du überträgst den Virus in die Wurst und tausend Leute werden davon krank."

„Annemie, was redest du für einen Quatsch. Ich werde ja

wohl mal kurz mit deinem Mann reden können, ohne gleich eine Epidemie auszulösen. Was hat er denn? Eine Darmgrippe?"

Verdammt, was hatte Wolfgang, Masern, Ziegenpeter, Aids, oder sollte ich Lepra sagen? Ich stotterte: „Das ist mein Ernst, er … er hat die Röteln, ja … Denk doch, Daniela kommt am Samstag. Sie ist schwanger. Wenn sich da was überträgt, das kann gefährlich werden."

Holger schüttelte skeptisch den Kopf.

„Glaub mir, es ist besser so."

„Mir kommt es eher so vor, als hättest du eine Leiche im Flur."

Ich kicherte und schlug ihm dabei auf die Schulter. „Der Holger, witzig wie immer. Die Leiche liegt natürlich im Keller, ha ha. Nein, mal im Ernst, lass Wolfgang ruhen. Er ruft dich an wegen des Termins, und ich sage ihm, dass du am Wochenende keine Zeit hast."

„Wenn du meinst. Und was mach ich jetzt mit Mischer und Sand? Die fahr ich nicht noch eine Runde durchs Dorf spazieren."

Ich überlegte. „Brauchst du den Hänger in den nächsten drei Tagen?"

„Nein."

„Dann stell ihn vors Garagentor, aber bitte so, dass ich noch aus dem Carport rauskomme. Wolfgang fährt in dem Zustand garantiert nicht alleine vom Hof, und ich bin froh, dass sein Ross im Stall steht."

Holger nickte mürrisch und löste den Hänger von seinem Wagen. Nachdem er ihn schnaufend vors Garagentor geschoben hatte, winkte er mir wortlos zu und brauste davon.

Puh! Das war knapp! Beim nächsten Besuch würde Holger sich bestimmt nicht so leicht abschütteln lassen. Wolfgang musste weg! Aber wie sollte ich jemandem weismachen, dass er verschwunden war, mich bei Nacht und Nebel verlassen hatte, wenn sein Wagen noch in der Garage stand? Deren Zufahrt jetzt zu allem Überfluss ein Hänger mit Sand und einem Betonmischer blockierte.

Warum fiel mir das nicht eher ein. Ich biss mich gedanklich in den Hintern.

Gut, die Leiche konnte ich in meiner Rostschüssel abtransportieren. Allerdings, im Ganzen bekam ich Wolfgang nie in den winzigen Kofferraum. Den Leichnam zersägen? Der Gedanke, meinen Gatten in handliche Stücke zerteilen zu müssen, rief Übelkeit in mir hervor. Ich hatte schon Schwierigkeiten, einen Fisch auszunehmen oder Weihnachten die Gans zu tranchieren.

Bei der Feldmann gingen die Rollos hoch. Schnell verschwand ich im Haus. Ich musste nachdenken. So ein Fehler wie mit Holger und dem Hänger durfte mir auf keinen Fall noch einmal passieren.

5. KAPITEL

Ich holte mir meine Liste, den Stift und einen Kaffee, setzte mich an den Küchentisch und las die Notizen. Die Spuren hatte ich bis auf die Leiche gründlich beseitigt. Von Tatzeugen hatte ich nichts zu befürchten. Ich stockte. Zwar hatte niemand bemerkt, dass ich Wolfgang erschossen hatte, aber die Feldmann, Holger, Sigrun und seine Kollegen denken, er läge im Bett und sei krank. Dass ihn ein Einbrecher erschossen hatte, konnte ich nicht mehr manipulieren. Den Einbruch und den Fund meines toten Mannes hätte ich spätestens gestern Abend melden müssen. Dass es Selbstmord war, konnte ich auch nicht vortäuschen. Kein Selbstmörder schafft es, sich selbst in diesem Winkel in die Brust zu schießen.

Meine Hände begannen zu zittern. Spätestens in drei Wochen, wenn mein Mann nicht auf der Arbeit erschien, würde meine Lüge wie ein Kartenhaus zusammenbrechen. Nein, schon am Montag, wenn Wolfgang nicht mit dem Auto zu seinem Lehrgang fuhr. Jetzt schwitzte ich. Was für eine verzwickte Situation. Panik erfasste mich. Ich war kurz davor zu hyperventilieren, griff mir eine Plastiktüte und atmete hinein, um meine Atmung zu regulieren. Als sich meine Pulsfrequenz wieder verringerte, lief ich wie ein Tiger im Käfig auf und ab.

Annemie, beruhige dich! Angst blockiert das Gehirn. Atme ruhig!

Ich setzte mich auf dem Boden in den Lotussitz, den ich mühevoll im Yogakurs erlernt hatte, schloss die Augen und atmete tief in den Bauch ein und aus. „Hhhaaa." *Ich bin ganz ruhig … ich habe keine Leiche im Keller …* „Hhhaaa." Meine Muskeln entspannten sich, und ich spürte den Energiefluss durch meinen Körper strömen. Der Kopf schaltete ab. Das Telefon klingelte. Ich erstarrte. Wer war denn das schon wieder?

Ich unterbrach das Pranayama zähneknirschend.

„Pfeffer“, meldete ich mich, ohne auf das Display zu schauen. Ein Fehler! Denn meine ungeliebte Schwiegermutter kreischte mir ins Ohr.

„Annemie, ihr müsst mich sofort abholen! Die hämmern jetzt schon den ganzen Morgen. Ich werde wahnsinnig bei dem Krach.“

„Wie, was?“, schrie ich, um den Lärm in ihrem Hintergrund zu übertönen.

„Die haben heute ohne Ankündigung die Straße aufgerissen. Die Bauarbeiten sollen bis nächsten Dienstag gehen. Meinen Koffer hab ich schon gepackt.“

„Du willst bei uns wohnen?“ Mir fiel vor Schreck das Telefon aus der Hand. Es schepperte. Ich klammerte mich an die Kommode und hielt die Luft an.

„Ja, soll ich etwa in eine Pension? Hier kann ich auf keinen Fall bleiben. Bei dem Lärm und dem Staub wird man ja verrückt. Wozu habt ihr denn das Gästezimmer? Oder ist das wieder nicht aufgeräumt? Annemie? Annemiiiiiiie, bist du noch dran?“

Widerwillig hob ich den Hörer wieder auf. „Ja.“

„Holt mich Wolfgang nun ab, oder soll ich mir ein Taxi rufen? Das Geld wollte ich mir eigentlich sparen.“

„Wolfgang ist zum Lehrgang, der ist die nächste Zeit gar nicht da“, log ich und spürte, wie mir heiß wurde.

„Ich denke, er ist krankgeschrieben? Und hochgradig ansteckend.“

„Er ist nicht krankgeschrieben. Er fühlte sich gestern nur sehr schlecht. Heute ging es ihm viel besser.“

„Von einem Lehrgang hat er mir aber nichts erzählt.“

„Sigrun, dein Sohn arbeitet bei der Kriminalpolizei, da ist selten etwas vorhersehbar. Ein Kollege ist ausgefallen, und Wolfgang musste für ihn als Vertreter seiner Dienststelle teilnehmen.“

„Der Arme, so kurzfristig?“

Sigrun kaufte mir die Geschichte ab, und ich gewann wieder Oberwasser. „Ein Mann in seiner Position muss halt flexibel sein.“ Ohne ihren Wolfgang wollte sie bestimmt nicht allein mit ihrer unwürdigen Schwiegertochter unter einem Dach wohnen.

„Dann musst du mich halt holen.“

Der Schock saß tief, und es verschlug mir für einen Moment die Sprache.

Vor meinem geistigen Auge sah ich, wie Sigrun im Keller die Tiefkühltruhe öffnete, ihren schockgefrosteten Sohn anstarrte und tot umfiel. Nein, sie würde nicht tot umfallen. Sie würde sich an mir rächen und dafür sorgen, dass ich im Kerker bei Wasser und Brot verschimmelte. Und sie würde die Tiefkühltruhe öffnen! Das tat sie immer, wenn sie da war. Sie schnüffelte überall im Haus herum, um mich in meinen hausfraulichen Pflichten zu kontrollieren und zu kritisieren. Ja, sie freute sich regelrecht, wenn sie meine Fehler fand und mich wie eine Fünftklässlerin ermahnen konnte.

„Annemie? Bist du noch dran?“

„Ja, ich überlege gerade, wie ich das zeitlich …“

„Dann rufe ich das Taxi.“

„Nein, ich hole dich in anderthalb Stunden ab. Ich warte noch auf eine Lieferung vom Henne-Versand und kann erst weg, wenn die Post durch ist.“

„Kann die Lieferung nicht mal eure Nachbarin, Frau Feldmann, entgegennehmen? In anderthalb Stunden bin ich durchgedreht. Mein Blutdruck ist schon über hundertsiebzig. Dann nehme ich lieber das Taxi.“

Ich biss mir in den Finger. Wie sollte ich Wolfgang bloß so schnell verschwinden lassen? Hilfe! Lieber Gott, gib mir ein Zeichen, oder lass Sigrun von einem Blitz erschlagen die Treppe herunterfallen … Moment! Das war es, die Treppe! Ich musste unsere Kellertreppe für sie als unüberwindbares Hindernis gestalten. Sigrun war seit ihrer Hüftoperation schlecht zu Fuß und konnte ohne Stock kaum laufen. Entweder ich sägte aus der Kellertreppe zwei Stufen heraus, oder ich nahm ihr den Stock weg. Letzteren könnten wir beim Einsteigen ins Auto vergessen. Aber dann würde sie garantiert einen Besenstiel als Ersatz benutzen. Ich verwarf den Gedanken und überlegte, wo der Fuchsschwanz lag.

„Na gut, ich bin in einer Dreiviertelstunde bei dir. Ich muss mich wenigstens noch duschen und anziehen."

„Mittags rennst du noch im Nachthemd herum? Annemie, du solltest dich schämen!"

„Nein, ich buddle seit sieben im Garten und bin total verdreckt. Den Anblick möchte ich dir einfach ersparen", antwortete ich schnippisch. „So lange wirst du es schon noch aushalten."

„Ich warte. Klingle dreimal, damit ich weiß, dass du es bist."

„Ja, ja!" Ich schmiss das Telefon in die Ladestation und rannte in den Heizungskeller. Jetzt musste es ganz schnell gehen. Hastig griff ich mir den Fuchsschwanz von der Wand, wo er an einem Nagel hing. Eifrig sägte ich an der untersten Stufe unserer Kellertreppe und dankte Gott, dass diese aus Holz und nicht aus Stein war, und verfluchte im nächsten Moment den Tischler für seine solide Arbeit, denn die Stufen waren verdammt dick. Oder war der Fuchsschwanz zu stumpf? Warum blieb ich ständig mit dem Sägeblatt in der Kerbe hängen? Ich schwitzte wie noch nie in meinem Leben. Es ging einfach nicht vorwärts. Wenn ich so weitermachte, würde ich für ein Brett einen Monat brauchen. Ich strich mir das klatschnasse Haar aus dem Gesicht und untersuchte das Sägeblatt. Total stumpf. Auf dieser Klinge konnte man ja gefahrlos bis nach Texas reiten. Die Flex. Wir hatten doch mal eine Flex! Ich hetzte zurück in den Heizungskeller und durchwühlte Wolfgangs Alibiwerkbank, die er sich direkt nach dem Einzug in unser schlüsselfertiges Haus einbauen ließ, um in Zukunft alle Reparaturen selbst auszuführen. Leider blieb es bei seinem guten Vorsatz. Er hatte in dieser Hinsicht keinen Finger gerührt. Ich glaube sogar, er hatte die Existenz seiner Werkbank und deren Inhalt längst vergessen.

Die Flex lag im unteren Schubfach. Das Preisschild klebte noch dran.

Nachdem ich sie hervorgezerrt hatte, suchte ich mir eine Steckdose. „Huuuuuuuu“, jaulte die Flex drauflos. Mutig ergriff ich das heulende Monster und durchtrennte die drei Holzstufen wie Butter. „Puuuuuhhh!“ Ich sank auf die Knie und entspannte kurz. Mein Adrenalinspiegel fuhr herunter. So, jetzt war meiner Schwiegermutter der Weg zu Wolfgangs vorläufiger Ruhestätte versperrt.

Aber sie konnte noch von außen über den Garten ... fiel es mir siedend heiß ein.

Zum Glück kam mir ein Geistesblitz. *Ich verschließe einfach die Nebeneingangstür und behaupte, Wolfgang hat den Schlüssel mitgenommen.* Genau, aus Sicherheitsgründen, weil zurzeit Einbrecher ihr Unwesen treiben, ich immer so schusselig bin und die Tür offen lasse. Das würde sie mir auf jeden Fall glauben.

Ich musste noch die Spuren verwischen. Schnell räumte ich die drei Bretter weg und kehrte das Sägemehl auf. Damit meine gebrechliche Schwiegermutter nicht doch noch auf fixe Ideen kam, bastelte ich ein großes rotes Verbotsschild: „Treppe defekt! Betreten verboten!“ Dann duschte ich mir tatsächlich Schweiß und Dreck von der Haut und setzte mich ins Auto, um Sigrun wie versprochen abzuholen.

6. KAPITEL

Als Sigrun aus dem Wagen stieg, wetterte sie wie üblich gleich drauflos. „Also, diese Taxifahrer denken auch, sie sind die Könige der Straße. Der Kerl ist gerast wie ein Henker. Schreib dir mal das Kennzeichen auf! Ich werde mich bei seinem Chef beschweren. Und wie der mit mir geredet hat, nur weil ich mich nicht mit diesem schmierigen Gurt anschnallen wollte. Wer weiß, was man sich da alles einfängt. Ich lasse mir doch nicht von so einem dahergelaufenen Bagaluten etwas vorschreiben. Soll der doch erst mal sein Taxi sauber halten ... Und dann auch noch Trinkgeld verlangen! Der hat keinen Pfennig zu viel von mir ..."

Ich schaltete wie üblich meine Ohren auf Durchzug. Niemand konnte es der kleinen boshaften Frau recht machen. Freundlichkeit schien ein Fremdwort für sie zu sein. Gut, sie hatte seit ihrer Hüftoperation vor drei Jahren mit ständigen Schmerzen zu kämpfen, das war aber kein Grund, seinen Frust an den Menschen in ihrer Umgebung auszulassen. Sie strahlte mit ihrem stets verkniffenen Mund, dem strengen Blick und dem kurzen dunklen Haar den Charme einer verknöcherten Gefängniswärterin aus.

Hatte ich sie eigentlich jemals lächeln gesehen?

Kein Wunder, dass sich ihr Mann frühzeitig vom Acker gemacht hatte. Herbert starb einfach so am nachmittäglichen Kaffeetisch, fiel mit dem Kopf in die Schwarzwälder Kirschtorte und war tot. Mitten in Sigruns Debatte über seine Unfähigkeit, mit Geld umzugehen, ließ er sie einfach sitzen. Gehirnschlag. Das hatte sie ihm nie verziehen.

Ich finde, einen besseren Tod konnte man sich kaum wünschen.

„Was steht denn da für ein Müll vor eurer Garage? Wie das aussieht."

„Das ist Wolfgangs Baustelle.“

„Wolfgangs Baustelle?“ Sie hob eine Augenbraue.

„Ich habe keine Ahnung, was er geplant hatte, bevor er gest… äh … abgereist ist. Aber Holger war da und wollte mit ihm ein Fundament bauen. Wahrscheinlich für einen Pavillon.“ *Puh, beinahe verplappert.* Ich musste wirklich besser aufpassen.

Sigrun verzog angewidert das Gesicht. „Gibt der Junge sich immer noch mit diesem ungebildeten Fleischer ab? In seiner Position? Das begreife ich nicht.“

Mit Verlaub, das war das Einzige, in dem ich mir mit meiner Schwiegermutter einig war. Ich konnte die Busenfreundschaft zu Holger auch nicht begreifen. Nicht weil Holger ein ungebildeter, biertrinkender, kartenspielender Proletarier war. Nein, weil er ein großzügiger, ständig arbeitender, zupackender, handwerklich begabter Kerl war, der seine Petra auf Händen trug und ihr jeden noch so ausgefallenen Wunsch, was Um- und Einbauten ihres Anwesens betraf, erfüllte. Also das völlige Gegenteil meines Mannes.

„Was wollt ihr denn mit einem Pavillon? So ein Metallgerippe ist doch genauso eine Geldverschwendung wie der Rosenbogen, der euch beim ersten Windhauch um die Ohren geflogen ist. Das ist doch wieder eine deiner Schnapsideen, Annemie!“

„Das lass mal unsere Sorge sein!“

„Dass der Wolfgang sich aber auch immer auf deine schwachsinnigen Hirngespinste einlässt, ist mir schleierhaft.“

Sie stakste auf ihren Stock gestützt den Weg zur Haustür entlang.

„Also davon, dass du heute den ganzen Vormittag im Garten gearbeitet hast, sieht man aber nicht viel. Das Unkraut wuchert ja regelrecht in deinen Blumenbeeten.“ Sie seufzte frustriert. „Du machst das eben niiiiie richtig. Wenn du das Unkraut nicht mit der Wurzel entfernst, wächst es immer wieder. Na ja, ich bin ja jetzt da und werde dir das nochmals zeigen."

„Ja, ja!" Ich nickte brav, lächelte und dachte: *Kümmere dich um deinen eigenen Mist!* „Lass uns mal reingehen, Schwiegermutter."

Ich schloss die Haustür auf und hievte Sigruns überdimensionalen Reisekoffer in den Flur. Mein Gott, war der schwer. Sie musste Klamotten für einen ganzen Monat eingepackt haben. Oder schleppte sie Mauersteine mit sich herum, um mir zu demonstrieren, wie eine gute Hausfrau eine ordentliche Mauer errichtet? Zuzutrauen wäre es ihr.

Sie betrachtete den falschen Picasso und verzog das Gesicht. „Ein *scheuß-li-ches* Bild. Hast du das gemalt?"

„Das ist ein Picasso. Der ist im Original einige Millionen wert."

„Trotzdem ist das Bild *scheußlich*. Warum hast du denn den hübschen Schlüsselkasten mit der Blumenranke von der Wand genommen? Der machte sich doch so schön neben dem künstlichen Blütenkranz, den ich dir zum letzten Geburtstag geschenkt habe. Aber den versteckst du ja auch in irgendeiner Schublade. Du hast eben kein Händchen für Inneneinrichtung. Dir fehlt eben die Mutter." Plötzlich wirkte sie beinahe mitleidig.

„Ich bringe schon mal den Koffer hoch ins Gästezimmer", ersparte ich ihr aus Rücksicht auf ihr schwaches Herz die wahrhaftige Beantwortung ihrer Frage nach dem hässlichen Blumenkranz. Ich hatte ihn natürlich noch am Abend meines Geburtstages in den Müll geworfen. „Willst du dich vielleicht ein wenig hinlegen und ausruhen?"

„Gott bewahre! Annemie, am helllichten Tag? Da krieg ich ja die ganze Nacht kein Auge zu."

„Ich dachte ja nur, weil du von dem Baulärm so früh geweckt wurdest", sagte ich und versuchte, mich nicht aus der Ruhe bringen zu lassen.

„Als die anfingen, war ich natürlich längst aus den Federn und habe meine Übungen gemacht. Der frühe Vogel fängt den Wurm. Das solltest du dir auch mal vor Augen halten. Tägliche Gymnastik würde dir übrigens auch ganz guttun.“ Sie musterte mich abschätzig von Kopf bis Fuß. „Du hast ganz schön zugelegt, meine Liebe.“

Das war ja mal wieder typisch. Sigrun und ihr Feingefühl, andere auf ihre Schwächen hinzuweisen.

„Dir fehlt eben einfach die nötige Disziplin. Mein Junge hat dich zu sehr verwöhnt.“

Ich verdrehte die Augen. Meine Mordlust erwachte. Bekam man eigentlich in so einem Fall Freispruch wegen Notwehr?

Sie schnupperte. „Sag mal, riechst du das auch?“

„Was?“

„Na, irgendwie so vergammelt?“

„Nee“, sagte ich und sog die Raumluft prüfend durch meine Nüstern ein. Also, ich roch nichts. Oder war ich nur betriebsblind? Die meisten Leute bekamen ja oft gar nicht mit, wenn sie Schweiß- oder Mundgeruch verströmten, geschweige denn, wenn es in ihren Behausungen modrig wie in einer Gruft muffelte. Wolfgang kam doch gar nicht dazu zu stinken. Vielleicht hätte ich ihn in Essig einlegen sollen? Sigrun hätte bestimmt ein passendes Hausmittel gegen Leichengeruch gewusst. Ich unterdrückte ein Schmunzeln.

„Also, ich rieche Limonenduft. Damit habe ich gestern geputzt.“

„Da muss aber eine verfaulte Limone dabei gewesen sein. Das stinkt ja penetrant.“

Ich wurde rot. Hatte sie mich ertappt? Panisch sah ich mich um, auf der Suche nach einer neuen Ausrede.

Sigrun näherte sich schnüffelnd dem Flurschränkchen.

Oh Gott, hatte ich etwa den blutigen Lappen darunter vergessen? Ich war mir nicht sicher.

Unerträglich langsam beugte meine Schwiegermutter sich vor und griff unter die Kommode. „Ha", sagte sie triumphierend, und mir stockte der Atem. Als sie die Hand hob, erwartete ich, dass sie blutverschmiert wäre. Ich traute mich kaum hinzusehen. Nun würde alles auffliegen, ich war geliefert. Adieu, Freiheit! Aber früher oder später hatte es ja so kommen müssen. Jetzt hieß es Ruhe bewahren. Tapfer hob ich den Blick ... und wurde von einer Woge der Erleichterung überrollt. Was sie da anklagend in der Hand hielt, war nichts weiter als ein Paar von Wolfgangs Turnschuhen!

„Haha. Dein feiner Herr Sohn hat wieder mal seine feuchten Stinkeschuhe im Flur versteckt", sagte ich und weinte dabei beinahe vor Erleichterung. Dann nahm ich ihr die ekligen Dinger aus der Hand und schmiss sie vor die Tür.

„Annemie, wie redest du denn von deinem Mann? Dass der Wolfgang Schweißfüße hat, dafür kann er ja nichts." Entrüstet sah Sigrun mich an. Auf ihr Goldstück ließ sie nichts kommen.

„Nein, aber er kann was dafür, dass er seine verschwitzten Schuhe nicht vor der Tür auslüften lässt, obwohl ich ihm das schon tausendmal erzählt habe."

„An was soll der Junge denn noch alles denken? Das ist doch deine Aufgabe als Frau ..."

Mir platzte der Kragen. „Meine Aufgabe als Frau? In welchem Jahrhundert lebst du eigentlich?"

Sigrun schnappte nach Luft. „Wolfgang geht den ganzen Tag arbeiten. Er sorgt für dich. Da kann er doch wenigstens erwarten, dass du ihn ein wenig unterstützt."

„Und ich schlafe den ganzen Tag, oder wie? Ich gehe auch arbeiten."

Sigrun lächelte arrogant. „Die paar Stunden. Das kannst du doch nicht mit Wolfgangs Job vergleichen."

„Ich hätte mein Studium nie aufgeben dürfen."

„Warum bist du denn jetzt so …? Du hast doch ein schönes Leben."

„Ein schönes Leben? Das stelle ich mir irgendwie anders vor."

„Du bist ungerecht. Der Wolfgang verwöhnt dich, wo er nur kann. Du hattest nie den Stress, Kinder und Arbeit unter einen Hut bringen zu müssen. Ja, er hat dir ermöglicht, zu Hause zu bleiben, und ihr hattet trotzdem euer Auskommen, seid jedes Jahr in den Urlaub gefahren."

„Dass ich keine Kinder kriegen kann, war ja nicht meine Schuld. Dass ich bloß die paar Stunden arbeiten gehe, habe ich deinem Sohn abgerungen. *Er* will, dass ich zu Hause bleibe, damit er seine Bequemlichkeit hat. Es geht ihm nicht darum, dass ich es schön habe, sondern dass er seine Ordnung sowie sein Essen hat und die Füße hochlegen kann, wenn er nach Hause kommt. Dass jemand da ist, der deinen Platz eingenommen hat und ihm alles hinterherträgt."

Ich schnaubte höhnisch. „Unser Auskommen haben wir wohl … wenn du damit meinst, dass wir in einem Haus leben, er ein großes Auto fährt, gut gekleidet ist und sich das ein oder andere nebenbei leisten kann. Er, wohlbemerkt. Jede Blume, jedes Paar Schuhe für mich sind Geldverschwendung. Wolfgang ist ein Geizkragen. Er teilt mir das Haushaltsgeld zu, und ich muss genau darüber Buch führen, was ich ausgebe."

Meine Schwiegermutter ließ sich von meinem Wutausbruch nicht im Geringsten beeindrucken. „Dafür wird er seinen Grund haben. Du kannst sicher nicht mit Geld umgehen. Sei froh, dass dein Mann so sparsam ist. Mein Herbert gab das Geld mit beiden Händen aus, sowie er es in den Fingern hatte. Manchmal wusste ich nicht, wie ich die zweite Monatshälfte überstehen sollte. In dieser Hinsicht ist Wolfgang kein bisschen nach ihm geraten."

„Nein, Sigrun, es ist schade, dass Wolfgang kein bisschen von der Großzügigkeit und Warmherzigkeit seines Vaters geerbt hat", schoss ich zurück.

Sigrun lachte hysterisch auf. „Sei froh darüber, denn großzügig und warmherzig war Herbert nur zu anderen, meine Liebe, besonders zu jungen hübschen Frauen."

„Ja, ja", winkte ich ab. „Nimm deinen Goldjungen nur in Schutz."

„Was willst du damit sagen?"

„Dass Wolfgang genau wie du ein geiziger, ständig herumnörgelnder Diktator ist, dem man nichts recht machen kann. Ihr beide seht doch nur die Fehler der anderen und seid dermaßen von euch überzeugt."

Sigrun sank erschrocken in den Korbsessel neben der Treppe. „Ich nehme ihn nicht in Schutz. Ich weiß, dass er manchmal unmöglich ist. Unser Verhältnis ist längst nicht so gut, wie du denkst." Sie wich meinem Blick aus. „Er …", setzte sie an, als ob sie mir etwas sagen wollte, biss sich auf die Lippe und konterte dann. „Wenn er dich so nervt, warum hast du dich dann nicht längst von ihm getrennt?"

Tja, warum hatte ich mich nicht längst getrennt? Das hatte ich mich manchmal selbst gefragt, aber keine Antwort gewusst. Hatte ich Wolfgang in den letzten Jahren eigentlich noch geliebt, oder hatte ich ganz einfach aus Gewohnheit alles über mich ergehen lassen? Traurig, aber wahr: Ich war wohl eines dieser anpassungsfähigen menschlichen Geschöpfe, die sich ihrem Schicksal ergaben und nicht die Kraft aufbrachten, gegen den Strom zu schwimmen.

„Da schweigst du, Annemie. Und ich werde dir sagen, warum. Weil du zu feige bist, dein Leben selbst in die Hand zu nehmen."

Das saß. Aber sie hatte recht. Ich war ein erbärmlicher Feigling.

„Also, ich kann jetzt nicht herumsitzen und Däumchen drehen“, wechselte sie das Thema. Wahrscheinlich hatte sie sich gerade wieder erinnert, dass ich armes Mädchen ja ohne Mutter aufgewachsen war. „Ich werde uns etwas Schönes zu essen kochen, dann gucken wir zwei ‚Gelbe Tulpen‘ und machen es uns gemütlich. Du ruhst dich mal aus. Du siehst ja völlig fertig aus. Diese Stimmungsschwankungen sind wahrscheinlich die ersten Vorboten der Wechseljahre.“

„Quatsch. Ich bin neununddreißig“, rief ich entrüstet.

„Du wirst bald vierzig, meine Liebe!“, erinnerte sie mich gnadenlos.

„Leider!“

„Du siehst, Annemie, du hast ein Problem mit dem Altern. Das löst Depressionen aus. Wie heißt das bei Männern? Midlife-Crisis. Die kriegen das allerdings erst zehn Jahre später, mit fünfzig. Find dich damit ab, dass du nicht jünger wirst. Das wird niemand von uns. Die einzige Gewissheit im Leben ist doch die, dass wir irgendwann sterben.“

Ja, und wenn sie nicht bald ihre Klappe hielt, würde diese Gewissheit für Sigrun schneller wahr werden, als sie dachte …

Sie stand auf, marschierte in die Küche und inspizierte das Innere des Kühlschranks.

„Das sieht ja wenig einladend aus.“

„Für mich alleine koche ich eben nicht.“

Sie entnahm ein Glas Oliven und fünf Tomaten.

„Mal sehen, ob deine Tiefkühltruhe mehr hergibt.“

Kaum ausgesprochen, stakste sie zur Kellertür, riss sie auf und starrte auf mein Hinweisschild. „Was ist denn hier los?“

„Ach so, das hatte ich ganz vergessen zu sagen. Die unteren drei Stufen waren morsch. Die Handwerker tauschen sie aus. Da muss man jetzt springen, wenn man in den Keller will. Da wirst du wohl auf einen Blick in meine Tiefkühltruhe verzichten müssen.“

Sigrun zog die Stirn in Falten. „Und das haben die so hinterlassen? Da bricht man sich ja den Hals. Typisch Handwerker heutzutage, stellen dir eine elendig hohe Rechnung und fabrizieren nur Pfusch“, jammerte sie, ohne Luft zu holen, in monotonem Singsang.

„Damit so etwas nicht passiert, liebe Sigrun, weist dich das Schild darauf hin, dass du mit deinem Hüftleiden die Treppe besser nicht benutzt.“

„Und wie komme ich jetzt an deine Tiefkühltruhe?“

„Gar nicht. Was möchtest du denn kochen?“

„Ich weiß ja nicht, was du in deinem Eisschrank versteckst.“

Bloß gut! dachte ich.

„Brokkoli, Erbsen, Möhren …“, *Wolfgang …*

„Im Kühlschrankeisfach liegen noch drei Geflügelkeulen. Wie wäre es mit Saurem Hähnchen?“, schlug ich vor.

Sigrun wirkte nicht überzeugt. „Hast du denn neben den Oliven und Tomaten auch Zitrone und Thymian im Haus?“

„Thymian wächst genügend im Garten, und Zitrone ersetzt du durch Essig.“

„Das schmeckt doch nicht.“

„Klar, den Unterschied merkt man kaum.“

„Wenn du meinst.“

Ich legte ihr alles bereit und schloss die Küchentür von außen, um das Bett im Gästezimmer zu beziehen. Solange sie kochte, hatte ich erst einmal Ruhe.

Wie sollte ich den alten Drachen nur bis Dienstag ertragen?

7. KAPITEL

Gegen fünfzehn Uhr aßen wir und schauten gemeinsam „Gelbe Tulpen“. Sigrun wischte sich verzückt die Tränen aus dem Gesicht, als die Hauptdarstellerin, eine makellose blonde Schönheit von höchstens vierundzwanzig Jahren, ihrem zu alten Ehemann nichts als einen Brief hinterließ, um endlich mit ihrer großen Liebe, einem braun gebrannten armen Zigeuner, durchzubrennen.

„Das ist wahre Liebe“, seufzte sie und schnäuzte sich in ihr Tempotaschentuch.

Drei Minuten später entwickelte sich die Lovestory zum Drama. Die Schönheit lag tot im Wald. Der Hund eines Mannes mit Hut und Lodenmantel, der irgendwie Ähnlichkeit mit dem dicken Holger hatte, beschnüffelte sie. Kurz darauf tauchte ein Kommissar beim Ehemann der Toten im Büro des Penthouses seines Unternehmens auf und überbrachte die schlechte Nachricht. Die Augen des Ehemannes blitzten einen Moment zu toll auf. Er wusste schon, dass seine Frau tot war. Außer mir schien das niemand zu bemerken. Der Kommissar sprach sein Beileid aus und versprach dem Ehemann, dass er den Schuldigen, diesen Zigeuner, finden würde.

Genau das war es, wie ich vielleicht aus der Sache ungeschoren herauskam! Ich musste mit Wolfgangs Schrift einen Abschiedsbrief schreiben, in dem er mir mitteilte, dass er mich wegen einer anderen Frau verlassen hätte. Dafür würde ich den Computer benutzen. Seine Unterschrift bekam ich auf jeden Fall hin. Das sollte mir als Malerin nicht schwerfallen. Als mir einmal das Haushaltsgeld wirklich zu knapp war und ich etwas zusätzliche Knete von seinem Konto brauchte, hatte ich seine Unterschrift schon einmal erfolgreich gefälscht. Leider hatte er die zusätzliche Abhebung bemerkt und ein Riesentheater gemacht.

Midlife-Crisis. Er ist fünfzig und will nach all den tristen Ehejahren mit mir was erleben. Weil er nicht weiß, wie er es mir sagen sollte, hat er sich davongemacht und mir diesen Brief hinterlassen. Am besten, ich gehe gleich Montag aufs Revier und melde ihn als vermisst. Nein, erst am Dienstag. Ich muss warten, bis Sigrun hier verschwunden ist, sonst habe ich sie vielleicht noch länger am Hals. Seine Kollegen werden mich zwar mitleidig angucken – von wegen frustrierte, verlassene Ehefrau –, aber das stecke ich weg.

Das bedeutete aber auch, dass ich, solange Sigrun hier wohnte, weder Wolfgang noch seinen Pkw mit seinem Koffer in irgendeinem Waldstück verschwinden lassen konnte. Mist. Das hieße auch, ich musste Holger bis Dienstag von unserem Haus und vor allem von Sigrun fernhalten. Und da war dann auch noch die Feldmann.

„Was grübelst du denn ständig?“ Sigrun riss mich aus meinen Gedanken.

„Ich? Ach nichts.“

Kopfschüttelnd betrachtete sie mich von der Seite. „Du kommst mir vor wie Wolfgang.“

„Ich verstehe nicht, was du meinst.“

„Na, er war so komisch in letzter Zeit, auch so schweigsam und nachdenklich. Das kenne ich überhaupt nicht von ihm. Und dann hat er mich in den letzten zwei Monaten kaum besucht.“

Wie bitte? Bei mir hatte er sich dreimal wöchentlich zu stundenlangen Besuchen bei seiner Mutter abgemeldet. Seltsam.

Ich hatte keine Lust, mir Sigruns Gejammer anzuhören, denn ich musste überlegen, wie ich den Fernsehstoff in meine Realität übertrug, den Fleischberg unbemerkt aus dem Keller bekam und Wolfgangs Wagen bei Nacht und Nebel verschwinden lassen konnte, um behaupten zu können, dass mein Mann mich mit unbekanntem Ziel verlassen hatte. Oder doch besser die Geschichte mit den Entführern …

Am besten wäre, ich schrieb mir beide Versionen auf, um nichts durcheinanderzubringen und die Lücken in der Geschichte zu erkennen. Was hatte sie gerade gesagt? Wolfgang hatte sie in den letzten zwei Monaten kaum besucht. Mich hatte er in dieser Zeit oft von unterwegs angerufen und sich entschuldigt, dass er noch zu seiner Mutter müsste, weil sie seine Hilfe bräuchte. Das neue Parfüm, die rasierte Brust und das Kondom in seiner Jackentasche fielen mir ein. Ich hielt die Luft an. Sollte Wolfgang etwa fremdgehen, eine heimliche Geliebte haben? Ich sah ihn vor mir, wie er gestern Morgen nackt mit einer Socke am Fuß in der Küche stand, und schüttelte den Kopf. Wer sollte sich schon für meinen langweiligen Mann interessieren? Vielleicht ging er ja zu einer Prostituierten? Konnte ich der vielleicht die Schuld an Wolfgangs Tod unterjubeln?

Mein Selbsterhaltungstrieb weckte meinen detektivischen Instinkt. Ich sprang vom Sofa auf und rannte ins Arbeitszimmer, wo ich die Tüte mit Wolfgangs Tascheninnenleben vorerst auf seinen Schreibtisch geschmissen hatte.

„Was hast du denn? Wo willst du denn plötzlich hin? Du verpasst die spannendste Stelle in der Folge."

„Ich suche was."

Gerade als ich Wolfgangs Handy in den Fingern drehte und krampfhaft nachdachte, wie seine PIN lautete, klingelte es an der Haustür.

Anstatt mich darum zu kümmern, tippte ich sein Geburtsdatum ein. Falscher Code. Dann probierte ich es mit unserem Hochzeitstag … Was für ein Schwachsinn! Das war natürlich falsch. Mist! Jetzt hatte ich nur noch einen Versuch.

Es klingelte wieder.

„Annemie, es klingelt", rief Sigrun aus dem Wohnzimmer. „Erwartest du Besuch?"

Ich drehte das Telefon in meiner Hand und antwortete abwesend: „Nein." Wie könnte dieses blöde Passwort mit fünf

Buchstaben lauten? *Mutti?* Ich tippte das Wort ein und Simsalabim, der Sesam öffnete sich. Ein neuer Sperrbalken erschien und verlangte ein weiteres Passwort, um das Gerät zu entsperren. *Nee, oder?*

Der Eindringling an meiner Pforte ließ nicht locker und klingelte Sturm. Meine Güte, konnte man in diesem Haus nicht einmal in Ruhe nachdenken. Geh weg! Es ist keiner zu Hause.

Meine Schwiegermutter humpelte zum Eingang. Wenn das jetzt Holger war? Ich reagierte zu spät, da hatte sie die Tür schon geöffnet.

Ich schloss die Augen und hielt zum gefühlten hundertsten Mal an diesem Tag die Luft an.

Eine mir sehr vertraute Stimme erlöste mich aus meiner Schockstarre. Dörte rannte locker wie eine Marathonläuferin auf ihren Dreißig-Zentimeter-Absätzen zur Tür herein, schmiss Jacke und Handtasche von sich. „Das wurde ja Zeit. Ich pinkle mir gleich in die Hosen." Meine beste Freundin verschwand in der Gästetoilette.

Die Spülung rauschte wenige Sekunden später, und Dörte kam sichtlich erleichtert wieder heraus. Ihr rotes lockiges Haar wippte wie bei Heidi Klum in der Werbung für *Drei Wetter Taft*. Die knallrot geschminkten Lippen konkurrierten mit ihrem hautengen bunten Sommerkleid um den ersten Platz der Aufmerksamkeit ihrer Betrachter. Obwohl meine beste Freundin zehn Jahre älter war als ich, konnte ich ihr in puncto Figur und Ausstrahlung nicht das Wasser reichen. Sie war die geschmeidige eigensinnige Katze, ich dagegen der verschreckte unbeholfene Hamster. Jedenfalls kam ich mir so vor. Sie meinte, das läge einzig und allein daran, dass ich untervögelt sei. Frauen ohne leidenschaftliches Sexualleben verkümmerten, weil sie sich ihres Körpers und der Macht ihrer Reize nicht mehr bewusst sind. Das führte wiederum dazu, dass die Männer an ihrer Seite sie nicht mehr attraktiv fänden und sich anderweitig umsahen oder nur noch ihre mysteriösen Hobbys pflegen. Die Frauen seien dann gekränkt und trösteten sich mit Süßigkeiten, würden immer dicker, gingen seltener zum Friseur und trugen Schuhe mit flachen Absätzen. Ich sei angeblich das beste Beispiel für ihre These.

„Hey, Süße, schönen Tag, Frau Pfeffer. Na, das Leben noch frisch?“, begrüßte Dörte uns mit einem Bussi.

Sigrun musterte Dörte ungeniert und rümpfte die Nase. Mit so viel Herzlichkeit konnte meine Schwiegermutter schwer umgehen. Wahrscheinlich verunsicherte sie die direkte Art meiner selbstsicheren Freundin.

Dörte hingegen beherrschte die Klaviatur des perfekten diplomatischen Spiels und verzauberte jeden Kritiker. Schließlich war sie Schauspielerin, besser gesagt Musical-Darstellerin. Sie hatte Tausende von Vorstellungen als Sahra, Elisabeth und Bombalurina gesungen, getanzt und gespielt. Nun übte sie den Beruf nur noch gelegentlich aus. In ihrem Alter hatte man entweder die Hürde des Rollenwechsels geschafft und spielte nur noch mütterliche Figuren oder eben nicht. Dörte verpasste den Spurwechsel und nutzte ihre Talente, um andere in Stimme und Körpersprache auszubilden, spielte ab und zu kleine Filmrollen und lebte ansonsten vom spärlichen Rest des Vermögens, das ihr Mann ihr nach seinem Tod hinterlassen hatte. Seit neun Monaten versuchte sie, unserem Frauenchor etwas mehr Pep zu verleihen. Sie polierte an unseren Stimmen und unserem Selbstbewusstsein, fegte das verstaubte Repertoire an Liedgut aus unseren Köpfen und ersetzte es durch frische schwungvolle Weisen.

Wir mochten uns auf Anhieb, und ich fühlte unsere Seelenverwandtschaft, obwohl wir grundverschieden waren.

„In zwanzig Minuten beginnt die Chorprobe. Der Gemeindesaal ist verschlossen. Hast du nicht letzte Woche den Schlüssel …?“

Mist, daran hatte ich überhaupt nicht mehr gedacht. Ich kramte in meiner Tasche.

„Willst du nicht mitkommen?"

„Mir geht es nicht so gut", sagte ich, hielt inne und spürte, wie ich rot wurde, weil mich beide Frauen abwartend ansahen. Sie hatten mich beim Lügen ertappt.

„Ich kann meine Schwiegermutter auf keinen Fall allein lassen."

„Sehe ich etwa aus wie ein Pflegefall? Geh du ruhig zu deinem Chor. Ich werd mich schon beschäftigen."

Diese Beschäftigung kannte ich. Sie wollte freie Bahn zum Schnüffeln haben.

„Dein Göttergatte ist wohl nicht zu Hause?"

Sigrun übernahm die Antwort. „Der Junge muss völlig überraschend einen erkrankten Kollegen beim Lehrgang vertreten, obwohl er gestern selbst flach lag und nicht einmal ans Telefon gehen konnte."

„Der Arme", konnte sich Dörte nicht verkneifen. Sie mochte Wolfgang genauso wenig wie er sie.

„Ich bin für ein paar Tage hier untergeschlüpft, weil mir die Bauarbeiten vor meinem Haus den Verstand rauben; zum Leidwesen meiner Schwiegertochter. Tja, um uns alte Leute kümmert man sich eben nicht gern. Wenn der Mohr seine Schuldigkeit getan hat, wird er lästig." Sie seufzte theatralisch.

„Ach was, also ich höre Annemie nur Gutes über Sie reden."

Da geschah ein Wunder: Sigrun lächelte. Dörte musste magische Kräfte haben, anders war das nicht zu erklären. Und zusätzlich konnte sie lügen, ohne mit der Wimper zu zucken. Wahnsinn.

Der Schlüssel fand sich nicht. Ich überlegte. Mist, der konnte nur im Schlüsselkasten sein.

„Vielleicht im Schlüsselkasten", schlug Dörte vor und schien zu bemerken, wie nervös ich war.

„Natürlich! Im Schlüsselkasten“, sagte ich, tippte mir demonstrativ an die Stirn und blieb wie angewurzelt stehen. Wie bekam ich den Schlüssel aus dem Kasten, ohne dass Dörte oder, schlimmer noch, Sigrun das Einschussloch entdeckten? Beide Frauen warteten auf meine Reaktion.

Sigrun gab zuerst ihre Starre auf. „Na, Annemie, leidest du neuerdings an Demenz? Du wirst doch wohl wissen, wo du den Schlüsselkasten hingelegt hast, nachdem du dieses *scheußliche* Bild an seinen Platz gehängt hast“, versuchte sie, mir auf die Sprünge zu helfen. Zu Dörte sagte sie: „Das Mädchen hat einfach keinen Geschmack. So ein scheußliches Bild verschreckt ja jeden Besuch. Ich weiß gar nicht, was sie sich dabei gedacht hat. Der Schlüsselkasten und der dazu passende Kunstblütenkranz machten sich viel besser an der Wand.“

Dörte wiegte ihren Kopf hin und her, taxierte das Bild, ging einen Schritt zurück, hob die Arme, trat an das Bild heran, strich über den Rahmen und sagte: „Also ich finde, es hat was. Ich kann nicht erklären, was, dafür verstehe ich zu wenig von Kunst – Annemie kennt sich da viel besser aus –, aber es zieht seine Betrachter in den Bann. Wahrscheinlich liegt es an der Farbkombination oder dem Ausdruck der Augen dieser Frau. Finden Sie nicht?“ Sie rückte den falschen Picasso gerade. Der fiel mitsamt dem Nagel von der Wand, und wir blickten direkt auf das Einschussloch.

Dörte runzelte die Stirn, sah mich an und hüstelte, als sie meinen gehetzten Blick auffing. „Sorry!“ Sie hob Nagel und Bild auf und befestigte beides an seinem Platz.

„Also wegen dem Schinken musst du nicht gleich in Panik geraten.“ Lachend schüttelte Sigrun ihren makellos sitzenden Kurzhaarschnitt. Sie schien nichts bemerkt zu haben.

Ich atmete tief durch und versuchte, mich zu beruhigen. Dann zog ich die oberste Schublade der Kommode auf und angelte schuldbewusst den durchlöcherten Schlüsselkasten aus seinem Versteck in meiner Mütze aus sibirischem Tigerfellimitat.

Dörte sah das Loch; sie schaute mich fragend an und lenkte Sigruns Aufmerksamkeit im nächsten Moment auf einen nachtblauen Seidenschal an der Garderobe. „Wow! Der passt ja genau zu Ihrer Bluse und Ihren strahlenden Augen", schmeichelte sie der alten Frau.

Ein Blick in Dörtes Gesicht verriet mir, dass sie genau wusste, dass hier etwas nicht stimmte. Sicher nicht, was, aber das würde sie noch herausbekommen. Jetzt hatte sie sich anscheinend zur Aufgabe gemacht, mich erst einmal vor der vermeintlichen Bedrohung in Form meiner Schwiegermutter zu beschützen.

Liebevoll legte sie Sigrun das Tuch um den Hals und sagte: „Wissen Sie was? Sie begleiten uns zur Chorprobe. Ich lade Sie ein!"

Sigrun wehrte ab. „Nein, das ist doch nichts für mich."

„Aber ich würde mich sehr freuen und Annemie sicher auch."

Ich nickte wie eine ferngesteuerte Marionette.

„Sie mögen doch bestimmt Andrew Loyd Webber? ‚Memory' aus *Cats*, ‚Ewigkeit' aus dem *Tanz der Vampire* oder ‚Ich gehör nur mir' aus *Elisabeth*?"

Sigrun begann, vor sich hinzusummen, und lächelte verträumt. Wie schaffte Dörte es nur, diesen Drachen null Komma nix in ein handzahmes Kaninchen zu verwandeln?

Sie hakte meine Schwiegermutter unter und stolzierte mit ihr zur Haustür heraus, drehte sich zu mir um und sagte: „Beeil dich, wir gehen schon mal vor." Dann wand sie sich wieder meiner Schwiegermutter zu und erzählte von ihrer Mission, die wenig erbaulichen Gesangskünste unseres Landfrauenchores – ähnlich wie Deloris van Cartier alias Schwester Mary Clarence mit dem Nonnenchor in *Sister Act* – zu einem Genuss für die Zuhörer zu revolutionieren.

8. KAPITEL

Gegen siebzehn Uhr trudelten wir wieder zu Hause ein. Meine Schwiegermutter, mit roten Wangen wie ein frisch gebadetes Baby, schwärmte von unserem Chorgesang: „Ich hatte ja nicht viel erwartet, aber das war ja ein reiner Ohrenschmaus, liebe Dörte."

Zu allem Überfluss hatte die „liebe Dörte" sie nämlich zum Mitsingen aufgefordert, und Sigrun entdeckte auf ihre alten Tage ein verborgenes Talent in sich, dass sie in Zukunft pflegen wollte, indem sie dem Landfrauenchor beitrat. Vor einer Woche hätte ich dagegen in den höchsten Tönen protestiert. Heute war es mir egal. Irgendwie hatte ich das Gefühl, dass dies heute sowieso meine letzte Chorprobe gewesen war.

„Wie wäre es noch mit einer gemeinsamen Tasse Tee? Da können wir alles Weitere besprechen", sagte Dörte zu Sigrun.

„Eine gute Idee." Meine Schwiegermutter humpelte in die Küche.

Dörte nahm ihr den Wasserkocher ab. „Setzen Sie sich ins Wohnzimmer. Wir jungen Hüpfer werden uns doch nicht von einer älteren Dame bedienen lassen, stimmt's, Annemie?"

„Natürlich", murmelte ich, mit den Gedanken schon längst wieder bei meinem kleinen Problemfall in der Tiefkühltruhe, und schob Sigrun aus der Küche.

Ich holte Tassen und Untertassen aus dem Schrank. Dörte hängte die Teebeutel hinein. Dann zückte sie ihre Handtasche und entnahm ein Medizinfläschchen. Sie tropfte einen Teil der Flüssigkeit in eine der Tassen und flüsterte: „Damit sind wir sie vorerst los und können uns in Ruhe unterhalten."

„Was ist das? Willst du sie etwa vergiften?"

„Nein, das ist nur ein bisschen Diazepam, ein Mittelchen, das den Schlaf fördert. Nehme ich manchmal, wenn Schäfchen zählen nicht reicht. Das ist völlig harmlos, aber sehr wirksam."

Wir horchten ins Wohnzimmer. Sigrun hatte den Fernseher angestellt.

„Was ist passiert? Du bist so nervös, als hättest du eine Leiche im Haus versteckt. Wolfgang war gestern todkrank und ist heute gleich zum Lehrgang für einen Kollegen eingesprungen? Das klingt wirklich komisch. Ist er abgehauen? Ihr habt gestritten, stimmt's? Und das Loch in der Wand und dem Schlüsselkasten ist von einer Patrone. Hat er dich etwa mit seiner Dienstwaffe bedroht, das Schwein?"

Ich schloss für einen Moment die Augen. Sollte ich es riskieren und Dörte die Wahrheit sagen?

„Hör auf!" Ich wandte mich ab.

Dörte ergriff meinen Arm. „Annemie, was ist passiert? Rede mit mir! Du bist ja völlig neben der Spur. Ich bin deine Freundin. Du kannst mir vertrauen."

„Lass uns erst Tee trinken, okay!", sagte ich und zeigte auf die für Sigrun bestimmte Tasse.

Ein Hoch auf Diazepam! Etwa zwanzig Minuten nachdem wir ihr den Tee serviert hatten, nickte Sigrun friedlich weg. Im Transport von leblosen Körpern hatte ich ja mittlerweile Erfahrung. Und so schleppten wir sie mit vereinten Kräften bis ins Gästezimmer, halfen ihr beim Auskleiden und betteten sie in die nach Frühlingsduft schnuppernden Kissen.

Leise schlossen wir die Tür.

Dörte sah mich herausfordernd an. „Los, spuck es aus! Was macht dich so nervös?" Ich beschloss, das Risiko einzugehen, mich ihr anzuvertrauen.

„Komm!" Ich führte Dörte vorsichtig über die kaputte Treppe in den Keller und öffnete die Tiefkühltruhe.

„Ach du Schreck!" Dörte blieb wie angewurzelt stehen und starrte auf die Leiche.

Mir wurde heiß und kalt. War es doch ein Fehler gewesen,

sie ins Vertrauen zu ziehen? Würde sie jetzt die Polizei rufen?

Sie wandte sich mir zu und zog die Augenbrauen hoch. „Dass du zu so etwas fähig bist, hätte ich nie gedacht."

Was hatte ich denn erwartet? „Dörte, hör mir zu, es war ein Unfall, ich …"

„Nein, das meine ich gar nicht. Annemie, das ist ja ein glatter Durchschuss. Dass du so gut mit einer Waffe umgehen kannst. Respekt!"

„Was?" War meine beste Freundin verrückt geworden?

„Endlich bist du den Blödmann los. Verdient hat er's, so wie er dich unterdrückt hat. Na komm schon, lächle!"

„Dörte, ich habe meinen Mann gekillt. Wenn das rauskommt, bin ich geliefert und lande für den Rest meines Lebens im Knast. Weder seine Kollegen noch seine Mutter werden mir glauben, dass es ein Versehen war."

„Wie? Du hast ihn aus Versehen erschossen?"

Ich nickte. „Er kam gestern früher nach Hause und schlich sich über den Hintereingang durch den Keller hinein. Ich hab gewischt und mich erschrocken, weil plötzlich jemand hinter mir stand. Da hab ich dem Eindringling den Lappen ins Gesicht geschleudert. Es gab ein Handgemenge und – bumm – fiel er um, und der Lappen rutschte von seinem Gesicht. Erst da sah ich, dass es Wolfgang war."

„Das heißt ja, er muss seine Dienstwaffe in geladenem Zustand vor sich hergetragen haben."

„Eigentlich trägt er die Pistole unter dem Jackett im Holster. Auf der Mündung steckte auch eine durchlöcherte Kartoffel. Keine Ahnung, wo die herkam."

Dörtes Blick wurde sehr ernst. „Dieses Schwein! Annemie, ich glaube, dass das kein Zufall war. Dein Mann wollte dich loswerden. Die Kartoffel auf der Mündung diente als Schalldämpfer. Das hab ich mal in einem Gangsterfilm gesehen."

„Quatsch! Warum sollte er mich …“

Dörte fiel mir ins Wort. „Sag mal, bist du wirklich so blauäugig? Dein Mann schleicht sich mit vorgehaltener, geladener Waffe zwei Stunden vor Feierabend über den Hintereingang, der durch den Keller führt, in sein eigenes Haus? Der führte doch was im Schilde.“

Ich wurde blass.

„Hat er eine Geliebte?“

„Nein, das heißt, ich weiß nicht.“

„Ist dir irgendetwas an ihm aufgefallen? Hat er sich verändert, neuer Haarschnitt, anderer Kleiderstil, oder war er in letzter Zeit besonders freundlich?“

Ich grübelte kurz. „Na ja … Er rasierte sich neuerdings die Brusthaare ab und benutzte ein anderes Parfüm. Als er gestern Morgen das Haus verließ, nannte er mich Schatz und gab mir einen Kuss.“

Dörte schnaubte wütend. „Sag ich doch, der Scheißkerl führte etwas im Schilde.“

„Niemals. Egal, wie Wolfgang sich mir gegenüber verhalten hat, aber das glaube ich nicht. Er wollte mich nicht umbringen, und eine Freundin hat er auch nicht.“ Jetzt kullerten mir Tränen übers Gesicht, und ich zitterte.

„Annemie, ihr habt jetzt wie lange keinen Sex mehr?“

„Ein Dreivierteljahr ungefähr …“

„Meinst du, er schwitzt das aus?“

„Aber er hatte Zementsäcke im Auto und wollte ein Fundament bauen für den Pavillon, den ich mir schon so lange wünsche“, verteidigte ich ihn.

„Wer sagt, dass das Fundament für den Pavillon bestimmt war? Er hat dir doch nie deine Wünsche erfüllt. Wieso sollte er gerade jetzt damit anfangen? Du glaubst doch nicht im Ernst, dass dein Göttergatte mit seinen Pfuscherhänden zum Handwerker mutiert ist, oder?“

Ich biss mir unsicher auf die Lippe.

„Der Typ wollte dich killen und in Beton einlegen. Du hast ihn in Notwehr erschossen."

Vielleicht hatte sie recht. Doch selbst wenn ... „Das wird mir nur niemand glauben."

„Das muss dir auch niemand glauben, denn du hast mit seinem Tod nichts zu tun." Dörte schlug den Deckel der Tiefkühltruhe zu. Ich sah, wie sie grübelte. Wir kletterten die Kellertreppe nach oben.

„Wieso fehlen hier eigentlich drei Stufen?"

„Die hab ich heute mit der Flex zersägt, damit Sigrun nicht auf die Idee kommt nachzusehen, was ich so in meiner Tiefkühltruhe lagere."

„So viel Cleverness hätte ich dir gar nicht zugetraut." Dörte nickte anerkennend.

„Vielen Dank für die Blumen."

„Jetzt brauchen wir nur noch eine Idee, wie wir das Wölfchen spurlos verschwinden lassen."

Ich stockte. „Du schickst mich nicht zur Polizei?"

„Annemie, sehe ich so aus, als würde ich Vertrauen in unsere Rechtsprechung haben?" Sie lachte. „Merk dir eins, Recht haben und Recht bekommen sind zweierlei. Das wollen wir doch nicht riskieren, oder? Man befreit sich doch nicht aus einem Gefängnis, um sich gleich in das nächste sperren zu lassen."

„Das klingt, als würdest du dich damit auskennen."

Dörte grinste geheimnisvoll. „Ich wuchs als Kind einer begehrten Schauspielerin quasi im Theater auf. Mit sieben sagte ich bereits zu fünf Männern ‚Papa'. Aufklärung erfuhr ich durch das Stück ‚Der letzte der feurigen Liebhaber'. Meine Hausaufgaben machte ich am Kulissentisch im Wohnzimmer der Lady Milford. Um meine erste Liebe zurückzugewinnen, schwor ich meiner Rivalin Rache und passte im Souffleurkasten genau auf, wie Claudius den König von Dänemark heimlich ermordete. Da war ich zwölf. Ich eroberte Paul zwar nicht zurück und kassierte einen Tadel, aber Britta kackte zu meiner Genugtuung vor der Klasse in die Hose. Später lernte ich, subtiler vorzugehen, um die Spuren zu verwischen … Habe ich eigentlich schon erwähnt, dass ich dreifache Witwe bin?"

„Das hast du mir nie erzählt."

„Ich gehe mit meinen Erfahrungen nicht unbedingt hausieren. Das solltest du übrigens auch nie tun", warnte sie und stakste Richtung Wolfgangs Arbeitszimmer. „Bevor wir ihn entsorgen, müssen wir rausbekommen, was dein Mann hinter deinem Rücken so alles getrieben hat. So können wir eine falsche Spur legen. Du kannst ihn ja nicht ewig in der Tiefkühltruhe verstecken. Hat jemand etwas mitbekommen? Vielleicht deine neugierige Nachbarin?"

„Nein, sie hat zwar einen Schuss gehört, aber ich konnte ihr einreden, dass das im Fernsehen gewesen sein muss." *Und das hat mich viele Nerven gekostet …*

„Musste er heute nicht zur Arbeit?"

„Ich habe ihn gestern für den Rest der Woche krankgemeldet", sagte ich und war so langsam beinahe ein bisschen stolz auf mich.

Dörte strahlte mich an. „Sehr gut! Damit gewinnen wir Zeit. Seine Mutter denkt, er ist zum Lehrgang. Wer könnte noch Verdacht schöpfen außer seiner Mutter?"

„Holger", fiel mir ein.

„Der dicke Fleischermeister aus dem Dorf?", fragte sie abschätzig.

„Er war heute Morgen da. Sie hatten sich wegen dem Bau des Fundamentes verabredet."

„Ich fasse es nicht", wetterte Dörte.

„Noch was. Seine Kollegen wünschten mir und Wolfgang gestern einen schönen Urlaub. Verstehst du, er hat ab Montag

Urlaub genommen. Mir hat er erzählt, er fährt zu irgendeinem geheimen superwichtigen Antiterrorlehrgang."

Sie blieb mitten in der Tür stehen, drehte sich zu mir um und tippte sich an die Stirn. „Antiterrorlehrgang? Seit wann ermittelt Wolfgang für die CIA? Ich dachte immer, er wäre eine Art Dorfpolizist."

Die Schamesröte schoss mir ins Gesicht, weil mir meine eigene Naivität peinlich bewusst wurde.

Dörte ließ nicht locker. „Annemie, begreif es doch endlich! Der hat 'ne Geliebte, das heißt, er hatte eine ... Dafür verwette ich meinen Arsch."

Ich sank kraftlos in den Ledersessel neben Wolfgangs antikem Schreibtisch, griff zu seinem Handy und erinnerte mich des Balkens, der das Passwort von mir verlangte. Ratlos tippte ich den Geburtstag seiner Mutter ein, weil ich das irgendwie logisch fand. Und siehe da, auf dem Display erschien das Foto einer jungen dunkelhaarigen Schönheit. Ich erstarrte. Die war doch höchstens fünfundzwanzig, wenn überhaupt. Dörte nahm mir das Telefon aus der Hand. „Der muss sich ja ziemlich sicher gefühlt haben. Trägt das Bild einer anderen Frau ganz offensichtlich mit sich herum. So ein Schuft. Wie sie aussieht, wissen wir schon mal. Nun müssen wir nur noch herausbekommen, wie sie heißt, wo sie wohnt und ..."

Ich unterbrach sie ungeduldig. „Was bringt uns das? Was fangen wir mit diesen Informationen an?"

„Wir werden ihr einen Besuch abstatten", sagte meine Freundin und lächelte diabolisch.

„Und dann?"

„Mit ihrer DNA die Tatwaffe verunreinigen. Wo hast du das Schießeisen eigentlich versteckt? Du hast die Waffe doch hoffentlich nicht weggeschmissen?"

„Nein, ich habe sie gereinigt und in seinen Nachtschrank gelegt. Da bewahrt er sie immer auf."

„Gut." Dörte tippte sich durch die Kontaktliste in Wolfgangs Handy. „EK."

„Das könnte sein Kumpel vom Einsatzkommando sein", warf ich ein.

„Alle anderen Namen sind ausgeschrieben." Sie lief aus dem Zimmer und holte ihr eigenes Handy, tippte die unter EK gespeicherte Nummer ein und drückte auf *Verbinden*. Am anderen Ende der Leitung meldete sich eine Frauenstimme mit slawischem Akzent. „Elena Kaminsky, hallo? Hallo?"

Dörte drückte die Teilnehmerin weg.

„Das Sondereinsatzkommando hört auf den Namen Elena Kaminsky", sagte meine Freundin im verächtlichen Ton und warf ihr Handy neben Wolfgangs.

Dann zappte sie sich durch seine gespeicherten Anruf- und Nachrichtenlisten und hörte seine Mailbox ab. „Diese Elena hat ihn seit gestern fünfmal angerufen. Tja, meine Liebe, da kannst du lange warten, dass dich dein Hase zurückruft. Der guckt sich die Möhren bereits von unten an."

„Sie nennt ihn Hase?"

„Schlimmer, Hasi."

„Meinst du, sie sucht ihn oder meldet ihn als vermisst, wenn er sich nicht bald zurückmeldet?"

„Denken wir doch mal logisch." Dörte zog sich die Pumps aus, rieb ihre rot gescheuerten Füße und setzte sich zu mir auf die Sessellehne. „Entweder sie war eingeweiht und sie planten zusammen, dich für ihr ungestörtes Liebesglück aus dem Weg zu räumen. Oder es war allein Wolfgangs Idee."

„Warum sollte er mich umbringen wollen? Er hätte sich scheiden lassen können."

„Annemie, du hast keinen abgeschlossenen Beruf, du gehst nur ein paar Stunden die Woche arbeiten, ihr habt keinen Ehevertrag. Dein geiziger Mann wird Angst gehabt haben, dir bis zum bitteren Ende Unterhalt zahlen zu müssen sowie euer Vermögen und das Haus zu teilen. Der wusste, dass er mit einer Scheidung nicht ohne persönliche Einschränkung und Verlust davonkam. Das ist für manche Leute Grund genug."

Ich atmete schwer, und schon wieder stand mir das Wasser bis zur Oberkante Unterlippe. Irgendwie fühlte ich mich plötzlich verdammt einsam. Dörtes sensible Antennen schienen meine Gedanken zu entschlüsseln, denn sie nahm mich in den Arm und sagte: „Du bist nicht allein."

Ich nickte dankbar. Jetzt schossen die Tränen erst recht in Strömen aus mir heraus. Ich schniefte, und sie holte mir eine Rolle Klopapier aus dem angrenzenden Badezimmer.

Als ich mich einigermaßen beruhigt hatte, sprach sie weiter. „Wenn sie eingeweiht war, wird sie denken, er hat es noch nicht geschafft, dich ins Jenseits zu befördern. Du sagtest, er hat sich ab Montag Urlaub genommen. Denk nach!"

„Er hat sich für Samstag bei seiner Mutter zum Essen angemeldet. Sich allein."

„Heute wollte er mit seinem Busenfreund das Fundament gießen, stimmt's?"

Ich nickte, und dann fiel mir noch ein: „Er geht mittwochs mit Holger immer in die Sauna. Bei ihm hat er sich für die nächsten drei Wochen abgemeldet."

„*Hasi* wollte sich am Montag mit der schönen Elena irgendwohin verpissen."

Dörte begann den Schreibtisch meines Mannes zu durchwühlen.

„Was suchst du?"

„Flugtickets, Reisegutscheine …"

Sie hielt inne und drehte sich zu mir um. „Hast du eigentlich Zugriff auf eure Konten und Sparguthaben? Du musst ja von irgendetwas leben. Dein Hungerlohn vom Museum wird kaum reichen, dieses Haus zu halten. Hatte dein Göttergatte eine Lebensversicherung abgeschlossen?"

„Da fragst du mich zu viel, um solche Sachen hat sich Wolfgang gekümmert."

„Annemie, man gibt sein Leben nie in die Hand eines anderen", ermahnte sie mich.

„Es war halt bequem. Dafür habe ich mich um die anderen Dinge gekümmert. Er bezahlte alle Rechnungen und gab mir das Haushaltsgeld. Klamotten, Friseur und vieles andere finanzierte ich von meinem Gehalt."

„Kommst du nun im Notfall an die Konten ran oder nicht?"

Ich zuckte mit den Schultern. Daran hatte ich noch gar nicht gedacht. Ich wusste ja nicht einmal, wie viel Geld wir besaßen.

„Hast du jemals eine Verfügungsberechtigung für Wolfgangs Konten unterschrieben?"

„Nein."

„Na prima!"

Wieder schossen mir die Tränen in die Augen.

„Mach dir mal keine Sorgen. Das biegen wir gerade", beruhigte sie mich, um den nächsten Ausbruch der Niagarafälle zu verhindern.

Wir fanden nichts Besonderes. Der Kontostand seines Girokontos berauschte mich nicht. Es wies knapp achthundertdreiundsechzig Euro auf. Ein Sparbuchguthaben von dreihundertsiebzig Euro enttäuschte mich maßlos. Ich begutachtete die Auszüge. Zuerst wurde ich blass, dann rot vor Wut. „Der verdiente dreitausendfünfhundert Euro im Monat, und ich musste von sechshundert Euro Haushaltsgeld alles bestreiten." Ich zeigte Dörte den Auszug. „Was hat er mit dem ganzen restlichen Geld gemacht?"

„Ihr zahlt Miete für eine Wohnung in Leipzig?"

„Was?"

„Jeden Monat dreihundertzweiundvierzig Euro siebenundsechzig."

„Wozu? Wir wohnen doch …"

„Dort wohnt sicher seine schöne Elena."

Jetzt wurde ich sauer. „Ich fasse es nicht. Mein Mann hält sich eine Mätresse. Was bildet der sich eigentlich ein?!" Ich war kurz vorm Platzen.

„Reg dich ab!"

„Mir erzählt er, er leiste seiner Mutter Gesellschaft, weil es ihr schlecht gehe. Dabei vergnügt sich der feine Herr mit irgend so einer dahergelaufenen Tussi, zahlt ihr die Miete und was weiß ich noch alles."

„Männer in der Brunft denken nun mal mit dem Inhalt ihrer Hose." Dörte verdrehte die Augen. „Wer weiß, was diese Elena für Qualitäten hat."

Ich war so wütend und gekränkt, dass ich Wolfgang jetzt gerne mit voller Absicht umgebracht hätte – wenn es gestern nicht schon aus Versehen passiert wäre.

Wir stöberten weiter. Eine Schreibtischschublade war verschlossen. Ich brach sie mithilfe einer Büroklammer und dem Brieföffner ohne eine Schramme auf.

„Bingo!", sagte Dörte und fingerte zwei Flugtickets nach Argentinien aus einer Plastikhülle. „Hasi wollte sich mit seiner schönen Elena ein paar erholsame Tage in Buenos Aires machen." Sie schaute sich die Tickets genauer an. „Allerdings erst am achtundzwanzigsten Mai und ohne Rückflug."

„In knapp drei Wochen, zwei Tage vor meinem Geburtstag. Da ist sein Urlaub fast zu Ende."

„Der wollte sich absetzen."

Dörte biss sich auf den Finger.

Ich grübelte. „Er nahm in Kauf, dass seine Pension verloren geht und er kein Einkommen aus seinem Beamtendasein mehr hat. Wovon wollten die denn leben?"

„Entweder hat ihm der Sex mit der jungen Geliebten den Verstand vernebelt oder ... Hast du eigentlich eine Lebensversicherung?"

„Ja, aber die ist nicht besonders hoch“, wandte ich ein.

„Hat er die aus einem fadenscheinigen Grund für dich in letzter Zeit erhöht?“

„Nein. Jedenfalls habe ich nichts unterschrieben. Und es war auch kein Brief von der Versicherung in der Post.“

„Mmmhhr“, knurrte Dörte ins sich hinein. „Spielte Wolfgang Lotto?“

„Vielleicht.“

Sie durchwühlte das Fach. „Weitere Bankunterlagen.“ Ich las und zog die Augenbrauen hoch. „Er besitzt neuerdings ein Bankschließfach bei der Filiale der Deutschen Bank. Er vertraute den Privatbanken nicht. Deshalb waren wir immer bei der Sparkasse.“

„Für ein Bankschließfach brauchst du einen Schlüssel.“

Ich tastete den Oberboden des Schubfaches ab. Erfolglos. Auch hinter und unter dem Kasten klebten keine Schlüssel. Ein doppelter Boden ließ sich nicht finden. Wo konnte er den Schlüssel deponiert haben? Wolfgang war sehr auf Sicherheit bedacht.

Die Geldkarte zu seinem Konto trug er immer am Mann, in seiner Brieftasche. Ich schüttete die Tüte mit dem Inhalt seiner Jackentaschen auf den Schreibtisch. Dabei fielen mir zwei kleine Schlüssel auf, die ich einem Vorhängeschloss zuordnete, wie man es für Spinde benutzt.

„Können die zu einem Bankschließfach gehören?“

Dörte drehte sie nachdenklich in den Händen. „Nee, die sehen eher aus wie Briefkastenschlüssel oder für ein Vorhängeschloss.“

„Daran dachte ich auch gerade … Meinst du, die sind von seinem Spind auf der Arbeit?“

„Ich denke, dein Mann ermittelt zivil. In Krimis besitzen allein die Streifenpolizisten einen Spind.“

„Da hast du auch wieder recht. Vielleicht gehören die Schlüssel zu einem Schrank in seinem Büro“, überlegte ich laut.

„Kommen wir dort rein?"

„Ich könnte sagen, dass er die Schlüssel für seinen häuslichen Tresor in seinem Büro vergessen hat. Er braucht sie wegen des Ersatzautoschlüssels, den wir in den Urlaub mitnehmen, falls wir einen verlieren. Ich hab ihn ja krankgemeldet. Deshalb kann er nicht selbst kommen."

Dörte grinste. „Das ist eine gute Idee. Lass es uns gleich erledigen, solange Sigrun schläft. Habt ihr echt einen Tresor?"

„Nein, aber eine Schreibtischschublade kann ein Bulle ja aufbrechen. Da muss sich niemand extra auf die Dienststelle bemühen."

Dörte grinste und sagte: „Dazu fällt mir ein Witz ein. Sagt die Kuh zum Polizisten: Mein Mann ist auch ein Bulle."

„Ha, ha."

„Der ist doch lustig. Ich habe übrigens gerade eine bessere Idee. Falls Wolfgangs Kollegen wissen, dass ihr keinen Tresor habt, solltest du lieber behaupten, er habe die Ersatzautoschlüssel vergessen."

„Das ist wirklich besser, du hast recht."

Sie knuffte mich freundschaftlich in die Seite. „Siehst du? Alles wird gut. Und jetzt komm, wir haben einen wichtigen Auftrag!"

9. KAPITEL

Wir fuhren mit Dörtes Wagen. Ich war viel zu nervös, um mich selbst hinters Steuer zu setzen. Vorher schauten wir noch einmal nach Sigrun. Sie schlief tief und fest.

Als wir vor dem Revier ausstiegen, tauchte die Abendsonne den Himmel in ein warmes Orange. Die Luft schmeckte nach Frühsommer.

„Warte hier, ich gehe besser allein!", sagte ich und machte mich auf den Weg.

Ich lächelte den wachhabenden Streifenpolizisten hinter der Scheibe an und erklärte ihm mein Anliegen. Er betätigte den elektrischen Türöffner und ließ mich anstandslos hinein. Mein Herz schlug mir bis zum Hals.

„Alleine kann ich sie aber nicht in das Büro Ihres Mannes lassen, Frau Pfeffer. Warten Sie bitte einen Moment, ich rufe Jürgen, der ist oben beim Chef."

„Der Chef ist um die Zeit auch noch da?"

„Die haben wegen der vielen Eigenheimeinbrüche in den letzten Tagen eine SOKO gegründet. Die Osteuropäer überschwemmen uns. Denen geht es da unten immer dreckiger. Da kommen sie her und klauen wie die Raben."

„Würden wir vielleicht auch tun, wenn wir nichts zu beißen hätten", gab ich brav zu bedenken.

Jürgen eilte um die Ecke. Im Gegensatz zu meinem Mann saßen die neunzig Kilo bei diesem blonden Hünen an den richtigen Stellen. Er wirkte angespannt und gestresst. „Annemie, was gibt's?"

Ich spulte meinen Text ein zweites Mal herunter.

„Na, dann komm schnell, Dietmar ist ziemlich ungehalten, weil ich aus der Besprechung raus bin. Ich glaube, der ist auch sauer, weil Wolfgang vor seinem Urlaub Karenz genommen hat. *Künstliche Urlaubsverlängerung,* hat er geknurrt, als ich es ihm gestern übermittelt habe. Das kommt bei den Kollegen im Moment öfter vor. Und das bei der derzeitigen Lage."

Wir liefen einen langen Gang hinunter. Vor der letzten Tür blieb er stehen und schloss auf. „Was hat er denn nur gemacht? Gestern Vormittag war er noch absolut fit. Gut, er wirkte etwas angespannt."

Wir betraten Wolfgangs Büro. Sein Aftershave hing in der Luft. Mir wurde plötzlich schwindelig.

„Geht es dir gut?", fragte Jürgen und schaute mich besorgt von der Seite an.

„Ist schon okay. Der Kreislauf." Ich setzte mich auf den Besucherstuhl gegenüber dem Schreibtisch.

„Soll ich dir ein Glas Wasser holen?"

„Das wäre nett."

Jürgen verließ das Zimmer. Ich sah mich um. Da gab es keinen Schrank mit Vorhängeschloss. Ich stand auf und öffnete den raumhohen Wandschrank. Eine Seite füllten Akten. In der anderen befand sich eine Kleiderstange mit drei Kleiderbügeln. Auf einem hing seine dunkelblaue Strickjacke.

Plötzlich stand Jürgen hinter mir mit dem Glas Wasser in der Hand. „Bitte!"

Ich zuckte zusammen und stotterte: „Die soll ich auch noch mitbringen, hat er gesagt", und zog die Jacke vom Bügel. „Danke." Ich nahm das Wasser und trank in kleinen Schlucken, um Zeit zu gewinnen. Dabei streifte mein Blick die Einrichtung. *Los, Annemie, denk logisch!*

Das Glas war leer. Ich stellte es auf den Schreibtisch. „Jetzt hab ich doch glatt vergessen, was er gesagt hat", tippte ich mir an die Stirn. „Er gab mir die Schlüssel und meinte: ‚In dem Schrank liegen die Ersatzautoschlüssel.' Welchen Schrank meinte er denn?"

„Zeig mal her!“ Jürgen schaute sich die kleinen Schlüssel an. „Der ist für sein Schließfach in der Waffenkammer. Da müssen wir in den Keller.“

Wir stiegen in die Katakomben des kleinstädtischen Polizeireviers hinab. Links und rechts befanden sich Gefängniszellen für Untersuchungshäftlinge. Ich schwitzte. „Ganz schön stickig hier unten“, sagte ich mit belegter Stimme in Jürgens Nacken.

Der drehte sich um, lächelte und meinte: „Die Atmosphäre hat schon etwas Beklemmendes. Da überlegt man sich, was man tut, um nicht hinter diesen Türen zu landen, stimmt's?“

Ich hielt die Luft an, als sich unsere Blicke begegneten. Ahnte er etwas? Nein, das konnte nicht sein. Ich war schließlich nur eine brave Hausfrau, die den Ersatzautoschlüssel ihres armen kranken Mannes abholte, redete ich mir erfolgreich ein.

Die Waffenkammer befand sich gleich neben der Asservatenkammer, wo Beweismittel Metallregale füllten.

Jürgen nahm mir die Schlüssel ab und öffnete fachmännisch Wolfgangs Schließfach. „Also, hier liegt nur seine Dienstwaffe.“

Was? Wie kam die denn hierher? Schlagartig wurde mir bewusst, dass Dörte mit ihrer Behauptung, dass mich Wolfgang ermorden wollte, recht hatte. Natürlich war er so clever, nicht seine eigene Waffe dafür zu benutzen. Der Brechreiz übermannte mich, und ich würgte Sigruns schmackhaften Hähnchentopf samt Tomaten und Oliven auf den Fußboden. Ich zitterte am ganzen Körper.

„Annemie, das ist ein Virus, oder? Wolfgang hat dich angesteckt. So könnt ihr doch nicht in den Urlaub fahren. Du bist ja ganz blass. – Taschentuch?“ Ich nickte. Er kramte in seiner Hosentasche und fand keins. „Warte mal!“

Jürgen verschwand in der Asservatenkammer. Ich nutzte den Moment und untersuchte das Schließfach. Unter einem Lappen lag ein kleiner silberner Schlüssel mit dreizackigem Bart. Ich griff danach und zog die Hand kurz davor schnell wieder zurück. Jürgen eilte mit Eimer und Scheuerlappen um die Ecke. Er gab mir ein Taschentuch. „Geht bloß zum Arzt, alle beide!"

Ich nickte. „Entschuldigung", sagte ich fast tonlos und tupfte mir den Mund sauber.

„Mach dir mal keine Gedanken. Das kann jedem passieren." Er bückte sich und wischte die Schweinerei auf. Dabei drehte er mir den Rücken zu. Geschwind angelte ich mir den Schlüssel und ließ ihn in meinen Ausschnitt in das BH-Körbchen gleiten. Huch, war das kalt. „Dann muss sich Wolfgang geirrt haben", stotterte ich. „Wer weiß, wo er den Ersatzautoschlüssel wieder verlegt hat. So vergesslich, wie der in letzter Zeit war."

„Du hast das also auch bemerkt?"

Ich starrte Jürgen mit weit aufgerissenen Augen fragend an.

„Na, er war so abwesend, gar nicht richtig bei der Sache. Ich fand, er wirkte oft so erschöpft."

„Kein Wunder bei den vielen Sondereinsätzen und Überstunden."

Jürgen wirkte plötzlich unsicher. „Ist bei euch alles in Ordnung?"

„Wie meinst du das?"

„Na ja, mit eurer Ehe ..." Ein unangenehmes Schweigen breitete sich zwischen uns aus.

Dann sagte Jürgen zögerlich: „Es gab in der letzten Zeit keine Sondereinsätze, und Wolfgang machte auch keine Überstunden. Eher im Gegenteil. Sein Stundenkonto liegt im Minusbereich."

Ich schluckte. „Seiner Mutter ging es ziemlich schlecht. Er kümmert sich viel um sie."

Jürgen nickte, und ich spürte, dass er genau wusste, dass ich log.

Er sah mich mitleidig an und sagte: „Das wird schon wieder. Ihr fahrt in den Urlaub, und dann ..."

Meine Augen füllten sich mit Tränen. Jürgen tätschelte mir die Schultern.

Wir stiegen zurück ans Tageslicht, und ich verabschiedete mich.

Draußen atmete ich erst einmal tief durch und pulte den Schlüssel aus dem Ausschnitt.

Dörte lehnte lasziv an der Kühlerhaube und rauchte.

Als sie mich sah, drückte sie den Rest ihrer Zigarette mit dem Absatz aus, stieg ins Auto, startete den Motor und fragte, als ich mich neben sie fallen ließ: „Alles klar? Du bist ja weiß wie eine Bäckermütze.“ Sie verzog die Nase. „Hast du gekotzt?“

Ich nickte und zeigte ihr den Schlüssel. „Seine Dienstwaffe liegt in der Waffenkammer.“

„Klar, der Schweinehund benutzt natürlich eine unregistrierte, um seine Frau zu erschießen. Falls man dich doch irgendwann gefunden hätte.“ Sie schwieg plötzlich, als sie bemerkte, dass mir die Knie zitterten.

„Eigentlich läge ich heute tot …“ Die Erkenntnis, dass mich mein eigener Mann – der Mann, mit dem ich achtzehn Jahre zusammengelebt hatte – umbringen wollte, machte mir im Nachhinein eine Heidenangst. „Bin ich wirklich so ein naives Schaf?“

„Nein, bist du nicht.“ Sie bremste und hielt am Straßenrand. Dann sah sie mir tief in die Augen. „Du hast ihn geliebt, ihm blind vertraut und verdrängt, dass er sich längst von dir abgewandt hat. Veränderungen machen uns Angst, weil wir nicht wissen, was danach kommt. Manchmal muss man einfach die Spur wechseln. Er ist tot und kann dir nichts mehr tun. Er hat sich in seiner bösen Absicht sein eigenes Grab geschaufelt. Du konntest nichts dafür.“ Sie steckte mir einen Kaugummi zu. „Hier, für einen frischeren Atem.“

Dann startete sie den Motor erneut.

10. KAPITEL

Als wir das Ortsschild meines Dorfes passierten, fiel mir das unbekannte Auto, ein kleiner schwarzer Fiat mit glänzenden Alufelgen, am Straßenrand sofort auf. Der gehörte weder zu uns noch zu einem Besuch unserer Nachbarn. „Fahr mal langsamer", sagte ich geistesgegenwärtig zu Dörte. Und dann sah ich sie, eine dunkelhaarige Schönheit, deren Rock für meine Begriffe eindeutig zu kurz und die knappe Bluse zu prall gefüllt war. Sie überquerte die Straße zu unserem Grundstück. Ihre hohen Absätze vertrugen sich nicht mit dem Kopfsteinpflaster. Sie knickte um und rieb sich den Knöchel. Dabei taxierte sie das Haus. Am Gartentor blieb sie stehen, zögerte und tat, als steckte sie etwas in meinen Briefkasten. Sie schaute sich nach allen Seiten um.

„Die schöne Elena ist unruhig geworden und sucht ihren Komplizen", warf Dörte lakonisch ein.

„Bist du sicher, dass das die Frau vom Bild auf seinem Handydisplay ist?"

„Die erkenne ich sogar ohne Brille!"

„Dass die sich hierhertraut. Eine Frechheit!"

Die Feldmann reckte ihre Nase neugierig aus dem Blumenbeet. Die Fremde grüßte und machte auf ihrem Absatz kehrt. Ich rutschte schnell herunter, dass sie mich nicht sah. Ich wusste ja nicht, ob mich Wolfgangs Mätresse von einem Bild her kannte. „Los, bieg zum Teich ab!", zischte ich Dörte an.

Die gehorchte blind.

„Wir fahren hintenrum und schleichen uns über den Keller ins Haus", schlug ich vor. „Wetten, dass die heute nochmals auftaucht?"

Wir schlichen uns durch die Nachbargärten an unser Haus heran. Dörte kletterte über die ersten drei zu überwindenden

Zäune, als ob sie dem Affenkäfig des heimischen Zoos entsprungen wäre.

Bloß gut, dass ich in der vierten Holzeinfriedung ein Loch entdeckte. Sie schlüpfte locker hindurch. Ich blieb natürlich mit meinem dicken Hintern hängen und musste befreit werden. Zu allem Überfluss bemerkte Antje, des Nachbars schlabbernde Bulldogge, dass wir in ihr Revier eindrangen. Dörte leckte sie die Hand. Sie schien als Freundin akzeptiert, aber mich knurrte sie wie eine Rivalin an. Wir konnten uns noch nie leiden. Ich knurrte zurück und warf ihr einen bitterbösen Blick zu. Das musste sie wahrscheinlich in den falschen Hals bekommen haben. Sie war genauso empfindlich wie ihr Frauchen. Frau Sommer blaffte mich auch immer wochenlang an, wenn ich mich wieder einmal erfolgreich dem Aufruf ihres Landfrauenverbandes verweigert hatte, am Häkeldeckchen-Wettbewerb teilzunehmen oder den Bierausschank beim Dorffest zu übernehmen.

Wie der Herr, so 's Gescherr! Dabei waren Antje und ich doch mit unserem Hang zu Leckerchen und unserem daraus resultierenden Übergewicht Leidensgenossinnen! Sicherheitshalber kroch ich durch das Loch im Zaun wieder zurück. Antje gab sich nicht damit zufrieden und folgte mir. Der Hund blieb hängen. Ich nutzte die einmalige Gelegenheit und hievte meine siebzig Kilo Lebendgewicht über die Latten, jagte mit Dörte quer über die Wiese zu unserem Zaun und warf mich schwungvoll darüber. Was für ein Tag!

Im Haus angelangt, schauten wir zuerst nach Sigrun. Die alte Frau schnarchte mit offenem Mund.

„Wie lange hält dein Zaubertrank an?“, fragte ich beeindruckt.

„Bis morgen früh haben wir von dieser Front nichts zu befürchten“, winkte Dörte ab.

Das Auto von Elena war verschwunden, stellte ich mit kurzem Blick aus dem Küchenfenster fest. „Sollen wir die Jalousien herunterlassen?“

„Nein.“ Dörte wiegte den Kopf hin und her. „Oder doch?“

„Wollen wir etwa im Dunkeln auf sie warten?“ Ich betätigte den Lichtschalter.

„Mach das Licht wieder aus“, rief meine Freundin hektisch.

„Warum?“

„Wir wollen sie doch überraschen, falls sie zurückkommt, oder?“

Das leuchtete mir ein, und ich ließ das Licht aus. Ich hörte ein Geräusch und folgte ihm ins Arbeitszimmer. Wolfgangs Handy leuchtete und drehte sich brummend auf seinem Schreibtisch. Neugierig schnappte ich es mir und scrollte durch die Liste der verpassten Anrufe.

„Dörte, komm mal her! Wolfgangs Mätresse macht sich Sorgen. Sie hat sieben Mal in der letzten Stunde angerufen.“

Meine Freundin eilte zu mir. „Na, dann bestellen wir die Dame doch mal her.“ Sie nahm mir das Handy ab und schrieb EK eine SMS.

Der Weg ist frei, ich warte auf dich. Dein Hasi.

Dörte drückte auf *Senden*.

„Und was machen wir, wenn sie kommt?“, fragte ich ratlos.

„Dann pressen wir aus ihr heraus, was sie mit Wolfgang vorhatte. Vielleicht kennt sie den Inhalt des Bankschließfaches, und wir ersparen uns weiteres Rätselraten. Vielleicht lohnt es sich ja gar nicht, da hinzufahren.“

„Und wenn sie schweigt? Außerdem könnte sie uns doch bei der Polizei verraten.“

„Die redet.“ Dörte schien sich ganz sicher zu sein.

Mittlerweile traute ich ihr alles zu. „Willst du sie etwa foltern?“

„Och … Nur ein bisschen ärgern.“

„Das kann ich nicht!“ Ich machte eine abwehrende Handbewegung.

„Annemie, sie hat es verdient“, sagte Dörte mit Nachdruck. „Tatsache ist, dass dein Mann mit dieser Frau einen perfiden Plan ausgeheckt hat, bei dem du ins Gras beißen solltest, damit sie ihr junges Glück in Argentinien zukünftig ungestört genießen können. Dafür brauchten sie Geld, denn trotz aller Liebe kann man von derselben und von Luft allein nicht leben. Auf dem Konto und dem Sparbuch deines Mannes dümpelt ein nicht nennenswerter Gesamtbetrag von tausendvierhundert Euro herum. Also muss es irgendwo anders eine Geldquelle geben, die den Herrschaften das Vorhaben finanzieren sollte. Zumal es anhand des fehlenden Rückflugtickets danach aussieht, dass Wolfgang seinen Job schmeißen wollte. Sie scheint kaum vermögend zu sein, sonst könnte sie ihre Miete selbst bezahlen, und das schicke kleine Auto hat sie ihm bestimmt auch in der Horizontalen abgeluchst.“

Ich verschränkte die Arme vor der Brust. „Mir kaufte er immer Rostschüsseln.“

Dörte zuckte mit den Schultern. „Wahrscheinlich hat sie Qualitäten, mit denen du nie dienen konntest.“

„Herzlichen Dank!“

„Hak es ab und schau nach vorn! Du brauchst Geld!“

Wir hörten ein Geräusch und verstummten. Ich legte mir den Finger auf den Mund und flüsterte: „Psst, da ist jemand im Garten.“

„Das ging aber schnell“, sagte Dörte. Ihr Mund verzog sich zu einem überlegenen Grinsen. Die Augen kniff sie entschlossen zusammen.

Vorsichtig schlich ich mich ins Badezimmer, dessen Milchglasfenster zum Carport zeigte, und horchte. Vielleicht irrte ich mich, und Nachbars Katze hatte wieder einmal beim Herumschleichen einen der Blumentöpfe umgeworfen, die auf der

Außentreppe zum Kellereingang standen. Ein dunkler Schatten huschte an meiner Rostschüssel vorbei. Es war absolut still. Mittlerweile war es kurz vor einundzwanzig Uhr. Die Dämmerung hatte längst eingesetzt.

Hatte ich die Kellertür vorhin wieder zugeschlossen?, raste ein Gedanke durch meinen Kopf. Anscheinend ja, denn der Eindringling stieg wieder hinauf.

Dörte stand plötzlich hinter mir, tippte mich an. Ich zuckte zusammen, weil ich nicht damit gerechnet hatte. Sie hielt eine Bratpfanne in der rechten Hand, presste den linken Zeigefinger auf ihren Mund und flüsterte: „Ich hab die Terrassentür geöffnet. Komm, wir empfangen den ungebetenen Besucher würdig."

Rasch schnappte ich mir die Klobürste mit dem Edelstahlgriff. Wir schlichen in den Flur. Ich stellte mich gespannt neben die Wohnzimmertür mit dem Rücken an die Wand. Dörte positionierte sich mit erhobener Pfanne so, dass sie den Eindringling hinterrücks eins überbraten konnte, wenn er durch die Tür ins Innere des Hauses trat.

Wir warteten im Dunkeln. Mir kam es wie eine Ewigkeit vor. Die Wohnzimmertür ging leise auf. Ich presste mich an die Wand. Dörte schlug ohne Erbarmen zu. Der Eindringling, eine schlanke, völlig schwarz gekleidete Person mit Pullover, dessen Kapuze über den Kopf tief ins Gesicht gezogen war, ging in Zeitlupe zu Boden und blieb liegen. Wir drehten sie um. EK lag wehrlos zu unseren Füßen. Zumindest sah die Frau aus wie die auf Wolfgangs Handydisplay.

„Los, wir fesseln sie, bevor sie wieder zu sich kommt."

Mit einem gezielten Griff fingerte ich silbernes Gewebeklebeband aus der Kommode.

Wir klebten ihr Hände und Füße zusammen und verschlossen ihren Mund.

Die junge Frau riss erschrocken die Augen auf. Ihr Schrei erstickte. Sie wehrte sich und wand sich wie ein Fisch im Netz, als wir sie in den Heizungskeller schleppten, auf einen Stuhl setzten und zusätzlich mit Kabelbindern daran festbanden.

Irgendwann beruhigte sie sich.

„Was machen wir jetzt mit ihr?", zischte ich Dörte heimlich zu.

Meine Freundin setzte ihre dunkle Sonnenbrille auf, holte die Tischlampe von der Alibiwerkbank meines Mannes und drehte deren Metallschirm so, dass der grelle Lichtkegel EK blendete. Die Frau kniff die Augen zu und brüllte: „WWwwwsss dddqqqqschh ..."

„Du kannst froh sein, dass wir nicht in Amerika sind, dort läufst du als Einbrecher Gefahr, gleich erschossen zu werden."

„Iiibbbbbbkkknnnneeeeebrcccchhnnn."

„Hast du verstanden, was sie gesagt hat?"

Ich schüttelte verneinend den Kopf und hatte Mühe, meine Wut auf Wolfgang und dieses junge Mädchen unter Kontrolle zu behalten. Sie war ja fast noch ein Kind, dachte ich beschämt.

Dörte zeigte weniger Mitgefühl. Sie riss ihr das Klebeband vom Mund. „Damit ersparst du dir das Waxing vom Damenbart. Obwohl, in deinem Alter wachsen noch keine Haare aus dem Gesicht. Verbuche es als vorbeugende Maßnahme", meinte sie lakonisch und legte die zum Horn geformte Hand ans Ohr. Stille.

„Was sagtest du gerade?"

„Ich bin keine Einbrecherin. Ich wollte zu Herrn Pfeffer. Die Terrassentür stand offen, da ..."

„Mädel, hör auf mit den fadenscheinigen Erklärungen! Wir wissen alles!", sagte Dörte mit fester Stimme und baute sich wie ein Bulldozer vor ihr auf, legte den Kopf schief wie Lieutenant Horatio Caine aus *CSI: Miami* und musterte die Kleine über den Rand ihrer Brille. „Du hast zwei Möglichkeiten. Entweder du sagst uns die Wahrheit darüber, was ‚Hasi' und du zusammen vorhatten, nachdem ihr seine ahnungslose Frau beseitigt habt – oder wir übergeben dich der Polizei. Ich meine, der anderen Polizei, Hasi und seine Kollegen."

Die junge Frau schwieg. Allein ein kurzes Aufblitzen in ihren Augen verriet ihre Unsicherheit. „Binden Sie mich los! Das ist Freiheitsberaubung."

Dörte lächelte arrogant und schlenderte um die Frau auf dem Stuhl herum. „Ich warte."

„Keine Ahnung, wovon Sie reden", sagte die Schwarzhaarige selbstsicher mit ihrem slawischen Akzent.

„Gut, dann werden wir deinem Gedächtnis mal auf die Sprünge helfen." Dörte sprang mühelos über die abgesägten Stufen und stürmte dann die Kellertreppe hoch.

Ich betrachtete die andere Frau stumm. Sie war so jung und so hübsch. Was fand so eine Schönheit an meinem Wolfgang anziehend, der nicht einmal als „Chippendale für Arme" durchging. Sie biss sich auf die Lippen und starrte mich fragend an. Da kam Dörte auch schon zurück und hielt ihr die Flugtickets unter die Nase. „Hier steht dein Name drauf. Wieso liegen im Schreibtisch von Annemie Pfeffers Mann zwei Flugtickets nach Argentinien, wohlgemerkt ohne Rückflug, wo auf einem dein Name steht?"

„Ich hab keine Ahnung, wovon Sie sprechen."

„Elena Kaminsky, das bist du doch, oder leide ich an Wahrnehmungsstörungen?" Sie zeigte der jungen Frau das Foto auf Wolfgangs Handydisplay.

Die junge Frau zuckte mit den Schultern.

„Kaminsky … Ich nehme an, du bist rumänische oder bulgarische Staatsangehörige? Wir haben eindeutige Beweise, dass Wolfgang nicht nur eine Affäre mit dir hatte. Aber was findest du eigentlich an diesem Kerl? Der ist doch viel zu alt für dich? Oder ging es dir nur um materielle Sicherheit? Du bist illegal in Deutschland, stimmt's? Sinti oder Roma?"

„Ich bin keine Sinti und auch keine Roma!", sagte sie und spuckte verächtlich auf den Fußboden.

Ich empörte mich: „He, lass das!"

„Wo ist Wolfgang?"

„Den Ort möchtest du nicht kennenlernen", antwortete ich ernst.

„Was wollen Sie von mir?", keifte die verwirrte Mätresse.

„Die Wahrheit. Wovon wollten Hasi und du in Argentinien leben? Ohne Rückflug heißt, er nahm in Kauf, seinen Job zu verlieren."

Die Augen der jungen Frau flackerten nervös. Ich spürte, wie sie sich eine Ausrede zurechtlegte.

„Es war alles Wolfgangs Idee. Ich habe nichts damit zu tun."

Ich lachte trocken. „Soso, du armes kleines Unschuldslamm."

„Fragt ihn doch selber."

„Das geht leider nicht mehr", rutschte es mir heraus.

Sie erstarrte erst, riss die Augen weit auf und zerrte voller Wut an ihren Fesseln. „Was soll das heißen? Ist er etwa mit der Kohle durchgebrannt?"

„Welche Kohle? Auf Wolfgangs Konten schlummern tausendzweihundert Euro. Dafür lohnt sich kein Fingerkrümmen. Oder meinst du den Inhalt des Bankschließfaches?", fragte Dörte und trat drohend auf die junge Frau zu.

„Ich weiß nicht, wovon Sie reden."

„Hör zu, meine Liebe! Bis jetzt spielen wir hier Kindergeburtstag. Wenn du nicht willst, dass wir dich in Einzelteile zerlegen und an die Schweine im Wald verfüttern, überlegst du dir genau, was du uns erzählst, wenn wir uns das nächste Mal unterhalten. Ist das angekommen?" Sie schwang die Pfanne und verpasste Elena Kaminsky einen Schlag gegen den Kopf, sodass diese taumelnd zur Seite kippte.

„War das wirklich nötig?" Ich schluckte schuldbewusst.

„Ja, und jetzt verabreichen wir ihr einen Schlaftrunk."

Nachdem wir Elena Kaminsky in ihrem Gefängnis in süße Träume versetzt hatten, durchwühlten wir ihre Taschen, fanden Autoschlüssel, Wohnungsschlüssel und Handy.

Danach verbarrikadierten wir den Heizungskeller ordentlich, damit das Vögelchen, sollte es unerwartet erwachen, uns nicht davonfliegen konnte.

Langsam kam ich wieder etwas zur Ruhe und wurde nachdenklich. „Dörte, das ist eine Entführung."

Meine Freundin wehrte ab. „Quatsch, wir halten lediglich eine Einbrecherin fest. Die weiß genau, wovon wir reden. Hast du gesehen, wie sauer sie war, weil sie dachte, Wolfgang sei mit dem Geld durchgebrannt? Wir müssen an dieses Bankschließfach ran. Vielleicht verbirgt sich darin so viel Geld, dass du auf seine Pension oder Witwenrente pfeifen kannst. Dann setzt du dich ins Ausland ab und ..."

„Was soll ich denn allein im Ausland?" Der Gedanke gefiel mir nicht.

„Ich könnte ja mitkommen. Wenn du willst?"

Der Gedanke gefiel mir. Sogar sehr gut. Ich grinste Dörte an.

Mittlerweile zeigte die Uhr zweiundzwanzig Uhr vierunddreißig. Eigentlich war ich todmüde, aber doch so aufgekratzt, dass ich bestimmt nicht schlafen konnte. Dörte ging es genauso. Wir genehmigten uns ein Glas Rotwein und zogen mit zwei Bettdecken auf die Couch im Zentrum des Hauses, um von dort den Keller mit Elena und das Obergeschoss mit Sigrun im Blick zu haben.

„Morgen früh kümmern wir uns als Erstes um das Bankschließfach", sagte Dörte und goss sich einen zweiten Rotwein ein.

„Könntest du das übernehmen? Ich hab ab zehn Uhr Dienst im Museum. Mist! Wir können Elena und Sigrun auf keinen

Fall alleine lassen."

Meine Freundin stiefelte in die Küche, holte das Fläschchen mit den Schlaftropfen und hielt das braune Glas gegen das Licht. „Also, damit können wir einen Elefanten eine Woche lang lahmlegen. Wir mischen den beiden Schnuspeln morgen früh eine neue Ration an, dann träumen sie so lange weiter, bis wir alles geregelt haben."

„Nehmen die auch keinen Schaden von dem Zeug?"

„Ich benutze das seit Jahren, und fällt dir an mir irgendetwas Verdächtiges auf?"

„Nein."

„Das Zeug ist rein pflanzlich und außerdem biologisch abbaubar ...", Dörte wedelte mit ihrem Glas, „und es hinterlässt keine Rotweinflecken." Sie kicherte.

Jetzt brauchte ich auch noch einen Rotwein und streckte Dörte mein leeres Glas hin. Sie goss mir ein. „Melde dich morgen trotzdem krank."

„Die Führung der Chinesen ist seit einem halben Jahr angemeldet", sagte ich verantwortungsbewusst. „Die kommen extra aus Schanghai wegen der Sonderausstellung von Picassos Werken aus der Privatsammlung des Julius van der Lohe, dem Neffen der legendären Hermine Bein. Sonst hängen die Bilder im Museum of Modern Art in New York. Hier haben die Japaner die einmalige Gelegenheit, sie zu fotografieren."

„Na und? Dann macht jemand anders deine Führung."

„Ich bin aber die Einzige, die sich kunstgeschichtlich mit Picasso auskennt."

„Das merken die doch nicht. Oder sprichst du neuerdings Chinesisch?"

Ich musste einlenken. „Wahrscheinlich hast du recht, es ist einfach vernünftiger so. Dann sage ich morgen im Museum ab."

Darauf mussten wir erneut anstoßen. Erst als die Flasche leer war, krochen wir todmüde ins Bett.

11. KAPITEL

„Psccchhhht!"

Am nächsten Morgen weckte mich ein Gespenst. Ich erschrak und schnellte in die Höhe. Mein Kopf dröhnte vom Rotwein. Typisch billiger Fusel.

„Psccchhhht, Annemie!", zischte das zahnlose Gespenst und legte mir seinen knochigen Finger auf die Lippen. Es war Sigrun.

Sie trippelte in ihrem weißen Nachthemd unsicher vor mir herum und flüsterte: „Mir ist da ein kleines Missgeschick passiert."

Ich schlüpfte vorsichtig aus dem Bett. Dörte schnarchte leise wie ein Igel. Auf Zehenspitzen folgte ich der alten Frau ins Gästezimmer.

Sie hatte ins Bett gemacht, und es war ihr unendlich peinlich. Irgendwie tat sie mir in diesem Moment richtig leid. Ihre Scham machte sie so menschlich. „Das macht doch nichts, Sigrun. Kann doch jedem mal passieren." Ich half ihr, Kissen und Laken abzuziehen, lüftete das Zimmer und wischte den Boden, bis nichts mehr von dem Zwischenfall zu sehen war. Dankbar und brav folgte sie mir wie ein kleines Lämmchen.

Wir weckten Dörte und aßen ein opulentes Frühstück. Dabei verabreichte meine Freundin der alten Dame die nächste sanfte Dröhnung. „Komisch, Kaffee macht mich sonst immer so wach", wunderte sich Sigrun noch, bevor sie auf dem Küchenstuhl einschlief. Wir verfrachteten sie in ihr Bett und hatten damit wenigstens einen Teil des Problems vorübergehend gelöst.

„Dann werde ich mal nachsehen, ob unser kleines Vögelchen im Keller schon aufgewacht ist." Dörte schien voller Elan zu sein.

Ich beschloss, dass ich mir ein wenig Normalität gönnen würde. Ein schöner Kaffee und dazu die Zeitung, das brauchte ich jetzt. Doch schon als ich die Haustür öffnete, um zum Briefkasten zu gehen, bereute ich meinen Entschluss.

„Guten Morgen, Annemie! Schönes Wetter heute“, flötete es scheinheilig von der anderen Straßenseite hinter der Hecke hervor.

Erst tauchte ein buntes Kopftuch und dann ein schrumpeliges dürres Hühnergesicht auf. Die „Ackerfurche“ stützte sich auf ihre Hacke und richtete sich auf.

Was buddelte die eigentlich morgens um acht schon in der Erde herum? Das war doch Tarnung! In Wirklichkeit beobachtete sie doch unser Haus, lag wahrscheinlich schon die ganze Nacht mit dem Feldstecher auf der Lauer. Hatte die kein eigenes Leben? „Guten Morgen, Frau Feldstech… äh … Feldmann“, grüßte ich brav. „So zeitig schon in den Erdbeeren?“

„Morgenstund’ hat Gold im Mund. Wie geht’s denn dem Wolfgang?“

„Besser, Frau Feldmann. Er hat jetzt seinen Frieden, und mit dem jungen Gemüse im Arm wirkt er regelrecht lebendig.“ In meiner Wut auf diese neugierige Alte wurde ich etwas zu übermütig.

Die Feldmann verzog ihr Gesicht zum Fragezeichen.

„Ja, das kann ich mir vorstellen, als Hahn im Korb mit so vielen Frauen im Haus“, antwortete sie etwas irritiert.

Das war ja klar: Die alte Schnepfe hatte jeden Schritt von uns registriert. Vielleicht führte sie sogar Protokoll, wer bei uns ein und aus ging. Im Moment war es mir ziemlich egal, was sie dachte.

„Ist die Sigrun nun endgültig bei euch eingezogen? Jedenfalls sah das Gepäck danach aus. Und genügend Platz habt ihr ja auch.“

„Meine liebe Schwiegermutter entfloh einer Baustelle vor ihrem Haus und schläft sich endlich mal richtig aus“, sagte ich zuckersüß.

„Da hat sich der Wolfgang das wohl mit dem Altersheim doch noch überlegt?“

„Altersheim?“ Jetzt guckte ich wahrscheinlich wie die Kuh, wenn es blitzt. Wolfgang? Mein Wolfgang wollte seine Mutter ins Altersheim abschieben? Fiel Ostern dieses Jahr auf den vierundzwanzigsten Dezember? *Nee, oder?*

„Die arme Sigrun. Das kennen wir ja, wenn die Laster durch unsere Straße donnern und einem das Geschirr aus der Anrichte entgegenkommt, weil die wieder mal die B6 gesperrt haben. Da denkt man, die fahren einem glatt durchs Wohnzimmer.“

„Ja, Frau Feldmann ..., ich muss dann auch wieder ...“

„Und die rothaarige Chorleiterin hat wohl eine feuchte Wohnung, weil ihr die Haare rosten“, versuchte die Feldmann, mit einem antiken Witz mehr aus mir herauszulocken. Mein Gott, die wollte aber auch alles wissen!

Ich lächelte gequält und drehte mich wortlos um. Sollte sie mich doch für unhöflich halten, ich hatte gerade ganz andere Sorgen.

Wolfgang verkaufte also jetzt sogar seine Mutter für sein neues Glück? Ich schüttelte den Kopf. Von dem Altersheim hatte er mir gegenüber kein Sterbenswörtchen erwähnt. Ich musste Sigrun bei ihrem nächsten lichten Moment unbedingt danach fragen.

Im Wohnzimmer knallte ich Schlüssel und Zeitung auf den Tisch, goss mir einen dritten Kaffee ein und wollte es mir aus Gewohnheit noch ein Viertelstündchen – woraus manchmal auch locker zwei Stunden werden konnten – mit der druckfrischen Morgenpresse in der Hand in meinem allerliebsten Schlumperbademantel gemütlich machen.

Dörte unterbrach mein morgendliches Ritual, indem sie mit dem Mietvertrag für das Bankschließfach vor meiner Nase herumwedelte. „Wo bleibst du denn?“

„Die Ackerfurche", ich zeigte mit dem Daumen zur Haustür, „hat mich wieder mal ins Kreuzverhör genommen."

„Zieh dir was Ordentliches an! Wir fahren erst zu mir, Klamotten einpacken, dann zur Bank, dann zu Hasis und Elenas Liebesnest. Unsere Feriengäste schlafen tief und fest."

Ich knirschte mit den Zähnen. „Müssen wir wirklich in diese Wohnung von …" Es war mir unangenehm. Ich wollte gar nicht sehen, wo sich Wolfgang mit seinem „Einsatzkommando EK" in ausgefallenen Leibesübungen betätigt hatte.

„Wir holen ihr einige Sachen. Ich denke, es steht bereits ein gepackter Koffer im Flur", kniff Dörte die Augen zusammen und erhob den Zeigefinger. „Nur falls wir sie irgendwo mit hinnehmen müssen. Sie soll sich schließlich nicht beschweren, dass sie keine Wechselschlüpfer dabeihat. Und dann schauen wir uns mal um, mit wem wir es wirklich zu tun haben. Sage mir, wie du wohnst, und ich sage dir, wer du bist."

Wir schmissen uns beide in unsere besten Kostüme – Dörte ganz in rote Seide, ich in hamstergrauen Flanell. Sie sah aus, als käme sie direkt aus einem Kasino in St. Tropez, und ich dagegen, als wollte ich zum Vorstellungsgespräch für einen Buchhalterjob im Stadtarchiv. Etwas Besseres gab mein Kleiderschrank nun mal nicht her.

„Ganz schön knapp", sagte Dörte, als sie mich in meiner Verkleidung begutachtete. Der Rock spannte um die Hüften und betonte gekonnt meinen üppigen Bauch. Das konnte auch das Jackett nicht kaschieren, denn es ließ sich nicht schließen, sonst wäre ich erstickt oder es wäre beim Einatmen am Rücken geplatzt. „Das kommt von dem vielen Zucker. Drei Kilo mehr als letzten Sommer, stimmt's?"

Ich nickte reumütig. „Es sind sogar fünf."

„Wenn das alles hier vorbei ist, gehen wir regelmäßig laufen."

„Ich hasse Joggen", protestierte ich, band mir die Haare hoch und setzte meine falsche Armani-Sonnenbrille auf. Dörte drapierte mir einen langen bunten Kaschmirschal von sich um den Hals, der mir in Wellen bis zum Rocksaum fiel.

Dann füllte sie ihre Louis-Vuitton-Reisetasche mit alten Zeitungen, ohne mir zu verraten, was sie damit vorhatte.

„Vertrau mir, Annemie, ich weiß, was zu tun ist."

Und mir blieb ja auch nichts anderes übrig.

12. KAPITEL

Natürlich fuhren wir nicht mit meiner Rostschüssel, sondern mit Dörtes kleinem knallgelben Flitzer und parkten direkt vor der Bank, in der mein Mann das geheime Schließfach gemietet hatte.

Wir marschierten hochnäsig mit festem Schritt und klappernden Absätzen in die gläserne Halle, erkundigten uns bei einer kleinen Angestellten nach dem Filialleiter und steuerten direkt auf dessen Büro zu.

Ein Anzugträger mittleren Alters mit schütterem Haar, eingehüllt in eine Duftwolke aus billigem Rasierwasser, empfing uns zuvorkommend.

Wir nahmen unsere Brillen ab – ich schnell, Dörte ganz langsam. Sie kaute aufreizend auf dem Bügel, als sie den Mann taxierte, während wir uns ihm gegenüber an den Schreibtisch setzten. Mit dem Blick aus ihren katzengrünen Augen und der lasziven Bewegung, mit der sie ihr langes rotes Haar aus dem Gesicht beförderte, hatte sie ihn längst in ihren Bann gezogen. Wie schaffte sie das nur immer, fragte ich mich und fühlte mich daneben einmal mehr als pummeliges Nusstörtchen.

„Herr …?“

„Du Bois.“

„Was für ein melodischer Name! Du … Bois“, sagte Dörte mit kehliger Stimme und schmeckte dabei jeden einzelnen Buchstaben. „Sie sind Franzose?“ Meine Freundin öffnete ihren Mund und leckte sich über die feuerroten Lippen.

Nervös rutschte Du Bois auf seinem Stuhl hin und her. „Nein, nein, meine Vorfahren waren zwar Hugenotten, sind aber bereits vor mehreren Jahrhunderten nach Deutschland eingewandert.“

„Der französische Charme hat sich aber bis in Ihre Generation vererbt“, schmeichelte sie ihm.

Die Gesichtshaut des Mannes färbte sich rosa. Er wuchs um zwei Zentimeter und hechelte sabbernd wie ein unterwürfiger Hund. „Was ist Ihr Anliegen, meine Gnädigste?"

„Meine Freundin und ich wollen in den Urlaub fahren. Sie ist Russin und spricht ganz schlecht Deutsch, deshalb bin ich mitgekommen, um zu übersetzen. Da sie ihre wichtigen ... Unterlagen nicht mit auf die Reise nehmen kann, benötigt sie ein Schließfach."

Du Bois nickte. „Da sind Sie bei uns genau richtig."

„Ihre Bankschließfächer sind auch wirklich sicher?"

„Madame, wir haben die modernsten Sicherheitsvorkehrungen, die Sie sich nur wünschen können."

Dörte schlug ihre langen schlanken Beine fast in Zeitlupe übereinander. „Das sagen sie alle."

Verlegen hüstelte der Filialleiter hinter vorgehaltener Hand. Ob nun wegen Dörtes Äußerung oder seiner Aussicht, konnte ich nicht einschätzen.

„Was passiert, wenn wir den Schlüssel verlieren beziehungsweise wenn er gestohlen wird?"

„Allein der Eigentümer des Schließfaches kommt in den Tresorraum und muss sich vorher ausweisen."

„Gut. Und wie steht es mit der Diskretion Ihrer Bank?" Dörte ließ nicht locker.

„Die ist absolut gegeben. Allein der Eigentümer des Schließfaches kennt dessen Inhalt. Der Bankangestellte bringt ihn bis in den Tresorraum. Der Kunde ist allein beim Füllen und Entnehmen des Schließfachinhaltes. Unser Mitarbeiter sperrt hinter ihm ab, und der Kunde verschließt die Tür von innen."

Dörte lächelte überlegen, übersetzte mir den Text in eine Fantasiesprache, die dem Russischen sehr ähnlich klang. „*Moya kishka spiny mne nuzhno Loo! Ja otslin slentschaju pa tibje. Waschsche schschas dras tje plotisch!*" Dann wandte sie sich wieder an Du Bois. „Aber der Tresorraum ist videoüberwacht, oder?"

„Ja, die Aufzeichnungen werden aber nicht gespeichert."

„Also wissen Ihre Angestellten genau, was die Kunden in ihren Schließfächern lagern."

„Nein. Allein auf meinem Monitor erscheinen die Bilder, wenn ein Kunde den Tresorraum betritt."

„Wer sagt mir, dass Sie glaubwürdig beziehungsweise nicht erpressbar sind und dieses Wissen um den Inhalt des Schließfaches, das meine Freundin vielleicht bei Ihrer Bank anmietet, an Dritte weitergeben?" So autoritär und förmlich hatte ich Dörte noch nie sprechen hören. Ich war beeindruckt. Bei Du Bois erreichte sie damit natürlich auch die erwünschte Wirkung.

„Ich kann die Kamera ausstellen, wenn Sie es wünschen", versicherte er eifrig.

„Ja, das wünschen wir. Meine Freundin möchte das Risiko vermeiden, dass die Höhe ihres beträchtlichen Vermögens nach dem Urlaub Stadtgespräch ist oder, schlimmer noch, ihr das Geld geraubt wird." Ich nickte erhaben. Wieder redete Dörte in ihrer fremden Sprache auf mich ein, aber dieses Mal war es wirklich gebrochenes Russisch. *„My budem pokupat' korovu." Ich möchte diese Kuh nicht kaufen!*

Ich spielte Dörtes Spiel mit und unterstrich meine Rede mit einer entschiedenen Handbewegung. *„Sterva imeyet zhira pryshch na nosu." Der Stinker hat einen fetten Pickel auf der Nase.*

Du Bois lächelte gequält.

„Sie sagt, wenn wir in mehreren Monaten von unserer Weltreise zurückgekehrt sind, wird es Ihr Schaden nicht sein, da sie gedenkt, einiges von ihrem Vermögen anzulegen", übersetzte Dörte lächelnd.

In den Augen des Bankmanagers ratterten die Dollarzeichen wie bei einem einarmigen Banditen. Er verstand, zückte den Mietvertrag und einen silbernen Stift. „Ich bräuchte dann nur noch eine Unterschrift, Madame." Als er sich bewusst wurde, dass er meiner Fantasiesprache nicht mächtig war, tippte er auf die Linie, wo ich unterschreiben sollte.

Ich tat, als würde ich verstehen, und unterzeichnete. Dann nahm ich den Schließfachschlüssel entgegen und stand auf.

Dörte machte keine Anstalten, das Büro des Filialleiters zu verlassen. „Ihr Wort in allen Ehren, aber ich würde mich gern in der Tat von dem Wahrheitsgehalt Ihrer Aussage überzeugen und hier auf meine Freundin warten." Dabei schlug sie die Augen nieder und leckte sich abermals mit der Zunge über die rot geschminkten Lippen. Dann sah sie den Filialleiter herausfordernd an.

„Natürlich, Frau …?"

„Jensen, Dörte Jensen."

„Darf ich Ihnen einen Kaffee anbieten?"

„Sehr gern, Herr Du Bois."

Eine ältere dicke Bankangestellte mit Hornbrille und lila Dauerwelle holte mich ab und brachte mich und die Vuitton-Reisetasche über einen extra Fahrstuhl in den Tresorraum im Kellergeschoss.

„Schließen Sie bitte von innen ab. Wenn Sie fertig sind, betätigen Sie die Klingel, dann komme ich zurück."

Sie verließ den Raum, und ich war allein inmitten Hunderter Schließfächer.

Ich stellte die Reisetasche auf den blitzblanken Metalltisch, der mich irgendwie an eine Schlachtbank erinnerte, und öffnete den Reißverschluss. Mein Herz schlug mir vor Neugierde bis zum Hals. Oder war es Angst? Meine Hände zitterten, als ich das Fach Nummer vierhundertsechsundfünfzig öffnete und eine Metallbox herauszog. Und dann blieb mir fast das Herz stehen. In dem Kasten lagen so viele Geldbündel, wie ich in meinem bisherigen Leben noch nie auf einem Haufen gesehen hatte. Ich meine im Original, also in echt und nicht im Fernsehen oder im Kino. Ich zählte die Bündel nicht, packte sie eilig wie ein Bankräuber in die Tasche. Den inneren Jubelschrei unterdrückte ich und hob ihn mir für später auf.

Was war das? Noch ein Schlüssel und eine Adresse in Italien. Ich packte beides in meine Jackentasche, steckte den Kasten in sein Fach und füllte mein eigenes angemietetes Schließfach mit alten Zeitungen. Dann atmete ich tief durch, klingelte und ließ mich von der Dauerwelle wieder nach oben geleiten.

Dörte hatte sich in meiner Abwesenheit anscheinend prächtig unterhalten. Sie war etwas verwundert, als ich sie wortlos am Arm packte und aus der Bank zerrte. *Nix wie weg hier!*

Erst als wir im Auto saßen und sie losgefahren war, stieß ich einen Jubelschrei aus.

Mein spontaner Ausbruch erschreckte Dörte so dermaßen, dass sie beinahe das Heck des vor uns an der roten Ampel bremsenden Kleintransporters küsste.

Begeistert packte ich sie am Arm. „Dörte, das ganze Schließfach war voller Geld! Es sind mindestens hunderttausend."

„Hast du es nicht gezählt?" Sie atmete auf und zündete sich eine Zigarette an.

„Dazu war ich viel zu aufgeregt."

„Los, schau mal nach."

„Nachher. Wir werden beobachtet", wies ich sie auf den Lastwagenfahrer neben uns hin, der ihr ungeniert auf den hochgeschobenen kurzen Rock und in den Ausschnitt glotzte.

Dörte zeigte ihm den Mittelfinger, bevor sie bei Grün Gas gab und losraste.

„Außerdem waren noch ein Schlüssel und ein Zettel mit einer Adresse in Italien dabei." Ich holte beides aus der Jacke und steckte es wieder zurück.

„Die googeln wir, nachdem wir EK ausspioniert haben. Alles zu seiner Zeit."

13. KAPITEL

Bevor wir direkt neben einem hübsch sanierten Altbau im Leipziger Musikerviertel, der Adresse von Wolfgangs gemietetem Liebesnest, anhielten, kauften wir im Baumarkt zwei dieser weißen Ganzkörperkondome, blaue Schuhüberzieher und Latexhandschuhe. Schließlich wollten wir mit unserer DNA nicht ihre Wohnung verseuchen. Falls sie wegen Wolfgangs Tod ins Visier der Ermittlungen geriet – nachdem wir die Polizei geschickt auf ihre Spur gebracht hatten –, würden wir natürlich abstreiten, sie zu kennen und jemals hier gewesen zu sein.

Der Schlüssel passte wie erwartet. Wir stiegen mit der Diebesbeute aus dem Schließfach bis ins Dachgeschoss und horchten kurz an der Tür.

„Niemand zu Hause", merkte ich an, zögerte, gab mir innerlich einen Ruck und schloss auf.

Kein angriffslustiger oder schwanzwedelnder Hund kam uns entgegen, keine Katze schnurrte um unsere Beine herum. Wir stiegen in unsere Verkleidung und schlossen hinter uns die Tür.

Dörte begutachtete die Einrichtung. „Nobel, nobel. Seine Schäferstündchen hat sich dein Göttergatte ja einiges kosten lassen." Sie öffnete den Kleiderschrank im rötlich gehaltenen Schlafzimmer. „Leer!", sagte sie und schaute um die Ecke. „Voilà, hab ich doch gesagt, der gepackte Koffer steht längst bereit. Wenigstens erspart sie uns damit die Arbeit." Sie rollte den silbernen Trolley in den Flur. Mein Blick fiel auf das breite Bett, und in meinem Kopf rackerte sich der nackte Wolfgang, stöhnend, mit verschwitztem Rückenpelz – hatte er sich den eigentlich auch abrasiert? – über der schönen Elena ab. Oder natürlich sie sich über ihm. Als eingefleischter Bewegungsmuffel hasste er es, sich in komplizierten Leibesübungen für seinen

Spaß zu verrenken. Selbst beim Sex ließ er sich gerne bedienen. Ich schüttelte mich und den Gedanken an die Zusammenstöße meines Mannes mit EK in diesem Schlafzimmer ab und folgte Dörte ins Wohnzimmer mit offener Küche.

„Nun lass uns aber erst einmal nachsehen, welches Erbe dir das Wölfchen hinterlassen hat."

Wir wuchteten die Reisetasche auf den Küchentresen, kippten sie aus und zählten. Dabei wurden ihre Augen immer größer. „Annemie, das ist eine Million!"

„Eine Million Euro!" Ich konnte es nicht fassen und warf die Scheine in die Luft. Wir tanzten ausgelassen wie zwei kleine Kinder im Geldregen. Dörte suchte zwei Gläser heraus, öffnete den Kühlschrank und entnahm eine Flasche Sekt. „Champagner, Frau Pfeffer? Wie es aussieht, sind Sie vermögend."

Ich schnappte mir ein gefülltes Glas, stieß mit Dörte an und trank es in einem Zug leer. Dabei ließ ich mich völlig außer Puste auf das Sofa fallen. „Woher hat Wolfgang so viel Geld?"

„Vielleicht war er korrupt und machte krumme Geschäfte."

Nachdenklich legte ich den Kopf in den Nacken. „Angenommen, er legt jeden Monat fünfhundert Euro zurück, dann bräuchte er …" Ich rechnete, und Dörte unterbrach mich abwinkend. „… länger als sein bisheriges Leben, um diese Summe anzuhäufen."

Sie trank einen Schluck.

„Vielleicht hat er doch im Lotto gewonnen?"

„Meinst du wirklich, dass der Geizhals Lotto gespielt hat? Ich tippe eher auf krumme Geschäfte. Ein Informant, der Dealern Tipps gab und sich seine Freundschaftsdienste gut bezahlen ließ."

„Meinst du?"

„Oder er hat das Geld bei einer Durchsuchung gefunden und es heimlich in seine Tasche wandern lassen – zum Beispiel beim Auffinden einer Leiche von einer alten einsamen Omi ohne Familienanschluss, die ihr Erspartes in der Matratze eingenäht hatte. Das traue ich ihm zu, dass er so eine Gelegenheit ausnutzt. Aber das ist jetzt sowieso egal."

Dörte schaute auf die Uhr. „Wir müssen zurück. Der Schlaftrunk wirkt nicht ewig. Vorher schauen wir aber noch, dass wir herausbekommen, was unsere schöne Elena für ein Mensch ist."

Wir durchstöberten alle Schubladen.

„Oh, Handschellen und eine Peitsche." Dörte schwang den Gummistab und knallte die Lederriemen auf ihre Hand. „Sind dir nie blutige Striemen auf Wolfgangs Rücken aufgefallen?"

Da ich mir Wolfgang im letzten Jahr kaum von vorne, geschweige denn von hinten angeguckt hatte, schüttelte ich vehement den Kopf.

„Ich vergaß, ihr habt getrennt geschlafen."

Ich nickte und sah mich weiter um. „Die scheint Geldbörsen und Herrenarmbanduhren zu sammeln. Sieh mal!" Ich zeigte auf ein entsprechend gefülltes Schubfach.

„Interessant."

Dörte brach eine Schublade auf und zog triumphierend eine wichtig aussehende Mappe hervor. Darin waren einige Schriftstücke und ein Ausweis. „Aufenthaltsgenehmigung ohne Arbeitserlaubnis. Sie ist rumänische Staatsbürgerin. Lass mich raten, die schöne Elena verdiente ihr Geld mit brisanten Dienstleistungen." Dörte deutete auf Handschellen und Peitsche.

„Du meinst, eine Professionelle."

„Dabei zieht sie den Freiern noch anderweitig das Geld aus der Tasche", sagte ich und zeigte auf Uhren und Portemonnaies.

„Meinst du, Wolfgang wusste davon?"

„Vielleicht hat er sie beschützt und mit abkassiert."

„Wolfgang ein Zuhälter? Niemals!"

„Weißt du was? Ich traue deinem Mann jetzt alles zu."

Wir packten unsere Fundstücke ein und bemühten uns, all unsere Spuren zu verwischen. Dörte spülte noch schnell die Sektgläser und sah sich dann wohlwollend um. „Ich würde sagen, diesen Auftrag haben wir erfolgreich ausgeführt, meine Liebe! Jetzt aber schnell nach Hause! Ich bin schon gespannt, was das Vögelchen uns zu erzählen hat.“

14. KAPITEL

Als wir zurückkamen, fanden wir Sigrun in etwas verwirrtem Zustand im Wohnzimmer vor. Sie saß im Sessel und starrte abwesend vor sich hin.

„Schwiegermama!", entfuhr es mir vor Schreck etwas zu schrill. Warum war sie denn schon wach?

Sie zuckte zusammen. „Wo warst du denn?"

„Einkaufen", log ich und ließ die Vuitton-Reisetasche schnell im Arbeitszimmer verschwinden.

Als ich zurückkam, musterte sie mich. „Dein Kostüm hat aber auch schon mal besser gepasst."

„Ich dachte, du schläfst fest?"

„Hab ich ja auch, bis dieser Fleischer wie ein Idiot erst vor dem Haus gehupt und dann gegen die Haustür gewummert hat."

„Was?" Mein Panikblick traf Dörte.

„Hast du mit ihm gesprochen?", rief ich schrill.

„Gott bewahre! Meine Zähne lagen im Glas, und ich war im Nachthemd. So trete ich doch niemandem gegenüber. Außerdem kam ich nicht so schnell die Treppe herunter, weil mein Stock verschwunden ist."

Ich atmete auf. „Der steckt bei den Regenschirmen im Flur."

„Ich hab dich gerufen, aber du warst weg. Mir ist auch so komisch schwindelig."

Dörte nahm die Hand der alten Frau und sagte beruhigend: „Machen Sie sich keine Sorgen. Jetzt sind wir ja wieder da."

„Da ist noch etwas, Annemie. Ich höre seit einer Stunde eine Tierstimme in meinem Kopf, als ob eine Katze oder ein Hund im Keller jault und um Hilfe winselt. Ich weiß, dass da niemand ist. Der Arco ist ja tot, aber ..."

„Sie haben bestimmt nur schlecht geträumt. Am besten, wir machen Ihnen einen Tee und Sie ruhen sich ein bisschen aus", unterbrach Dörte sie sanft lächelnd.

Meine Freundin brachte Sigrun eine Decke, und ich kochte den Tee mit der doppelten Dosis Schlaftropfen, um sicherzugehen, dass sie dieses Mal wirklich fest schlief.

Als Sigrun fast weggenickt war, verfrachteten wir sie ins Bett.

„So, jetzt nehmen wir uns unseren Gast im Keller vor", sagte Dörte, und ich folgte ihr nach unten.

Die schöne Elena war wach. Aus ihrer Kehle kamen tatsächlich tierische Laute. Sie fluchte unter dem Klebeband in ihrer Muttersprache und zerrte wie verrückt an ihren Fesseln. Hoffentlich war Holger bei seinem Besuch nicht ums Haus geschlichen und hatte die Gefangene im Keller gehört …

Ich kannte ihn. Er stand schnell mal im Wohnzimmer, kam einfach über die offene Terrassentür herein, wenn wir das Klingeln nicht hörten. Dabei hatte er Wolfgang und mich einmal – vor ziemlich langer Zeit – in einer pikanten Situation im Schlafzimmer ertappt. Selbstverständlich hatte ihn das nicht davon abgehalten zu fragen, ob er sich unseren Rasenmäher ausborgen konnte, weil seiner den Geist aufgegeben hatte. Der Holger war eben ein besonders feinfühliger Mensch.

Dörte hielt Elena ohne ein Wort Peitsche, Handschellen, die Tüte mit den Uhren und die Geldbörsen vor die Nase.

„Das haben wir aus der Wohnung, für die Wolfgang die Miete zahlt und für die dein Schlüssel passt", brachte ich mit fester Stimme heraus und war gespannt, was die junge Frau darauf zu sagen hatte.

„Leugnen nützt dir also gar nichts. War er dein Zuhälter?" Dörte riss unserer Geisel mit einem Ruck das Klebeband vom Mund.

Sie zischte: „Ich bin keine Nutte", und spuckte mir vor die Füße.

„Sei bloß vorsichtig, wir haben dich in der Hand!" Dörte entfaltete die Aufenthaltsgenehmigung und wedelte damit. „Du hast keine Arbeitserlaubnis. Wovon lebst du? Er bezahlt dir die Miete und das Auto, schätze ich …"

„Ich verdiene mein eigenes Geld", beharrte sie zornig.

„In der Horizontalen und indem du Leute beklaust?"

Elenas Augen blitzten feindselig auf. Sie biss sich auf die Lippen. Dann sagte sie: „Sie haben doch keine Ahnung", drehte den Kopf zur Seite, dass ihr langes schwarzes Haar wie ein seidiges Tuch um ihre Schultern schwang. „Ich muss pinkeln."

„Hier, nimm den Eimer." Dörte band ihr die Hände so los, dass sie sich hinstellen konnte. Ich löste ihr die Fußfesseln, die sie mit dem Stuhl verbanden.

„Ich kann nicht, wenn mir jemand dabei zusieht. Geht raus."

„Vergiss es!" Wir zogen ihr die Hosen runter, drehten uns um und warteten, bis es aufhörte zu plätschern. Wortlos zogen wir sie wieder an.

Plötzlich drehte sich Elena und verpasste Dörte mit den gefesselten Händen einen Schlag in die Magengrube. Ich griff geistesgegenwärtig zur abgesägten Holzstufe neben der Tür und schleuderte sie ihr entgegen. Die junge Frau fluchte und taumelte auf den Stuhl zurück. Schnell fesselten wir sie wieder und verschnürten sie wie ein Paket. Dörte hielt sich den Bauch. „Dieses kleine Luder."

EK starrte uns feindselig mit ihren großen Augen an.

„Alles klar?"

Sie nickte gequält. „Wo ist Wolfgang? Was habt ihr mit mir vor?"

„Dein Wolfgang hat sich für immer davongemacht. Was wir mit dir anstellen, hängt davon ab, wie kooperativ du bist", sagte ich in bester *CSI: Miami*-Manier.

„Eigentlich brauchen wir sie nicht mehr", murmelte Dörte.

„Stimmt. Jetzt, wo wir das Geld haben." Ich schlug mir mit der flachen Hand auf den Mund.

Elena stockte der Atem. „Wo ist Wolfgang?"

„Dein Wolfgang liegt nebenan, ganz cool, schön umrahmt von Gartengemüse. Der kann dir nicht mehr helfen."

„Ihr habt ihn umgebracht?", fragte sie fassungslos.

„Nein, er ist beim Versuch, seine Frau zu töten, in seine eigene Falle getappt. Künstlerpech, meine Liebe." Dörte verpasste ihr einen Schlag mit dem Feuerlöscher, dass sie ohnmächtig wurde, und träufelte ihr die Schlaftropfen in den Mund.

„Was machen wir jetzt?"

„Erst einmal den Inhalt des Eimers entsorgen", sagte Dörte nachdenklich und kippte Elenas Körperflüssigkeit mit ausgestrecktem Arm in den Ablauf des Fliesenbodens im Waschkeller, wo auch die Tiefkühltruhe stand.

Mein Blick fiel auf die kleine grüne Lampe am Gefrierschrank, die im Moment nicht einmal rot blinkte. Ach du Schreck! Wir hatten keinen Strom.

Ich betätigte den Lichtschalter neben der Tür. Nichts geschah. Entweder war eine Sicherung durchgebrannt, oder wir hatten Stromausfall.

Nach einem Blick in den Sicherungskasten wusste ich, dass es nicht an einer durchgebrannten Sicherung lag. „Stromausfall", sagte ich mit Grabesstimme, schaute Dörte an und dachte an Gammelfleisch.

„Es wird Zeit, dass wir ihn entsorgen", sagte sie mit hochgezogenen Augenbrauen.

„Komm, lass uns mal die Adresse zu diesem Schlüssel in deiner Jackentasche googeln."

Ich zeigte auf die Deckenlampe. „Stromausfall. Der PC funktioniert nicht."

„Dann nehmen wir eben das Handy", antwortete sie und lief zur Kellertür wegen des besseren Empfangs. Ich folgte ihr bis zur Terrasse.

„Das ist der Schlüssel für ein Ferienhaus in der Toskana." Sie zeigte mir ein Bild auf ihrem Display.

„Hübsch!"

„… und abseits gelegen. Wir sollten verschwinden."

„Was machen wir mit Wolfgang, seiner Mutter und Elena?"

„Die nehmen wir alle mit."

„Ich hoffe, das ist nicht dein Ernst." Dörte war wohl verrückt geworden.

„Das ist die einfachste und schnellste Lösung im Moment. Oder willst du warten, bis dein Mann aufgetaut ist und der Fäulnisgeruch nicht nur die Fliegen anlockt?"

„Meistens kommt der Strom nach einer halben Stunde wieder", wandte ich ein.

„Die schöne Elena weiß jetzt Bescheid", sagte Dörte und schaute mich vorwurfsvoll an. „Ein Sicherheitsrisiko, auch wenn ich denke, dass sie nicht zur Polizei rennt. Dafür hat sie selbst zu viel Dreck am Stecken. Wir nehmen sie mit und entscheiden später, was wir mit ihr machen."

„Und warum nehmen wir Sigrun mit?"

„Die wird ihren Goldjungen spätestens, wenn du weg bist und sie ihn nicht telefonisch erreicht, als vermisst melden. Dann haben wir seine Kollegen am Hals."

„Wolfgang wollte seine Mutter ins Altersheim abschieben." Das hatte ich Dörte noch gar nicht erzählt.

„Schau an, also doch kein Goldjunge", grinste sie. „Hat sie dir das erzählt?"

„Nein, sie hat sich wohl bei der Feldmann am Gartenzaun beklagt. Jedenfalls sprach mich die Ackerfurche heute Morgen darauf an."

Schritte knirschten auf Kies. Holger steckte seinen Kopf um die Hausecke. Ich erstarrte.

„Hier bist du, Annemie. Wieso hört denn bei euch niemand? Schläft Wolfgang immer noch?" Neugierig starrte er uns an.

„Ja, was gibt es denn? Ich denke, du kannst zu Hause nicht weg, weil Daniela kommt."

Er druckste ein bisschen herum. „Ist der Strom bei euch wieder da?"

„Nein."

„Dachte ich es mir doch. Scheiße!"

Dörte guckte Holger fragend an.

„Ich habe heute Morgen bei Baggerarbeiten für unseren neuen Schwimmteich, den sich Petra so sehnlichst wünscht, die Hauptleitung für das gesamte Dorf erwischt." Er kratzte sich am Kopf. „Da muss jetzt wohl doch der Reparaturdienst der Technischen Werke kommen und den Schaden beheben."

Ich verzog den Mund. „Na, das kann dauern. Es ist Freitagnachmittag."

„Dort geht gerade niemand ans Telefon. Entschuldigt bitte! Ich hoffe, du hast nicht allzu viel eingefroren. Petra ist mir schon aufs Dach gestiegen, weil sie heute Morgen den Wochenendeinkauf erledigt hat." Er wirkte völlig zerknirscht, als er wieder verschwand.

Panik erfasste mich. „Wir müssen so schnell wie möglich hier weg!"

„Geh packen! Wir nehmen Wolfgangs Wagen", schlug Dörte vor.

„Aber da steht Holgers Anhänger davor."

„Den schieben wir schon beiseite."

Ich protestierte. „Und wie sollen wir das Schiff aus der Garage kriegen?"

„Das lass mal meine Sorge sein", versuchte Dörte, mich zu beruhigen.

„Wie wollen wir ihn eigentlich transportieren? Mit dir, Elena, Sigrun, mir und unserem Gepäck ist das Auto voll."

Dörte lief um das Haus zur Garageneinfahrt. Ich folgte ihr. Sie begutachtete Holgers Hänger und grinste mich geheimnisvoll an. „Hat der BMW eine Anhängerkupplung?"

„Ja. Du willst doch nicht etwa …?"

„Wir verstecken den Goldjungen unter dem Sand."

„Aber … Die Feldmann mit ihrem Feldstecher …" Ich zeigte auf das Haus meiner Nachbarin.

„Wir packen ihn in einen Müllsack. Das kriegt die gar nicht mit."

Ich erinnerte mich an die Worte der alten Frau. *Sie hört wie ein junger Hund und ist blind wie ein Maulwurf.* Gut, das konnte funktionieren.

„Müssen wir Sigrun wirklich mitnehmen?" Mein Innerstes sträubte sich gegen die Vorstellung, dass mir meine ungeliebte Schwiegermutter ewig als Klotz am Bein hing. „Wir bringen sie in ihre Wohnung zurück. Bis sie aufwacht und etwas unternimmt, sind wir längst über alle Berge."

„Sie ist doch nett. Ich weiß gar nicht, was du hast. Die Einsamkeit verbittert sie. Wer weiß, wie lange sie noch zu leben hat. Gönn ihr das milde Klima der Toskana auf ihre alten Tage."

Ich resignierte und ging packen.

15. KAPITEL

Der Strom kam nicht zurück. Unser Dorf blieb an diesem Freitag im Mai nach Einsetzen der Dunkelheit bis auf flackerndes Kerzenlicht hinter Fensterscheiben finster. Selbst die Straßenbeleuchtung hatte Holger bei seiner morgendlichen Aktion lahmgelegt; das perfekte Timing für unsere Flucht.

Gegen dreiundzwanzig Uhr schleiften zwei vermummte Gestalten über die Nebeneingangstreppe einen ziemlich schweren Müllsack hinauf und vergruben ihn unter der Fuhre Sand im Hänger vor unserer Garage: Dörte und ich. Dabei kam ich mir vor wie in einem schlechten Gangsterfilm und hatte tierische Angst, dass im nächsten Moment Scheinwerfer angingen und Handschellen um meine Gelenke einrasteten. Aber nichts dergleichen passierte. Wir verstauten unsere Koffer im Heck des BMW. Ich zog im Haus alle Stecker und prüfte, ob der Herd und alle Lichtschalter auch wirklich ausgeschaltet waren. Dann verschloss ich sämtliche Türen, wie es mir Wolfgang immer auftrug, wenn wir in den Urlaub fuhren. Wir verfrachteten Elena und Sigrun in den Wagen und fuhren im Konvoi samt Hänger vom Hof. Ich fuhr ihren gelben Flitzer und Dörte den BMW.

Wehmütig schaute ich mich noch einmal nach meinem alten Leben um, atmete tief durch und steuerte bis zum Ende des Dorfes in die Zukunft.

Ich hatte das Gefühl, irgendwas vergessen zu haben. Klar, den Stecker der Waschmaschine musste ich noch rausziehen und den Haupthahn für Wasser schließen. Ich überholte Dörte, gab ihr zu verstehen, was ich vorhatte, wendete und nahm gleich den Kellereingang, um nicht erst durchs ganze Haus laufen zu müssen.

Als alle Stecker gezogen und alle Hähne zugedreht waren,

lief ich doch über den Flur zur Vordertür heraus, weil mir Sigruns Stock im Schirmständer in Erinnerung kam. Genau der stand einsam und verlassen im Flur. Aber nun ging es los! Hatte ich jetzt alles? Ich zögerte, irgendwas fehlte, aber was?

Wir stellten Dörtes Sportwagen vor ihrem Haus ab. Sie holte ihre Sachen, und wir düsten ab nach Italien. Meine Freundin fuhr, und ich nickte erschöpft neben ihr ein.

Ohne anzuhalten, schafften wir es in sechs Stunden bis nach Österreich.

Ich erwachte abrupt, als Dörte neben mir fluchend aufs Lenkrad schlug. „So eine Scheiße, die Bullen!", fluchte sie. Die Autobahnpolizei stoppte uns und begleitete uns zum nächsten Parkplatz.

Ich rutschte nervös auf dem Beifahrersitz hin und her. „Jetzt haben sie uns. Scheiße! Die werden uns verhaften", zischte ich Dörte zu.

„Bleib ganz ruhig!", befahl sie, schaltete den Motor ab und ließ die Scheiben herunter.

„Grieß Eahna! Meine Gnädigsten!" Der Wachtmeister tippte sich an seine Mütze.

„Waren wir etwa zu schnell?"

„Nein, das ist eine Routinekontrolle. Meine Damen, die Dokumente bitte!" Er streckte Dörte die Hand entgegen. „Da vergaßen die gnädigen Frauen wohl, die Vignette an die Scheibe zu picken?"

Die Vignette! Verdammt, daran hatten wir in der Aufregung gar nicht gedacht. Adrenalinspiegel und Puls fuhren wieder etwas runter.

Dörte rollte schuldbewusst mit den Augen und klimperte mit den Wimpern. „Die haben wir total vergessen. Könnten Sie vielleicht ein Auge zudrücken und uns eins dieser Autobahnpickerl geben?"

„Das macht dann hundertfünfunddreißig Euro, wenn die Damen gleich bezahlen", sagte der Beamte streng und ließ sich von ihrem Flirtversuch nicht beeindrucken.

„Das ist ja Wucher."

„Bitte, meine Gnädigste, keine Beamtenbeleidigung." Er hob warnend die Hand. „Und wenn die Damen das nächste Mal unsere Autobahn benützen, denken Sie bitte gleich an das Pickerl."

Zähneknirschend zückte ich mein Portemonnaie.

Der Mann nahm das Geld und wünschte uns eine gute Fahrt. Ich atmete innerlich auf.

Meine Grundanspannung blieb, was sich darin äußerte, dass ich wie ein Frosch vor dem Sprung die Schultern hochzog. Langsam bekam ich davon Rückenschmerzen.

Dörte schaute zu mir rüber. „Was rutschst du denn ständig hin und her? Du machst mich ganz nervös", meckerte sie, ließ ihre Scheibe herunter und zündete sich eine Zigarette an.

Wir erreichten den Brennerpass und damit Italien. Der BMW quälte sich mit der schweren Fracht ebenso den Hügel hinauf wie die Sonne, die sich noch schwach den Schlaf aus den Augen rieb, bis die verzuckerten Alpenspitzen in ihrer ganzen Pracht glänzten.

Die Luft war klar wie Quellwasser, nachdem sich Dörtes Zigarettenqualm verzog.

Eigentlich mochte ich keine Berge, aber dieser Eindruck erfüllte sogar mich für einen kurzen Moment mit etwas wie Glück oder Hoffnung – zumindest bis die Grenzbaracken am Horizont auftauchten. Bei deren Anblick fing ich direkt wieder an zu schwitzen. „Hoffentlich lassen die uns ungehindert passieren", sagte ich und tappte in die „Falle der sich selbst erfüllenden Prophezeiung". Die Österreicher in Gries winkten uns durch.

Auf der italienischen Seite wurde unsere Fahrt gestoppt. Ein kleiner Italiener mit finsterem Gesichtsausdruck – der wie der

Zwilling dieses französischen Präsidenten aussah, ähhm ... Sarkozy, der mit der singenden Frau Bruni – versprühte kein bisschen von dem vielgepriesenen Charme südländischer Männer. Er wies uns barsch an, rechts ran zu fahren. Vielleicht war er gerade mitten in einer üblen Scheidung, musste zu früh aufstehen und ärgerte sich im Allgemeinen, dass die Durchschnittsfrauen auf ihn herabsahen oder dass wir deutschen Steuerzahler die Schulden seines Landes nicht übernahmen. Keine Ahnung, welche Laus dem Kerl über die Leber kroch, als er seinen Frust an uns wehrlosen Geschöpfen ausließ. Da half kein Augenaufschlag und kein noch so gekonnt präsentiertes Dekolleté. Er filzte uns gnadenlos.

Erst kontrollierte er, ob die Papiere zu unseren Gesichtern passten. Ich lächelte devot. Ein Fehler.

Es kann nur jemand auf deinem Rücken herumtrampeln, wenn du ihn hinhältst, dachte ich noch. Zu spät!

Der grimmige Zwerg trat auf mich zu. „Das Auto gehört Wolfgang Pfeffer?“

„Jupp. Mein Ehemann, und das ...“, ich zeigte nach hinten, „ist meine Schwiegermutter. Wir fahren in unser Ferienhaus in der Toskana.“

Er lief um unser Gefährt herum.

„Sand, Zement, ein Mischer und Teppich?“

„Wir renovieren.“

Dörte mischte sich ein. „Frühjahrsputz. Alles neu macht der Mai!“

„Das müssen wir doch nicht verzollen, oder?“, ergriff ich wieder das Wort.

Der Mann verzog keine Miene, taxierte unsere Fracht misstrauisch. Meine Hände wurden feucht. Ich spürte, wie mir die Hitze ins Genick stieg. Hoffentlich steckte der jetzt nicht den Kopf in den Sand, dachte ich bei mir und merkte, dass auch Dörte die Luft anhielt.

Er kam wieder zur Beifahrertür.

„Dokumente des Anhängers?“, fragte er auf Italienisch.

Dörte und ich tauschten unseren Panikblick aus, bissen uns synchron auf die Unterlippen und probierten beide die Strategie: dummes Schaf.

Das schien zu wirken. Er verzieh uns unsere Unwissenheit, forderte aber im nächsten Moment seinen Kollegen mit Spürhund an.

Ich war einem Herzinfarkt nah und hoffte, dass das Tier nur auf Drogen spezialisiert war, weder das Schwarzgeld noch die im Sand vergrabene Leiche schnüffelte. Vielleicht ließ sich der Vierbeiner mit einem Würstchen bestechen? Ich holte unseren Reiseproviant unter meinem Sitz hervor und wickelte eine Salamistulle aus. Dörte sah mich sprachlos an, begriff aber dann mein Manöver, wickelte selbst eine Wiener aus und platzierte sie gekonnt neben ihrer Tür. Der Hund drehte den Kopf und schnupperte, bellte und holte sich die heruntergefallene Wurst. „Ups!“ Dörte hielt sich die Hand vor den Mund.

Das Hundeherrchen, ein ganz passabler Mann mit fröhlichen Augen, zuckte mit den Schultern, lächelte und gönnte seinem Tier den Spaß. Dem grimmigen Zwerg passte das gar nicht. Der Hund wertete die Wurst als Belohnung. Für ihn schien der Job erledigt, und er legte sich auf die faule Haut. Ein heftiger Wortwechsel zwischen den Männern folgte. Dann gaben sie uns die Papiere zurück und ließen uns passieren.

Wir atmeten auf. Doch kaum waren wir der italienischen Staatsgewalt entkommen, erwachte Sigrun auf der Rückbank aus ihrem Koma. „Wo bin ich? Hilfe, Herbert? Wolfgang? Annemie? Bin ich etwa tot?“

Ich drehte mich um. „Beruhige dich, wir fahren in den Urlaub.“

„Urlaub?“

„Nach Italien in die Sonne.“

Sie schrak hoch und schubste Elenas schlaffen Arm von ihrem Schoß. „Wer ist diese Frau neben mir? Annemie, siehst du die auch?“

„Nein, Sigrun, du träumst“, antwortete Dörte für mich.

„Jetzt höre ich die Frau Jensen. Annemie, was ist mit mir los? Ich muss mal.“

Wir hielten am nächsten Parkplatz, einer einsamen Raststätte mit Toilettenhäuschen in Brixen, an und halfen Sigrun, sich zu erleichtern.

„Als Hannibal die Dickhäuter über die Alpen trieb, pausierte er auch in Brixen“, sagte Dörte würdevoll.

„Die mussten allerdings ins Gebüsch pinkeln, weil die Dixi-Toilette noch nicht erfunden war“, ergänzte ich kichernd.

Wir flößten Sigrun zur Beruhigung aus der Thermoskanne unseren Spezialtee ein.

Ich betrachtete meine Schwiegermutter skeptisch. „Wir könnten sie hier aussetzen. Sie ist verwirrt. Wenn sie jemand findet und zurückbringt, behaupten wir, sie hat sich verlaufen.“

Dörte sah mich missbilligend an. „Bis nach Italien?“

„Wenn wir Glück haben, behält der Finder seinen Lohn.“

Dörte schüttelte den Kopf.

Gut! Einen Versuch war es wert. Ich verwarf den Gedanken als unmenschlich und legte der alten Frau eine Decke um die Beine. Gott sei Dank wirkte der abendliche Schlaftrunk bei Elena anhaltend.

„Noch fünfhundertneunundachtzig Kilometer, dann haben wir es geschafft. Gib EK lieber noch einen Schluck, damit sie durchhält“, sagte Dörte, während sie sich reckte und streckte.

„Soll ich weiterfahren?“

„Wenn du meinst, dass du mit dem Hänger klarkommst?“

„Jetzt klingst du wie Wolfgang. Sehe ich aus wie eine Fahranfängerin? Ich kann vielleicht schlecht einparken, aber sonst …“

Wir tauschten die Plätze, und ich düste los.

Dörte schnarchte leise neben mir. Ich drehte das Radio an,

summte und wippte rhythmisch im Takt zu „Cambiera“ von Neffa, dem Song aus der Ramazotti-Werbung.

Da ich die Übersetzung des Liedtextes einmal im Internet gegoogelt hatte, weil mir der Song so gut gefiel – die können einem ja sonst was erzählen, wenn man die Sprache nicht versteht –, wusste ich, worum es in dem Lied ging. *Sei nicht traurig, Anna, denn jede Nacht endet mit einem neuen Tag. Feiere den Moment! Es wird sich alles ändern.* Nun machte es mir Mut und munterte mich richtig auf, eben ein Gute-Laune-Song.

Ich lächelte verstohlen und schaute in die Landschaft. Castellos inmitten von Weinbergen flogen am Fenster vorbei. Pinien und Lavendelfelder verströmten ihren typischen Duft. Ich ließ die Seitenscheibe herunter, atmete tief durch und sang laut:

„*Tutto cambiera!* Ja, alles wird sich ändern!“

Nach fünf Stunden tat mir jetzt langsam der Hintern weh, und eine leichte Müdigkeit übermannte mich, obwohl ich innerlich aufgekratzt war. Schließlich guckte ich das erste Mal über meinen Tellerrand. Wie ich bereits erwähnte, reichte die Leine, an die ich achtzehn Jahre gekettet war, in südwestlicher Richtung gerade mal bis in die Eifel.

Ich fügte mich dem Befehl der monotonen weiblichen Stimme aus dem Navigationsgerät – „Jetzt nehmen Sie die Ausfahrt!“ – und nahm die Ausfahrt. Obwohl ich diesem System nur bedingt traute. Mehrfach schickte es mich in Einbahnstraßen, wohlgemerkt in falscher Richtung. Einmal fuhr ich sogar nach Torgau über Dresden.

Auf einem Schild las ich *Firinze Imprunenta*. Damit konnte ich nichts anfangen. Hoffentlich war das richtig. Ich weckte meine Beifahrerin. „Ich glaube, wir sind kurz vor Siena. Das Navi zeigt hundertdrei Kilometer bis zum Ziel.“

„Halte an! Ich fahre weiter“, sagte Dörte und rieb sich den Schlaf aus den Augen. „Gleich haben wir es geschafft.“

16. KAPITEL

Das alte kastenförmige Steinhaus, zu dessen Füßen sich ein Fluss schlängelte, stand am Rande des *Parco Naturale della Maremma* einsam inmitten grüner Wiesen auf einem Hügel, hinter dem man in einiger Entfernung das Meer erahnen konnte. Die grünen Fensterläden waren verschlossen. Wir parkten auf einem staubigen Platz direkt davor, stiegen aus und entknoteten erst einmal unsere Glieder.

Elena und Sigrun verschliefen die Ankunft und schnarchten weiter auf der Rückbank. Wir verschlossen die Autotüren, damit uns unsere brisante Fracht nicht entkam, während wir das Haus inspizierten.

Es war wunderschön. Gut, ein wenig baufällig und verstaubt, aber genau so, wie ich mir einen Landsitz in der Toskana vorstellte: mit Mosaikfliesenboden, marmorierten grauen Wänden und einem riesigen verrußten Kamin im Wohnzimmer, um den abgewetzte vergilbte Polstermöbel standen. Große Ölbilder hingen über schweren Holzkommoden, und wurmstichige Kleiderschränke standen neben gusseisernen Metallbetten, auf denen dicke Kissen und Häkeldeckenüberwürfe drapiert waren. Überall waren verschnörkelte mehrarmige Kerzenleuchter dekoriert. Die rustikale Küche mit dem gemauerten Herd rundete das Bild der perfekten Idylle ab.

„Geil!“, sagte ich und öffnete die Fensterläden, um Licht und Wärme ins Haus zu lassen. Dabei fiel mein Blick auf die hintere Terrasse mit dem angrenzenden Pool, dessen blaues Wasser in der Sonne glitzerte. „Ich werde wahnsinnig. Das ist ja wie Weihnachten.“ Ich rannte nach draußen, schmiss Schuhe und Strümpfe von mir und steckte die Füße ins Wasser. „Wir haben einen Pool!“, rief ich begeistert und planschte, dass es spritzte.

Dörte lächelte wie eine Mutter, die sich über das Glück ihres spielenden Kindes freut. „Komm, ausladen!“

Ich folgte ihr barfuß. Wir schleppten Koffer und Taschen ins Haus und verteilten sie in drei von fünf Schlafzimmern im Obergeschoss. Die Louis-Vuitton-Reisetasche, die wir neben Wolfgang unter dem Sand vergraben hatten, versteckte ich vorerst in meinem neuen Kleiderschrank.

Dann schafften wir Sigrun ins Bett und räumten ihre Sachen ein.

Elena verfrachteten wir in den feuchtkalten Keller.

„Hier holt man sich ja den Tod. Wir geben ihr wenigstens eine Decke, oder?“ Fröstelnd sah ich mich um.

„Manche Probleme erledigen sich von selbst“, sagte Dörte nur trocken.

„Willst du sie etwa umbringen? Das kann ich nicht.“

„Bei Wolfgang hattest du weniger Skrupel!“

Ich schüttelte heftig den Kopf. „Aber das war ja ohne Absicht. Das hier ist etwas völlig anderes.“

„Na gut, dann geben wir ihr erst einmal eine Decke.“

„Oben sind noch zwei Schlafzimmer frei“, gab ich zu bedenken.

„Willst du riskieren, dass Sigrun und die schöne Elena aufeinandertreffen oder dass sie uns abhaut und verpfeift? Sie weiß, dass Wolfgang tot ist und wir das Geld haben. Die zählt doch eins und eins zusammen. Erst muss die Leiche weg, und dann lenken wir den Verdacht auf sie. Wo hast du eigentlich die Waffe hingelegt?“

Ich erstarrte. Ich wusste doch, dass ich was vergessen hatte. Ich wurde rot. „Die liegt zu Hause in Wolfgangs Nachtschrank“, sagte ich kleinlaut.

Dörte schlug die Hand vor die Stirn. „Na prima!“

„Die Waffe ist sauber, da sind keine Fingerabdrücke von mir oder irgendjemandem dran.“

„Das mag ja sein, aber Schmauchspuren … Außerdem fehlt die Kugel im Magazin.“

„Glaub mir, das ist bei einem Durchschuss irrelevant", winkte ich ab und zauberte den kriminalistischen Ratgeber aus der Tasche, den ich vorsorglich mitgenommen hatte. Man wusste ja nie. „Steht jedenfalls hier drin. Das Indiz hab ich längst entsorgt."

„Leider. Nun können wir die Spur nicht auf die schöne Elena lenken."

Zerknirscht schmiss ich das Buch zurück. „Dann müssen wir uns eben etwas anderes einfallen lassen."

Neben uns regte sich etwas, EK erwachte und schlug die Augen auf. Ihre Lider flatterten wie Schmetterlingsflügel im Wind. „Trinken", hauchte sie benommen und leckte sich über die trockenen Lippen.

Wir gaben ihr Wasser. Sie schluckte gierig und schaute uns dankbar aus ihren großen braunen Augen an. „Wo sind wir?"

„Kommt dir der Ort nicht bekannt vor?", fragte Dörte.

Die junge Frau sah sich um und schüttelte verneinend den Kopf.

„Der Schlüssel zu dem Ort fand sich in Wolfgangs heimlichem Bankschließfach", gab ich ihr einen Tipp.

Sie schloss halb die Augen, und ihre Pupillen verdrehten sich. „Der Treffpunkt?"

„Welcher Treffpunkt?"

„Für die Übergabe", hauchte sie und nickte wieder weg.

Wir rüttelten sie wach. „Was für eine Übergabe? He! Aufwachen!"

„Ihr seid so blöd", kicherte sie.

„Was?"

Sie grinste und nickte wieder weg.

Wir schüttelten sie, übergossen ihren Kopf mit kaltem Wasser, bis sie prustete und protestierte. „Aufhören! Ich bin ja schon wach."

„Von was für einem Treffpunkt redest du? Was für eine Übergabe soll hier stattfinden?“

„Ware gegen Geld.“

Wir glotzten sie an wie zwei Nasenbären, vor denen ein Ufo landete.

Elena lachte uns aus. „Das Geld in Wolfgangs Schließfach ist ein Vorschuss. Ihr könnt sicher sein, dass sich der Besitzer, der übrigens auch der Besitzer dieses Hauses ist, seine Kohle zurückholt, wenn er seine Ware nicht bekommt.“

Ich war sprachlos. Also war Wolfgang doch in krumme Geschäfte verwickelt.

Dörte gewann zuerst ihre Fassung zurück. „Handelt es sich um Drogen?“

„Nicht dass ich wüsste.“

„Los, sag schon!“

Die schöne Elena grinste überlegen. „Information gegen Freiheit und die Hälfte des Geldes.“

Ganz schön frech, die Kleine. Aber wie hieß es so schön: Brave Mädchen kommen in den Himmel, böse überallhin. Ich musste unbedingt an meiner Persönlichkeit arbeiten.

Doch erst mal interessierte ich mich für etwas anderes. „Hast du meinen Mann geliebt?“, fragte ich sie freiheraus.

„Wolfgang?“ Sie stieß die Luft durch die Nase. „Er hat mich erpresst.“

„Er hat dich ausgehalten, dir die Miete bezahlt“, verteidigte ich meinen Mann.

Dörte mischte sich ein und fragte in scharfem Ton: „Bist du für ihn anschaffen gegangen?“

„Ich bin keine Nutte, ist das klar? Wolfgang erwischte mich beim Klauen auf dem Augustusplatz. Er versprach mir, mich nicht anzuzeigen, wenn ich mal mit ihm essen ginge. Er wollte dann mehr. Ich tat ihm den Gefallen, schließlich hatte ich keine Lust auf Abschiebung in mein Heimatland. Ich glaube, er hat sich in mich verliebt. Ihr hättet die Geschenke in meiner Situation auch angenommen. Wo sollte ich denn hin? Zurück in das rumänische Dorf in den Karpaten, wo alle hungern?“

„Ihr wolltet aber zusammen nach Argentinien abhauen, stimmt's?“, bohrte ich nach.

„Das war seine Idee, dass wir uns nach dem Coup dorthin absetzen“, erwiderte sie.

„Welchem ‚Coup‘? Dem Mord an Annemie?“, sagte Dörte und zeigte auf mich.

„Damit habe ich wirklich nichts zu tun.“

„Womit dann?“

Aber sie schien müde zu sein, uns Rede und Antwort zu stehen. „Die Fesseln drücken, ich muss pinkeln, und hungrig bin ich auch.“

„Na gut, dann komm halt. Aber keine faulen Tricks!“, befahl ich in bester *CSI: Miami*-Manier. Wir banden sie los, begleiteten sie auf die Toilette und gaben ihr den Rest unseres Reiseproviants. Sie saß am Küchentisch und schlang gierig drei belegte Brote, ein Ei und zwei Gurkenstücke herunter.

„Wir haben deine Papiere, Abhauen macht also keinen Sinn.“

EK sah uns eindringlich an. „Wenn ihr das Geld habt, sollten wir alle zusammen so schnell wie möglich verschwinden, bevor er kommt und seine Ware abholen will.“

„Worum handelt es sich denn bei dieser mysteriösen ‚Ware‘?“

„Da es nun eh vermasselt ist …“ Sie machte eine Pause und putzte sich die Krümel aus dem Gesicht. „Um ein Gemälde von Picasso.“

Mir blieb der Mund offen stehen. Woher sollte Wolfgang ein Bild von Picasso herhaben? Seit wann interessierte der sich überhaupt für Kunst? Der konnte doch einen Monet nicht von einem Rembrandt unterscheiden. Oder hatte ich meinen Mann unterschätzt?

„Woher stammt es?“, fragte ich atemlos.

„Aus der Leipziger Bildergalerie. Da ist eine Sonderausstellung von Picassos Werken aus der Privatsammlung …“

„… des Neffen der Hermine Bein“, sprach ich den Satz zu Ende.

Dörte fragte belustigt: „Da wollte Wolfgang eins stehlen?“

„Nein, nicht irgendeins. Der Auftraggeber will das Bildnis der Hermine Bein.“

„Und das wollte Wolfgang stehlen?“ Ich bekam einen hysterischen Lachanfall, konnte mich gar nicht mehr beruhigen und rief: „Da verstaubt seit Jahren Picassos falsche Hermine hinter dem Sofa in unserem Gästezimmer, weil er den Anblick nicht erträgt. Es erinnert ihn nämlich an seine Mutter. Und ausgerechnet dieses Bild wollte er klauen, weil es ihm den ganz großen Geldsegen bringt? Das ist wirklich Ironie des Schicksals. Vor allem: Das hätte er einfacher haben können. Er hätte dem Käufer meine selbst gemalte Fälschung unterjubeln sollen.“

„Ich sollte es stehlen“, murmelte Elena.

„Guck an, die kleine rumänische Taschendiebin macht in Kunstraub“, sagte Dörte und musterte Elena anerkennend. „Das hätte ich dir gar nicht zugetraut. War das deine Idee?“

„Nein, Wolfgang machte den Kontakt zu dem Hehler. Er kennt den Mann von früher. Der Mann studierte mit seiner Frau.“

Ich verschluckte mich und hustete. Dörte klopfte mir den Rücken. Wolfgang verachtete meine ehemaligen Kommilitonen. Die waren ihm viel zu intellektuell. Nur weil es ihn verunsicherte, er bei ihren Gesprächen nicht mitreden konnte. „Name!“, verlangte ich.

Elena zuckte nur mit den Schultern.

„Wie viel wollte sich der Käufer das Bild denn kosten lassen?“

„Zwei Millionen.“

„Da habt ihr euch aber ganz schön über den Tisch ziehen lassen. Der Picasso ist mindestens das Dreifache wert", sagte ich lapidar.

Beide Frauen sahen mich mit großen Augen an.

Dörte übernahm die Erklärung. „Annemie kennt sich da aus, sie hat Kunstgeschichte studiert und arbeitet im Bildermuseum."

„In genau dem Bildermuseum", ergänzte ich.

Elenas Augen wurden noch größer.

Dörte schnappte sich einen Apfel aus dem gefüllten Obstkorb, biss hinein und sprach mit vollem Mund zu mir: „Das hat ihr *Hasi* anscheinend verschwiegen."

„Es ist völlig unmöglich, unbemerkt ein Bild aus dem Bildersaal der Sonderausstellungen zu stehlen. Dort erlangt man nur Zutritt in geführten Besichtigungen", sagte ich nachdenklich. „Außer, man schafft es, sich unbemerkt von der Gruppe zu entfernen, versteckt sich auf der Personaltoilette im Gang dahinter und lässt sich einschließen." Ich spitzte nachdenklich die Lippen. „Trotzdem ist es undenkbar. Der diensthabende Museumsführer macht abends zum Schluss einen Kontrollgang durchs Haus. Da fällt eine fremde Person auf der Personaltoilette auf, und wenn dann noch ein Bild fehlt …"

„Außer, der Dieb hängt deine täuschend echte Fälschung hin. Daran hat *Hasi* aber bestimmt nicht gedacht", warf Dörte ein.

„So einfach ist das nicht. Die Bilder sind einzeln mit Berührungssensoren gesichert. Die müsste man vorher ausschalten."

„Darüber hat dich dein Mann nicht ausgefragt? Ich meine, der saß ja quasi an der Quelle."

Ich schüttelte den Kopf. „Wir sprachen nie über meine Arbeit. Der und ins Museum … da gewinnt eher eine Kuh beim Pferderennen. Aber warte mal …" Ich grübelte.

„Ja, vor ein paar Wochen fragte er mich, ob diese Sonderausstellung auch richtig gesichert sei. Da wunderte ich mich, zwar kurz, dass er überhaupt von der Sonderausstellung wusste. Daraufhin meinte er, dass er es in der Zeitung gelesen hatte. Ich dachte mir nichts dabei. Er ist Polizist und interessiert sich für Alarmanlagen und Videoüberwachung. Ich hatte nur Angst, dass er die Technik bei uns zu Hause einbauen lässt, damit bloß niemand unsere Ikea-Schränke klaut."

Dörte wandte sich an Elena. „Wann und wie sollte das Ganze denn stattfinden?"

„Gestern Vormittag."

„Da war diese chinesische Reisegruppe angemeldet, ich hätte sie durch die Ausstellung führen ..."

„Ich weiß", fiel mir EK ins Wort.

Jetzt verschlug es mir die Sprache.

„Ich wäre Teil dieser Gruppe gewesen, hättet ihr ..."

„Annemie?" Plötzlich stand Sigrun hinter mir in der Küche, und ich zuckte zusammen. „Frau Jensen? Wo sind wir? Träume ich? Da sitzt schon wieder diese junge Frau."

Dörte ergriff meine völlig verstörte Schwiegermutter an den Schultern und führte sie zu einem Stuhl. Sie zwinkerte mir zu und sagte zu Sigrun: „Sie träumen nicht. Wir sind in Italien und machen hier Urlaub. Ihre Schwiegertochter wollte Ihnen mal etwas Gutes tun, weil Sie doch so unter dem Baulärm vor Ihrem Haus gelitten haben", flötete Dörte und lächelte gewinnend wie eine Sektenführerin.

„Aber wir fahren doch immer mit dem Wolfgang ... Wir können doch nicht alleine ..., wo sie den armen Jungen zu diesem Lehrgang geschickt haben."

Nun reichte es mir. „Der Wolfgang ist nicht zum Lehrgang gefahren. Er hat sich einfach vom Acker gemacht und dich, mich und seine Geliebte ...", ich zeigte auf Elena, „sitzen lassen."

So, jetzt war die Bombe geplatzt.

Sigrun schluckte. „Seine ... Geliebte?" Mit ihrem knochigen Finger fuchtelte sie in EKs Richtung. „Das ist doch noch ein Kind. Das Mädchen könnte seine Tochter beziehungsweise meine Enkeltochter sein. Nein, das glaub ich nicht. Mein Bub betrügt doch seine Frau nicht", jammerte sie. Dann fügte sie hinzu: „Auch wenn ich finde, dass du dich ganz schön gehen lässt, Annemie."

„Eine Frau ist das, was ihr Mann aus ihr macht! Dass Annemie zum Aschenputtel geworden ist, hat sich Wolfgang selbst auf die Fahne zu schreiben", verteidigte Dörte mich.

Ja, aber nur, wenn die Frau das mit sich machen lässt. Ich schaute an mir herunter und fühlte mich wie ein pummeliger alter Hamster mit grauem Fell.

Dörte blickte mich mitleidig an. „Er hat sie doch jahrelang unterdrückt!"

Jawohl, das hat er! Genüsslich suhlte ich mich für einen Moment in meinem Selbstmitleid und wäre am liebsten in meine Höhle verschwunden, um mich dort mit Grießbrei oder Schokolade zu trösten. Leider war beides im Moment nicht verfügbar.

Sigrun unterbrach meine Gedankengänge. Plötzlich klang sie ganz anders. „Wolfgang hatte mir einen Platz im Altersheim besorgt, wollte seine Mutter auf ihre alten Tage abschieben. Dazu wollte er mich entmündigen, nur um an das Haus ranzukommen, weil er es verkaufen will. Er hatte es verdammt eilig, sich sein Erbe unter den Nagel zu reißen, und konnte es gar nicht erwarten, dass ich unter die Erde komme", sagte meine Schwiegermutter weinerlich. „Stimmt das, Mädchen, dass er dich, dass du …?"

Elena nickte.

„Wie alt bist du?"

„Dreiundzwanzig."

„Er hat sie erpresst", klärte Dörte die alte Frau über das Verhältnis ihres Sohnes mit der jungen Rumänin auf.

Sigrun schlug die Augen nieder.

„Habt ihr eine Ahnung, wohin er sich abgesetzt hat, der Schuft? Na, der kann sich warm anziehen! Wenn er nach Hause kommt, werde ich ihm mal kräftig die Leviten lesen. So geht das ja nun nicht!“ Drohend hob Sigrun ihre faltige Faust.

Dörte und ich sahen uns an und schwiegen betreten.

Meine Freundin ergriff das Wort: „Ihr Wolfgang kommt nicht mehr nach Hause.“ Sie suchte etwas länger nach den richtigen Worten. „Er hat vorgestern versucht, Annemie zu erschießen.“

Wieder Stille.

„Es war ein Unfall … Ich dachte, es wäre ein Einbrecher. Es gab ein Handgemenge, und bumm …“, rechtfertigte ich mich.

Sigrun schlug die Hände vors Gesicht. „Und ich dachte immer, Annemie ist schuld, dass er mich loswerden wollte …“ Die alte Frau fiel regelrecht in sich zusammen. „Ich wollte es ja immer nicht wahrhaben. Mein Wolfgang war doch früher so ein feiner Kerl. Aber jetzt muss ich es wohl einsehen … Ich bin die Mutter eines Halunken, eines … Mörders“, sagte sie erschüttert. „Warum hast du denn nicht die Polizei gerufen, Annemie?“

„Seine Kollegen? Das hätten die mir nie geglaubt.“

Dörte unterbrach mich. „Dafür ist es jetzt sowieso zu spät. Wir haben ihn mitgenommen. Er liegt draußen im Anhänger unter dem Sand.“

Ich kam mir vor wie in Madame Tussauds’ Wachsfigurenkabinett. Niemand der Anwesenden zeigte eine Regung.

Sigrun bewegte sich als Erste. „Dann solltet ihr ihn schleunigst aus der Sonne nehmen, bevor er zerfließt.“ Ihre Stimme klang belegt. Sie atmete tief durch. „Kümmert euch um den Leichnam, und ich kümmere mich mit dem Kind ums Essen“, sagte sie gefasst und begann, den Tisch abzuräumen.

Ich war geschockt, wie gelassen sie auf den Tod ihres Sohnes reagierte, und drehte mich beim Herausgehen noch einmal zu ihr um, weil ich dachte, ich träume. Unsere Blicke trafen sich. Tränen schimmerten in ihren Augen, die Teller klapperten in ihren zitternden Händen. Ich begriff, dass der Wolfgang, den sie so sehr geliebt hatte, für sie schon lange gestorben war. Sie hatte mir gegenüber nur ihre Rolle gespielt – so wie ich die der liebenden Ehefrau. Nun konnten wir beide unsere Masken fallen lassen.

Plötzlich lächelte sie und fragte: „Sind wir hier eigentlich am Meer?"

Ich nickte und zeigte auf die Terrasse. „Gleich hinter dem Hügel ist es."

„Dann lasst uns später einen Spaziergang machen. Ich dachte, ich würde niemals das Meer sehen."

„Aber du wolltest doch immer in die Berge, wandern, wenn wir in den Urlaub fuhren?", fragte ich verwundert.

„Ich? Nee, Kindchen, da irrst du dich. Das war der Wolfgang, der hatte regelrecht Angst vor Wasser, weil er nicht schwimmen konnte."

„Warum hast du nie etwas gesagt?"

„Er war mein Sohn, und ich wollte nicht, dass er vor dir wie ein Weichei, ein Feigling, dasteht. Dabei war er der größte Feigling, den ich kenne." Sie kam zu mir und strich mir über den Arm. „Danke, dass du mich mitgenommen hast, Annemie."

17. KAPITEL

Nachdem Dörte und ich den angetauten Wolfgang, der ziemlich unangenehm aus seiner Plastikhülle roch, im Weinkeller in einer der drei Tiefkühltruhen deponiert hatten – die anderen waren bis zum Rand mit gelben Erbsen gefüllt –, wurde er zum zweiten Mal nach seinem Tod schockgefrostet.

Sigrun und Elena hatten vorzügliche Spaghetti Bolognese gekocht, und wir belohnten uns für die schweißtreibende Arbeit mit einer großen Portion davon. Als wir nach dem Essen ein wenig in der Sonne auf der Terrasse gedöst hatten, kam ich mir wirklich wie im Urlaub vor. Ich staunte, wie wir Frauen uns ergänzten und verstanden. Mein Groll gegen Wolfgangs Mätresse schwand von Stunde zu Stunde. Ich fand Elena in manchen Momenten sogar ein bisschen sympathisch. Selbst Sigrun blühte auf und sorgte mit ihrem Humor, der mir völlig unbekannt war, für etwas gute Laune in unserer temporären Mehrgenerationen-Frauen-WG.

Allein Elena schien unruhig. „Wir sollten abhauen. Übergabe des Picassos ist morgen Abend."

Da uns ältere Frauen die Ereignisse und Erkenntnisse der letzten Stunden und Tage etwas erschöpft hatten und wir mit einer aufgetauten Leiche im Gepäck nicht ziellos in einem fremden Land herumirren wollten, beruhigten wir sie. Immerhin waren mehr als vierundzwanzig Stunden Zeit dazwischen, um sich mit der Million in Luft aufzulösen.

Leider gehen Plan und Realität manchmal auseinander.

Wir lagen bauchfrei im BH mit hochgeschobenen Hosenbeinen, eingecremt und mit Sonnenbrillen im Gesicht, in den Liegestühlen am Pool und verdauten.

Zwar hörte ich in meinem Unterbewusstsein Reifen über

den Kies knirschen, reagierte aber erst, als eine Autotür zugeschlagen wurde.

Dörte und Elena ging es genauso. Mit einem Mal saßen wir kerzengerade, sprangen auf und rannten ins Haus. Die Vordertür hatte ich dank Wolfgangs jahrelanger Predigten routinemäßig verschlossen.

Wir schauten durch das Küchenfenster zum Hof. Ein schwarzer Porsche mit geöffneter Kofferraumklappe stand neben unserem Gefährt.

Und dann trat er hervor, knallte die Kofferraumhaube zu, setzte sich die Sonnenbrille auf und schaute in den Himmel. Er trug einen Anzug, dessen Jackett entweder mit Schulterpolstern einen muskulösen Oberkörper vortäuschte oder ihn ohne Schulterpolster betonte. Anscheinend war ihm warm, denn er zog die Jacke aus, und – *wow* – das Jackett hatte eindeutig keine Schulterpolster. Wir starrten ihn an, und ich sabberte wie eine läufige Hündin. Ich kam mir vor wie eine dieser Sekretärinnen aus der Cola-Werbung.

Der hatte uns gesehen, oder? Die Show zog der doch extra ab, damit wir uns die Nasen an der Scheibe platt drückten. Der wusste genau, wie er wirkte. Mir wurde heiß. Sein lockiges braunes Haar tanzte bei jedem Schritt und umspielte das markante Gesicht, das mir – ich kniff die Augen zusammen und schaute noch einmal genau hin – irgendwie bekannt vorkam.

Mein Adrenalinspiegel fuhr Achterbahn. Ich erstarrte. *Viktor?* Viktor Russo stand vor der Tür! Der Mann meiner Träume, als ich neunzehn war. Der Mann, den ich anhimmelte wie ein pubertierender Take-That-Fan Robbie Williams. Viktor war genau der Mann, weshalb Wolfgang immer die zweite Wahl blieb. Vom ersten Tag an, als ich ihn in der Uni fast über den Haufen rannte, verliebte ich mich unsterblich in ihn.

„Viktor …“ Ich schloss die Augen und sah mich als Teenager am Straßenrand stehen. Mein Traumprinz kommt auf einem weißen Pferd angetrabt, reicht mir den Arm und zieht mich zu sich auf den Sattel, und wir reiten zur Musik aus „Drei Haselnüsse für Aschenbrödel“ in den Sonnenuntergang.

Dörte stupste mich in die Seite. Der Zelluloidstreifen meines Gedankenkinos riss.

„Annemie, kennst du den?“, zischte sie leise.

Mühsam fand ich mich wieder in der Realität zurecht. „Ja, äh … das ist Viktor Russo. Mit dem war ich mal früher … zusammen. Noch vor Wolfgang, aber ganz kurz … ich meine fast, ähhm, beinahe.“

Dörte pfiff anerkennend durch die Zähne. „Flotter Hirsch.“

„Mmmhhh, hat sich ganz gut gehalten“, sagte ich so beiläufig wie möglich, öffnete mein zusammengebundenes Haar, schob die hochgekrempelten Hosenbeine runter und das T-Shirt über den eingezogenen Bauch. Ich musste unbedingt eine Diät und Sport machen!

Dörte wandte sich an Elena: „Ist er das?“

„Nur Wolfgang kennt …“

Die Frage erübrigte sich, denn der Besucher zückte einen Schlüssel, steckte ihn ins Schloss und stand im nächsten Moment im Flur. „Pfeffer?“, fragte er misstrauisch.

Ich trat aus der Küche.

„Annemie?“, sagte Viktor, lächelte unsicher und strich sich eine Locke aus dem Gesicht. „Gut siehst du aus!“, fing er sich wieder.

Der sah von Nahem noch besser aus als früher. Ich schluckte. „Dito!“ Mehr brachte ich nicht heraus. Mein Mund war so trocken, als hätte ich ausgiebig mit Wüstensand gegurgelt.

Jetzt traten Dörte und Elena aus dem Schatten. Er musterte sie abschätzend, blieb mit seinem Blick kurz an der jungen Rumänin hängen.

„Darf ich vorstellen, meine Freundin Dörte Jensen und Elena Kaminsky.“

„Wo ist dein Mann?“

„Mein Sohn ist noch geschäftlich unterwegs. Ich bin die Mutter. Angenehm, Pfeffer.“ Sigrun trat hinzu und reichte Viktor ihre knochige Hand, die er so galant küsste, als wäre sie Queen Elisabeth höchstpersönlich. „Eigentlich hatte ich auch einen geschäftlichen Termin mit Ihrem Sohn.“

„Soweit ich informiert bin, doch erst morgen Abend“, mischte sich Dörte grunzend ein.

Er taxierte sie mit einem Seitenblick und drehte auf dem Absatz um. „Tja, dann werde ich morgen noch einmal wiederkommen.“

Ich blickte direkt auf seinen knackigen Hintern.

Mein Mund öffnete sich, und die Worte purzelten heraus wie bei einem hypnotisierten Kaninchen: „Bleib doch! Du kannst bis morgen hier übernachten. Das ist doch dein Haus.“

Viktor blieb stehen, drehte sich zu mir um, nahm die Sonnenbrille ab und fixierte mich mit einem leichten Grinsen im Gesicht. „Warum eigentlich nicht.“

Mit leicht geöffnetem Mund hielt ich die Luft an, wiegte mich in der Hüfte, streckte die Brust raus und zog den Bauch noch tiefer ein. Wie sahen eigentlich meine Haare aus?

Als er seinen Koffer holte und außer Sicht- und Hörweite war, erschlaffte meine Muskulatur. Elena und Dörte fauchten mich an: „Ich denke, wir wollen die Million behalten.“

Ich leckte mir die Lippen. „Lasst mich mal machen, den hab ich schon einmal um den Finger gewickelt … also na ja, fast.“

Beide sahen sich an und verdrehten die Augen. Anscheinend unterschätzten sie meine Wirkung auf Viktor.

Natürlich ließ Sigrun es sich nicht nehmen, ihm ihre Spaghetti Bolognese zu kredenzen. Dann spazierten wir zum Meer und bewunderten den Sonnenuntergang.

Irgendwann wagte ich endlich einen ersten Vorstoß und berührte einen Moment zu lang wie zufällig seine Hand, als wir im Sand nebeneinandersaßen und die anderen barfuß im flachen Wasser Muscheln suchten.

Er erwiderte die Berührung. Unsere Blicke begegneten sich. Er lächelte unsicher. „Das Entlein von damals hat sich zum stolzen Schwan gemausert."

Verlegen reckte ich den Kopf in den Nacken und hielt mein Gesicht in den Wind. Mein Herz klopfte vor Aufregung bis zum Hals, und das Blut rauschte in meinen Ohren.

„Die Ehe tut dir gut." Er zeigte auf meine Hüften und meinen Bauch.

Reflexartig zog ich Letzteren ein und hielt die Luft an, bis ich fast erstickte. „Achtzehn Jahre Hausmannskost gehen eben nicht spurlos an einem vorüber."

Er lachte über mich. „Das kleine Polster macht dich attraktiver als die hautüberspannten spitzen Knochen damals. Wahrscheinlich ticke ich wie Rubens, auch wenn ich nicht malen kann."

Mein Traumprinz stand auf Dicke? Na ja, direkt dick war ich ja nicht, eher vollschlank. Ich entspannte mich. Vielleicht hätte ich damals mehr essen sollen? Da rennt man all die Jahre blind diesem vorgegaukelten Idealbild aus der Werbung hinterher …

„Dein Mann kann sich glücklich schätzen, eine so tolle Frau zu haben."

„Ach was", wehrte ich bescheiden ab. „Und du, bist du verheiratet?"

„Leider ist mir die Richtige nie begegnet."

Er war Single!

Ja, ja, jaaa! Genau das wollte ich hören!

Ich schaute ihm in die traurigen Augen und schmolz dahin. „Mein Mann und ich, also unsere Ehe … Wir … führen seit einiger Zeit eine offene ... ähhm, Beziehung ... Ähhm, also eigentlich haben wir uns getrennt“, stotterte ich und hoffte, dass er den Wink mit der gesamten Zaunfabrik verstand.

„Und da hat er dich mit hierhergenommen?“

„Ja, weil wir uns einvernehmlich ... ähhm, also, er war zum Schluss mit Elena zusammen.“

Viktor zog die Augenbrauen hoch.

„Er hätte nichts dagegen, wenn ich, wenn wir ...“, sandte ich dem Objekt meiner Begierde einen vielsagenden Blick und fühlte mich wie eine der rolligen Katzen, die mich so oft nachts mit ihrem Lockruf um den Schlaf gebracht hatten.

In diesem Moment kamen Dörte, Elena und Sigrun von ihrer Strandwanderung zurück.

„Wollen wir zurück?“, unterbrach Dörte mich.

„Geht schon mal vor. Wir kommen gleich nach“, sagte ich augenzwinkernd.

Als die drei Frauen außer Sichtweite waren, stürzte er sich auf mich. Unsere Körper verschmolzen im Liebesrausch vor dem Hintergrund des spiegelglatten Meeres.

Ich ging hoch wie eine Silvesterrakete; keine dieser chinesischen Blindgänger, eher wie ein römisches Licht, das in Intervallen mit kurzer Zeitverzögerung explodiert.

Zum ersten Mal in meinem Leben verstand ich, warum Sex süchtig machen konnte. Wenn ich bei Wolfgang froh war, wenn er sich nach dem Akt schläfrig zur Seite rollte, hungerte ich jetzt nach mehr.

Wir rannten nackt in die wallende Brandung. Der Sand klebte in allen Ritzen. Viktor berührte mich unter Wasser, und ich sprang an wie ein frisch geölter Motor.

Erst als die Dunkelheit längst eingesetzt hatte, klaubten wir glücklich und erschöpft unsere Sachen zusammen, zogen uns an und wanderten zurück zum Haus. Vor der Tür küsste er mich auf den Nacken.

„Schlaf gut!“

„Kommst du nicht mit rein?“

„Ich muss noch was erledigen. Wir sehen uns dann morgen“, sagte er, stieg in seinen Wagen und brauste mit quietschenden Reifen davon.

„Und?“ Dörte musterte mich misstrauisch, als ich mich wie eine Fünfzehnjährige hereinschlich, die betrunken von einer Party kommt und ihre schlafenden Eltern nicht wecken will.

Ich bekam das Grinsen nicht abgestellt und zog sie in mein Schlafzimmer, damit mich Sigrun nicht hören konnte.

„Ich hatte gerade den besten Sex meines Lebens.“

Meine Freundin wirkte nicht besonders euphorisch. „Ja, dann gratuliere ich herzlich! Ahnt er denn was?“

„Ääh, was denn? Dass ich glaube, ich habe mich verliebt?“

„So ein Quatsch. Annemie! Weiß er, dass Wolfgang tot ist und er den Picasso nicht bekommt?“, half sie mir auf die Sprünge.

„Wir haben nicht geredet.“

Dörte verdrehte die Augen. „Klar!“

Ich guckte sie verträumt an und seufzte.

„Elena und ich haben im Internet ein freies Ferienhaus in der Nähe gefunden. Wohin ist er gefahren?“

„Was erledigen ...“

„Wann kommt er zurück?“

„Später ...“

„Annemie, wach auf! Das ist kein Honeymoontrip. Wir sind auf der Flucht. In unserem Gepäck befinden sich eine Leiche und eine Million Euro, die uns nicht gehören. Ich glaube nicht, dass dein wiederentdeckter Lover dir aus lauter Liebe das Geld überlässt. Elena hat recht, wir sollten so schnell wie möglich verschwinden. Der Typ gefällt mir nicht.“

Ich protestierte. „Du kennst ihn doch gar nicht.“

„Es gab genug Zusammenstöße mit Männern in meinem Leben, die mich hellhörig gemacht haben. Komm jetzt, wir packen."

„Dörte, ich werde in zweieinhalb Wochen vierzig. Und ich hatte heute zum ersten Mal … Ich will nicht weg", sträubte ich mich wie ein Kind, dem man das Lieblingsspielzeug wegnahm. Und dann hatte ich die rettende Idee, wie ich nicht nur Viktor behalten, sondern uns alle zufriedenstellen konnte.

„Wenn wir ihm das Bild beschaffen, lässt er uns nicht nur die Anzahlung, sondern wir verdienen uns auch noch den Rest dazu. Zwei Millionen sind besser als eine!"

Dörte setzte sich aufs Bett. „Bist du wahnsinnig?"

Ich schüttelte selbstsicher den Kopf. „Wo sind Elena und Sigrun?"

„Die Nachwehen des Zaubertranks kurieren. Sie schlafen. Als wir vom Strand zurückkamen, wünschte deine Schwiegermutter, dass ich sie in den Keller begleite. Sie stand eine Weile vor der geöffneten Tiefkühltruhe und nahm Abschied. Ich glaube, sie war ziemlich sauer auf ihren Goldjungen und machte ihren Frieden mit ihm. Danach brachte ich sie in ihr Schlafzimmer."

„Und Elena?"

Dörte überlegte kurz. „Die hab ich nicht mehr gesehen, seit … Scheiße!"

Ich schaute in den Kleiderschrank. Die Reisetasche war leer.

In Windeseile durchkämmten wir das Haus. Ihr Ausweis war weg. Ihre Klamotten hatte sie zurückgelassen und war mit meinem Rucksack getürmt.

Wir sahen uns an und sprachen gleichzeitig aus, was wir dachten: „Diese verdammte Hure hat uns ausgetrickst!"

18. KAPITEL

Elenas Vorsprung konnte nicht allzu groß sein, und sie war zu Fuß – im Gegensatz zu uns. Schnell koppelten wir den Hänger vom BMW ab und rasten los. Zum Glück gab es nur eine einzige Straße nach *Principina A Mare*, dem nächsten Dorf, das mehr als sieben Kilometer entfernt lag.

„Die kann sonst wohin gelaufen sein!", meinte Dörte und schlug wütend auf das Lenkrad.

„Was soll sie mitten in der Prärie? Mein Instinkt sagt mir, dass sie zur nächsten Bushaltestelle unterwegs ist."

„Hier fährt doch um die Uhrzeit kein Bus mehr", wandte sie ein.

„... aber am frühen Morgen."

Es war stockfinster, allein unsere Scheinwerfer fraßen Löcher in das Schwarz ringsum. Hinter niedrigen Steinmauern erstreckten sich Lavendelfelder und Schafweiden mit Olivenbäumen.

Dörte bremste vor einer Katze, die aufgescheucht vom Scheinwerferlicht die Straßenseite wechselte und im Gras verschwand. „Hier kannst du dich überall verstecken. Sie muss sich nur ducken, wenn sie von Weitem einen Wagen hört. Die finden wir nie. Das schöne Geld!"

Wie gewonnen, so zerronnen, dachte ich und sagte: „Dieses kleine Biest hat uns keine zehn Euro dagelassen. Da, hast du den Schatten gesehen?" Dörte bremste, wir sprangen aus dem Wagen und rannten den Hügel hinauf.

„Rehe."

Genervt stiegen wir wieder ein und lenkten den Wagen ins Dorf. Alles schlief. Immerhin war es nach Mitternacht. Auch hier trieben sich nur Katzen auf der Straße herum. Von Elena, meinem Rucksack und meiner Million war nichts zu sehen. Sie hatten sich zusammen in Luft aufgelöst.

„Es war ein Fehler, ihr zu trauen. Sie ist nun mal eine Taschendiebin, die nichts anderes gelernt hat, als zu lügen. Dieses ganze Opfergedöns. Von wegen, in den Karpaten wäre ich verhungert ... Die weiß genau, wie sie durchs Leben kommt."

„Also, hier ist niemand", stellte ich abschließend fest. Wir hatten es vermasselt. Die Million war futsch.

„Und nun?" Dörte lehnte sich ratlos zurück.

„Beschaffen wir Viktor das Bild."

„Annemie, du redest von Kunstraub!", sagte Dörte zweifelnd. „Das schaffen vielleicht Profis. Du sagtest selbst, dass es unmöglich ist, den Picasso zu entwenden."

„Wenn wir es ordentlich planen."

„Annemie."

„Wenn Wolfgang diesem halben Kind zugetraut hat, mit einem Gemälde unter dem Arm aus der Leipziger Bildergalerie herauszumarschieren, dann ... Wolfgang ist beziehungsweise war nicht der Typ, der nicht kalkulierte Risiken eingeht ... ich meine, einging. Was haben wir, nein, was habe ich für eine Wahl? Es wird Zeit, dass ich mein Leben selbst in die Hand nehme. Komm, wir fahren zurück. Das Schicksal wird sich etwas dabei gedacht haben", untermauerte ich meinen Vorschlag.

Wir wendeten und fuhren die finstere Landstraße zurück.

Auf dem Hof stand der Porsche.

Viktor empfing uns rauchend vor der Haustür. „Die Damen waren aus?"

„Wir sind nur ein bisschen um die Häuser gezogen, auf der Suche nach etwas Spaß", presste Dörte ironisch heraus. „Leider ohne Erfolg. Bis auf ein paar Katzen halten die hier alle noch Winterschlaf."

„Wieso steht eigentlich dieser Anhänger voll Sand und Zement samt Betonmischer vor der Tür?"

„Keine Ahnung", sagten wir wie aus einem Munde.

Viktor zog an seiner Zigarette und legte die Stirn in Falten. „Den habt ihr doch mitgebracht. Jedenfalls hing er heute Nachmittag an eurem Wagen."

„Zur Tarnung von Wolfgangs …", stotterte Dörte.

„Mein Mann wird morgen nicht kommen, um dir den Picasso zu übergeben", unterbrach ich sie mit ernstem Gesichtsausdruck.

Viktors Augen verengten sich zu kleinen Schlitzen. „Was hat das zu bedeuten?"

„Ich besorge dir das Bild." Dabei kam ich mir vor wie eine knallharte Gangsterbraut.

„Du?" Er wirkte sprachlos und fing dann an zu lachen.

Der lachte mich aus! Wut stieg in mir hoch, und ich rechtfertigte mich. „Immerhin arbeite ich im Bildermuseum, in genau dem Bildermuseum in Leipzig, und kenne jedes Detail des Sicherheitskonzeptes."

Sein Lachen verstummte, und er sah mich forschend an. „Gut, es ist mir egal, ob ich die Ware von dir oder deinem Mann bekomme. Du wirst schon deine Gründe haben. Das ist deine Sache. Du hast vier Tage Zeit, dann will mein Auftraggeber seine Ware, oder er fordert den Vorschuss zurück."

„Vier Tage? Kannst du keine Verlängerung herausschlagen?", bettelte ich mit Hundeblick. Seine Augen blieben hart wie Stein, obwohl wir uns drei Stunden zuvor in den Armen gelegen hatten.

Er ist Geschäftsmann, Annemie, der Berufliches und Privates trennt, entschärfte ich den spitzen Dolch, der sich in diesem Moment schmerzhaft in mein Fleisch bohrte.

„Ich erwarte dich Donnerstag zwölf Uhr! Übrigens, Abhauen macht keinen Sinn, mein Kunde findet euch überall!" Er ging zu seinem Auto. „Und nehmt bitte diesen hässlichen Hänger aus der Einfahrt." Dann stieg er in seinen Porsche und brauste davon.

„Arschloch!“, sagte Dörte und zeigte ihm den Mittelfinger hinterher. Ich starrte Löcher in die Luft. Meine Verliebtheit zersetzte sich wie Brausepulver im Wasserglas.

Elena hatte uns die Million geklaut. Viktor wollte bis Donnerstag einen echten Picasso von mir. Lieferte ich ihm diesen nicht, forderte er die Million zurück, die ich nicht mehr hatte. Einfach nach Hause fahren konnte ich auch nicht, denn ich hatte meinen Mann auf dem Gewissen, war pleite, und meinen Job war ich bestimmt auch los, weil die chinesische Reisegruppe gestern vergebens auf ihre Museumsführerin warten musste. Denn mir fiel ein, dass ich vergessen hatte, meinen Chef, den knochentrockenen Herrn Wiese, anzurufen. Und der verstand keinen Spaß.

Da saß ich nun in einem fremden Land, einem fremden Haus und wusste nicht, wie es weiterging. Selbst Dörte neben mir schien ratlos.

„Wir fahren morgen früh. Dann haben wir zwei Tage Zeit für die Vorbereitung. Mittwoch ziehen wir das Ding durch, und Donnerstag sitzen wir schon wieder hier auf der Terrasse. Das ist doch keine Hürde“, versuchte ich, mich selbst zu beruhigen. „Was soll schon passieren? Ich melde mich am Dienstag früh zum Dienst und entschuldige mich nachträglich, dass ich die Führung mit den Chinesen vergessen habe.“

„Wieso erst Dienstag?“

„Montag ist das Museum geschlossen. Irgendeine Ausrede wird mir schon einfallen, warum ich am Freitag nicht erschienen bin. Du kommst am Mittwoch getarnt als Besucherin, bringst den falschen Picasso mit rein und versteckst ihn unter …?“ Ich schaute zweifelnd auf ihr hautenges Kleid. „Wir müssen dich mit irgendwas auspolstern. Größere Taschen sind im Museum verboten. Da fällt uns noch was ein. Irgendwie müssen wir dich auch so schminken, dass dich niemand auf den installierten Kameras erkennt. Du kommst doch im Fundus des Theaters an Perücke und Schminke, die den Typ verändern, ran?“

Das war die Idee! „Habt ihr da nicht auch so künstliche Latexnasen in der Maske?“

Dörte horchte auf, und ich erläuterte ihr meinen Plan. „Die Kamera im Raum der Sonderausstellung, wo Picassos ‚Hermine‘ hängt, lege ich vorher mit Kaugummi lahm, genauso wie die Alarmsicherung des Bildes. Das geht ganz unauffällig, ich tue einfach so, als würde ich Staub wischen. Du beteiligst dich an der letzten Führung, die ich übernehme, und bleibst danach in der Toilette auf dem Gang dahinter zurück. Ich schließe dic Zwischentür zur Dauerausstellung – wie ich bereits erwähnt habe, darf die Sonderausstellung nur im Rahmen einer Führung von Besuchern betreten werden –, und du hast alle Zeit der Welt, das Bild auszutauschen. Wenn du fertig bist, piepst du mich mit dem Handy an. Dann tue ich so, als würde ich einen letzten Kontrollgang machen, und hole dich ab.“

„Das klingt so einfach.“ Dörte schien beeindruckt.

„Ja, ist es auch, wenn ich es recht überlege.“

Den Rest der Nacht konnte ich kaum schlafen, so aufgekratzt fühlte ich mich. Tausend Gedanken gingen mir durch den Kopf. Vielleicht lag es auch am Vollmond, der vom sternenklaren Himmel wie ein Neonscheinwerfer in mein Zimmer hineinleuchtete.

Ich knipste die Nachttischlampe an, setzte mich und riss eine Seite aus der Bibel, die im Schubkasten lag. Gedanklich bat ich den lieben Gott um Verzeihung und hoffte, er verstand, dass ich mich in einer Notlage befand. Ich besaß kein anderes Stück Papier und musste mir dringend eine Liste machen, damit mir ein solcher Fehler wie mit der vergessenen Waffe im heimischen Nachtschrank nicht noch einmal passierte.

Zuerst mussten wir in mein Haus, die falsche Hermine holen und Holger den Hänger hinstellen. Ich hoffte inständig, dass er sein Eigentum noch nicht vermisste. Die Waffe aus dem Nachtschrank holen und mit Elenas DNA versehen, schrieb ich auch auf. Irgendwo würde sich schon ein Haar von ihr finden. Sollten wir Wolfgang nun mit zurücknehmen? Oder ließen wir ihn hier und kümmerten uns um seine Entsorgung, wenn alles vorbei war?

Das besprach ich am besten mit Dörte. Sigrun – was machten wir mit meiner Schwiegermutter? Am besten, sie blieb auch hier und erholte sich erst einmal von dem Schock. Haus und Umgebung gefielen ihr, und sie hatte genügend Abstand vom Baulärm vor ihrem Haus. Ob Viktor etwas dagegen hatte, dass die alte Frau so lange hier wohnte?

Oh Mann, dachte ich, wie langsam und eintönig mein Leben doch noch bis letzten Mittwoch war! Seit Wolfgangs Tod saß ich in einem ICE, der ohne anzuhalten durch die Landschaft raste. Ständig musste ich die Weichen stellen, um nicht zu entgleisen oder gegen eine Wand zu fahren.

Trotzdem oder vielleicht gerade deshalb fühlte ich mich total lebendig. Endlich passierte mal etwas, wo ich mich beweisen konnte. Ich grinste in mich hinein und dachte an die falsche Hermine in meinem Flur, die nun bald ihren Besitzer wechselte. Sollte sich mein Kindheitstraum doch erfüllen und mein Werk in einer Bildergalerie ausgestellt werden, wenn auch unter falschem Namen? Was bedeutete schon Fälschung? Trotzdem war ich eine Künstlerin. Immerhin trug ich die Farbe ebenso wie der große Meister auf die Leinwand. Spielte es eine Rolle, wer der Maler war? War der gefälschte Picasso weniger schön als der echte? An künstlichen Brüsten störte sich schließlich auch niemand.

Mein Blick fiel auf die Uhr, es war ein Uhr dreiundvierzig. Ich musste schlafen. Wir hatten am nächsten Morgen viel vor.

19. KAPITEL

„Annemie, es ist Zeit aufzustehen!"

Gegen acht Uhr weckte mich Sigrun. Ich vergrub den Kopf unter dem Kissen und drehte mich noch einmal um. Der Schlaf hatte mich erst übermannt, als es draußen hell wurde. Schlecht gelaunt rang ich jetzt um jede Minute.

Die alte Frau hatte dank der Enthüllungen des gestrigen Tages endlich ihr Schreckschrauben-Schutzschild abgelegt und wirkte regelrecht sanft, als sie sich nun auf die Bettkante setzte und mich anstupste.

„Elena ist nicht in ihrem Zimmer. Und wieso räumt Dörte ihre Koffer in den Wagen?"

„Wir fahren für ein paar Tage zurück, um Wolfgangs Nachlass zu regeln", sagte ich barsch und kramte nach dem Zipfel des schönen Traumes in meinem Kopf, der gerade an mir vorbeigezogen war, bevor sie mich ansprach.

Sie ließ nicht locker und rüttelte mich. Ich öffnete die Augen.

„Wie?", fragte sie hilflos.

Ich seufzte und klärte Sigrun über den Stand der Dinge bis dahin auf. Im Angesicht der Tatsache, dass ihr Sohn zum Ende seines Daseins ein ziemlich durchtriebener Bursche war und sichtlich Schuld an unserem jetzigen Dilemma trug, wurde sie immer kleinlauter. Sie bot sogar ihr Erspartes und das Mietshaus – das mit einer Hypothek belastet und kaum etwas wert war – an, damit ich die Schulden bei Viktor abstottern könnte. Ein Tropfen auf den heißen Stein, mit dem sich sein Auftraggeber niemals zufriedengeben würde.

Wenn uns unser Leben lieb war, hatten wir keine andere Wahl, als Picassos Schinken aus dem Museum zu klauen. Als ich ihr meinen Entschluss mitteilte, wetterte sie in alter Manier: „Dass jemand für so ein hässliches Gemälde so viel Geld bezahlt, steht doch in keinem Verhältnis. Der Banause hat doch keinen Geschmack. Aber so sind sie, die Leute mit viel Geld … Müssen sich Inneneinrichter engagieren, um überhaupt …“

Ich blendete ihre Predigt aus, setzte mich auf und strich mir genervt die Haare aus der Stirn.

„Der zukünftige Besitzer wird sich das Gemälde bestimmt nicht übers Sofa hängen. Er wird es eher irgendwo im Keller verstecken, damit es niemand sieht“, unterbrach ich ihren Redefluss.

„Und dafür bezahlt er zwei Millionen?“

„Tja, Sigrun. Manche Leute wissen eben nicht, wohin mit ihrem Geld.“

Dörte kam herein, sie hatte unsere Unterhaltung wohl mitbekommen. „Kunstgegenstände sind wie Immobilien – eine perfekte Geldvermehrungs- und Geldwaschanlage. Irgendwann steigt der Wert, und sie wechseln für ein paar Scheine mehr den Besitzer.“

Ich nickte. „Da geht es nicht um Schönheit oder Liebhaberei, sondern um Profit. Diese Leute verlieren nicht gerne und fackeln nicht lange, wenn sie jemand um ihre Investition betrügt.“

Sigrun verzog nachdenklich das Gesicht und wiegte den Kopf hin und her. „Wenn das so ist, sollten wir uns ein Stück vom Kuchen abschneiden“, sagte sie entschlossen. „Ich bin dabei!“

Dörte und ich sahen uns sprachlos an.

„Ich komme mit. Jemand muss schließlich im Krieg die Versorgung der Truppe übernehmen. In einer Stunde ist Abfahrt. Also hopp, hopp, aus den Federn, Annemie!“

Gegen neun Uhr fuhren wir mit dem Hänger, aus dem ein festgeschnallter Betonmischer herausragte, und meiner Schwiegermutter auf dem Rücksitz in Richtung österreichische Grenze.

Wolfgangs gebeuteltem Körper wollten wir die Tortur nicht noch einmal zumuten und ließen ihn mutterseelenallein in der fremden Tiefkühltruhe zurück.

Bloß gut, denn an der Grenze stand uns wieder der grimmige Zwerg gegenüber. Seine Laune schien heute noch weiter in den Keller gerutscht zu sein, und ich hatte das Gefühl, dass es ihm sadistische Freude bereitete, uns abermals zu filzen – gerade weil Sigrun wie ein Rohrspatz dagegen protestierte, dass er ihre Gebissdose öffnete und den Knauf ihres Gehstockes abschraubte. Jetzt war ich mir sicher, dass er mit unserer Hilfe versuchte, sein Mutter-Trauma zu verarbeiten. Nach dem Motto „Rache ist süß!" nahm er uns auseinander wie Weihnachtsgänse. Besessen durchwühlte er die schmutzige Unterwäsche in unseren Koffern, entfernte die Innenverkleidung am Wagen, grub den Sand um und schüttete die Zementsäcke aus.

Als er völlig entkräftet und enttäuscht vor dem selbst verursachten Chaos stand, weil er nichts Verdächtiges, das unsere Verhaftung oder wenigstens ein winziges Bußgeld rechtfertigte, bei uns fand, tat er mir kein bisschen leid. Mit grinsender Genugtuung schauten wir zu, wie er die ganze Unordnung wieder aufräumen musste und zu allem Überfluss auch noch einen Tadel von seinem Chef für die Unverhältnismäßigkeit der angewendeten Mittel gegen uns wehrlose Frauen, die ja nun völlig harmlos wirkten, abbekam.

Gut gelaunt fuhren wir weiter. Wer den Schaden hat, braucht für den Spott nicht zu sorgen. Tja, selber schuld.

Als wir am späten Abend vor meinem verlassenen Heim ankamen, regnete es in Strömen. Dörte versenkte den Wagen beim ersten Anlauf in der Garage, die wir in Windeseile schlossen, nachdem wir den Hänger abgekoppelt und an seinen alten Platz vor unserem Haus gestellt hatten. Nichts deutete darauf hin, dass wir ihn je bewegt hatten.

Von der Feldmann'schen Front drohte ebenfalls keine Gefahr. Ihre Fenster zur Straßenseite waren mit den Rollos verschlossen. Bestimmt schlief sie schon. Trotzdem bemühten wir uns, leise zu sein, als wir uns in mein eigenes Haus schlichen.

Der Bewegungsmelder neben der Haustür sprang nicht an. Ich wunderte mich. Wahrscheinlich war die Glühbirne mal wieder kaputt. Ganz froh, im Dunkeln durch den Vorgarten gekommen zu sein, öffnete ich die Tür. Was war denn das für ein Klebeband, das da zerriss? Ein Polizeisiegel? Ich erschrak und drehte mich panisch zu Dörte und Sigrun um.

Vorsichtig betraten wir das Haus und schlossen erst die Tür hinter uns, bevor wir das Licht anknipsten und das ganze Dilemma sahen. Ihn meinem Haus schien ein mittleres Erdbeben stattgefunden zu haben.

Alle Schränke standen offen, und der Inhalt lag davor. Sofakissen waren aufgeschlitzt, dass der Schaumgummi herausquoll.

„Hier hat jemand was gesucht", fand Dörte ihre Sprache zuerst wieder.

Ich drehte mich um. „Das Bild ist weg. Mein falscher Picasso ist geklaut." Und dann sah ich, dass das Einschussloch der verirrten Kugel rot umrandet und mit einer Nummer versehen war. Mir schlotterten die Knie, und meine Hände begannen zu schwitzen.

Wir durchkämmten das Haus. Selbst in der Küche hatten sie die Schränke von der Wand gerissen und im Badezimmer die Wannenverkleidung abgefetzt.

Heulend sackte ich zusammen. Ich trauerte nicht um das zerstörte Haus, sondern weil ich wieder einmal auf ganzer Linie gescheitert war. Ich blieb eben eine Versagerin. Wolfgang hatte ganz recht, wenn er auf mich herabschaute und meine Entscheidungen und Pläne für unrealistische Hirngespinste hielt. Ohne ihn bekam ich einfach nichts auf die Reihe.

„Und nun?“, jammerte ich und verlangte nach einem Taschentuch.

Sigrun protestierte. „Das kann die Polizei doch nicht machen. Die können doch nach einer Durchsuchung die Wohnung nicht so hinterlassen. Eine Frechheit. Ich werde mich beschweren.“ Sie hob den Rest eines der vielen Blütenkränze auf, die sie mir mal geschenkt hatte, und wedelte damit herum. „Dafür muss der Staat aufkommen.“

Dörte schaute sich skeptisch um. „Das war keine Polizei.“

„Das Siegel?“

„Gib mir mal Wolfgangs Handy.“

Ich kramte in meiner Tasche. Der Akku war leer.

Dörte schloss es an das Ladegerät. Es piepste. Ich tippte die Passwörter ein. Sofort erinnerte ein Ton an mehrere entgangene Anrufe von Jürgen.

Wir schauten so hypnotisiert auf das Handy, als wäre es ein Zauberstab.

„Ruf ihn zurück.“

„Aber …“ Die nackte Angst saß mir im Nacken. Hatten sie mich jetzt? Musste ich in den Knast? Ich war wie gelähmt.

Dörte nahm mir das Handy weg und hörte die Mailbox ab.

„Der Kollege deines Mannes teilt euch mit, dass bei euch gestern eingebrochen wurde. Er entschuldigt sich, weil er euch im Urlaub eigentlich nicht stören wollte. Wolfgang soll ihn doch bitte zurückrufen … Hier!“ Sie streckte mir das Telefon hin. „Sag, dass dein Mann gerade in der Sauna ist oder was weiß ich. Frag Jürgen, was passiert ist.“

„Und wenn er Wolfgang sprechen will und erwartet, dass er ihn später zurückruft?“

„Wir machen das Handy wieder aus. Ihr habt eben keinen Empfang, das Handy ist kaputt, oder ihr habt das Ladegerät vom Handy vergessen. Mach dir darüber mal keinen Kopf.“

Dörte hatte gut reden. Sie musste ja nicht die Polizei belügen. Ich straffte mich. Beide Frauen sahen mich erwartungsvoll an.

„Nun los! Hab dich nicht so zimperlich, bei mir warst du um Ausreden nicht so verlegen, wenn dir mein Besuch nicht passte“, stichelte Sigrun.

Ich tippte auf Jürgens eingespeicherte Nummer und hielt mir den Hörer ans Ohr. In der Leitung knackte es. „Wolfgang! Gut, dass du zurückrufst. Tut mir leid, dass ich euch störe, aber du hast ja sicher deine Mailbox abgehört.“

Ich schluckte. „Ich bin es, Annemie“, sagte ich mit belegter Stimme. „Wolfgang ist in der Sauna.“

„Kaum ist die Katze aus dem Haus, tanzen die Mäuse auf dem Tisch.“

„Was? Wie?“

„Sorry, ich meine die Einbrecher bei euch. Für Italien klingst du aber nah“, wunderte er sich kurz und sprach gleich weiter: „Habt ihr Geld, Schmuck oder andere Wertgegenstände bei eurer Abreise im Haus belassen? Sparbücher vielleicht?“

„Nein.“

„Dann ist der Schaden ja überschaubar. Ihr seid doch gegen Vandalismus versichert, oder?“

„Ich denke ja, aber …“

„Der Schaden wird ersetzt. Mach dir mal keine Sorgen, das wird schon wieder. Sieht natürlich schlimm aus. Nun lasst euch aber nicht den Urlaub vermiesen. Das Haus ist jetzt komplett verschlossen, auch die Nebeneingangstür im Keller. Ich hab das in meinem Bericht natürlich nicht erwähnt. Schließlich müssen wir unter uns Kollegen zusammenhalten.“

Verdammt. Die Nebeneingangstür, die hatte ich wieder total vergessen. Wolfgang würde sich in der Tiefkühltruhe umdrehen …

„Keine Angst, wenn die bei euch nichts gefunden haben, kommen die nicht wieder. Waren bestimmt diese Litauer, die gerade in unserer Region ihr Unwesen treiben. Klauen, was nicht niet- und nagelfest ist. Dabei fällt mir ein, wenn du mir bestätigst, dass vor der Garage der Hänger mit Sand und Betonmischer von eurem Nachbarn stand, kann ich gleich morgen früh das Protokoll schreiben, und Wolfgangs Kumpel kann den Diebstahl seiner Haftpflicht melden. Das musst du dir mal überlegen, die machen nicht mal halt vor einem alten verbeulten Anhänger mit einer Fuhre Sand und einem halb verrosteten Betonmischer."

„Ja", sagte ich mechanisch.

„In Zukunft solltet ihr euren Nachbarn aber schon Bescheid geben, wenn ihr in den Urlaub fahrt. Damit sie ein Auge auf das Haus werfen. Sag das dem Wolfgang! Und bedankt euch bloß bei der aufmerksamen Frau Feldmann von gegenüber. Die bemerkte heute Morgen die offene Haustür. So, nun will ich dich aber nicht weiter nerven, verdaut ihr erst mal den Schock. Aber denkt daran, es gibt Schlimmeres. Grüß den Wolfgang von mir und vergesst die Karte nicht. Habt ihr wenigstens schönes Wetter?"

Verdammt, was hatten wir für Wetter? „Ja ...", sagte ich und hörte noch, wie er sagte: „Bei uns regnet es in Strömen", bevor ich ihn wegdrückte.

„Vermutlich Litauer, die treiben gerade ihr Unwesen in der Region, klauen, was nicht niet- und nagelfest ist", wiederholte ich, was er gesagt hatte, und atmete erst mal tief durch.

„Wahrscheinlich dachten die, das Bild im Flur ist echt", meinte Dörte. „Bloß komisch, dass die den Fernseher, Computer und die Stereoanlage stehen gelassen haben."

„Vielleicht ist das Zeug nichts wert. Oder sie kriegen so sperrige Gegenstände nicht weggeschleppt." Ich schaute mir das Chaos ringsum an. „Am besten, man hängt ein Schild draußen hin: Einbruch lohnt sich nicht! Möbel sind von Ikea, der No-Name-Fernseher von Aldi, die Stereoanlage ist kaputt, der

Schmuck reines Billigimitat von Bijou Brigitte, Spargroschen sind wegen gestiegener Energiekosten aufgebraucht."

Dörte nickte. „Aber dann gleich in mehreren Übersetzungen."

„Den Rahmen des Bildes haben sie zurückgelassen, obwohl der bestimmt mehr wert ist als die Leinwand selbst", warf Sigrun ein und hob ihn auf. „Was die alle an diesem scheußlichen Bild finden?"

„Ohne das Bild können wir unseren Plan vergessen", sagte ich und zuckte ratlos mit den Schultern.

„Kannst du kein neues malen?", fragte Dörte.

„Bis Mittwoch?"

„Warum denn nicht?"

„Wie stellst du dir das vor? Auch wenn ich es in vierundzwanzig Stunden malen könnte, ist die Ölfarbe nie bis Mittwoch trocken. Wie willst du es transportieren, ohne dass es verschmiert. Außerdem stinkt die frische Farbe nach Harz. Wenn man es nicht sieht, dass du ein Ölgemälde unter dem Rock ins Museum schmuggelst und anstatt dem echten an die Wand hängst, wird man es riechen."

Ich dachte kurz nach. „Spätestens am nächsten Morgen fliegt der Schwindel dann sowieso auf. Vorausgesetzt, niemand anderes außer mir macht am Abend den letzten Kontrollgang in den Bildersaal. Und dann werden sie sich fragen, wieso ich das nicht bemerkt habe, und sich ihren Reim darauf machen."

„Kann man den Trockenvorgang nicht im Backofen oder in der Mikrowelle beschleunigen?", mischte sich Sigrun mit einem gut gemeinten Vorschlag ein.

„Vielleicht hilft ja auch, wenn wir das Bild mit Duftspray einnebeln."

„Ihr habt keine Ahnung, oder?", sagte ich seufzend.

„Du bist die Kunstexpertin."

Ich fühlte mich geschmeichelt und nutzte die Gelegenheit, um den Kunstverstand des gewöhnlichen Homo sapiens in persona zweier unwissender Frauen zu erweitern …

Sie hingen an meinen Lippen, und ich fühlte mich wie ein Missionar. Ich lechzte nach Applaus.

Doch anstatt mein theoretisches Wissen zu würdigen, verlangten sie dessen Anwendung in der Praxis.

„Worauf wartest du dann noch?“, rief Sigrun.

„Ach, ihr meint, ich zaubere die passende Farbmischung mal eben so aus dem Ärmel?“

Ich rannte in das Obergeschoss, um in meinem Zimmer nachzusehen, was ich für Farbreserven in der Schublade hatte. Dabei fiel mir für den Bruchteil einer Sekunde im Vorbeigehen der aufgezogene Nachtschrank in Wolfgangs Schlafzimmer ins Auge. Die Waffe! An die hatte ich vor Schreck gar nicht mehr gedacht. Ich sah nach und stellte fest, dass sie nicht mehr an ihrem Platz lag. Haben die Diebe die Pistole mitgehen lassen, oder hat die Polizei sie doch gefunden? Jürgen hatte nichts davon erwähnt. Er wusste ja auch, dass Wolfgangs Dienstwaffe vorschriftsmäßig im Waffenschrank der Dienststelle lag, fiel mir auf dem Weg in mein Zimmer ein. Wieder kroch eine Hitzewelle durch meinen Körper. Und wenn, wies ich das kleine Teufelchen in meinem Kopf in die Schranken. Die Waffe war sauber. Doch dieser hinterlistige Kerl ließ sich nicht so leicht beeindrucken und erinnerte mich mit grinsendem Gesicht: „Denk an das markierte Einschussloch im Flur.“

Vielleicht sollte ich Jürgen noch einmal anrufen und ihn unauffällig fragen? Nein, das ging nicht! Ich war ja im Urlaub und wusste gar nichts von markierten Einschusslöchern in meinem Haus.

Dörte kam hinterher. „Und, hast du was Passendes gefunden?“

„Die Waffe ist weg!“, rief ich verzweifelt.

„Das ist perfekt, Annemie!“

Ich schaute sie ungläubig an.

„Wenn sie den Dieb irgendwann damit schnappen und wir deinen Mann nach unserer Rückkehr in den italienischen Bergen verscharren, wirst nicht du, sondern der Einbrecher mit seinem Tod in Verbindung gebracht.“

„Wie soll denn der Einbrecher meinen Mann erschossen haben, wenn wir zum Zeitpunkt des Einbruchs in Italien Urlaub gemacht haben?“

„Der Einbrecher kann euch gefolgt sein. Vielleicht kennt der Einbrecher jetzt eure Adresse in Italien, und weil er hier nichts Brauchbares gefunden hat ...“ Dörte stockte. „Jedenfalls müssen wir *Hasi* am Freitag sofort entsorgen, und dann meldest du ihn als vermisst. Hast du alle nötigen Utensilien zusammen für das Bild?“

„Nein, mir fehlt eine Leinwand.“

„Kannst du kein altes Bettlaken auf deinen Rahmen spannen?“, fragte meine Freundin ungeduldig.

„Die modernen Mikrofaserdinger, die ich im Schrank liegen habe, gab es zu Picassos Zeiten noch nicht.“

Wir gingen wieder hinunter.

„Wo bekommen wir jetzt altes Leinen her?“

„Ha! Altes Leinen? Von mir“, sagte Sigrun, die unten im Flur auf ihren Stock gestützt an der Treppe stand. „Meine Aussteuer, die ich zur Hochzeit neunzehnhundertdreiundsechzig mit Wolfgangs Vater von meiner Großmutter bekam, liegt kaum benutzt im Kleiderschrank. Das ist handgewebtes Leinen, gestärkt, schwer und hart wie Brett. Fahren wir jetzt? Oder wollt ihr etwa in dem Chaos übernachten?“

Ich sah Dörte an und fragte: „Können wir zu dir?“

„Das ist schlecht“, druckste sie herum.

„Ich denke, du wohnst in einer Vier-Zimmer-Altbauwohnung? Da haben wir Platz genug, und ich kann gleich mit Malen anfangen."

Sie hatte mich noch nie mit zu sich genommen. Bisher dachte ich mir deshalb nichts dabei.

„Ich teile mir die Wohnung mit drei Studenten. Die Miete ist sonst zu hoch."

„Du wohnst in einer WG? Das hast du nie erwähnt."

Dörte lächelte verlegen. „Ich bin genauso pleite wie du."

„Und das Erbe deines verstorbenen Mannes?"

„Längst aufgebraucht."

„Willkommen im Club der mittellosen Witwen." Sigrun hielt den Kopf schief.

Wir schauten sie an.

„Mehr als tausend Euro hab ich auch nicht in Reserve. Das reicht nicht mal für meine Beerdigung."

Ich war platt, dachte ich doch, meiner Schwiegermutter und meiner Freundin ging es finanziell besser als mir.

Sigrun stützte sich seufzend auf ihren Stock. „Wenn die das Haus, in dem ich wohne, saniert haben, steigt die Miete um zwanzig Prozent. Das kann ich mir mit siebenhundert Euro Rente nicht mehr leisten."

„Ich denke, das Haus gehört dir?"

„Das Haus gehört längst der Bank. Das hab ich Wolfgang und dir nur nie erzählt. Wenn er gewusst hätte, dass bei mir nichts mehr zu holen ist, hätte er mich wahrscheinlich gar nicht mehr besucht. Unser Verhältnis war angespannter, als es schien."

Ich schwieg betreten.

„In meinen fünfunddreißig Quadratmetern treten wir uns auf die Füße", warf Sigrun ein. „Die Handwerker vor der Tür machen einen Höllenlärm, und es staubt."

„Kein guter Ort, um einen perfekt gefälschten Picasso zu malen. Am besten wäre, wir gingen ins Hotel."

Als wir aus der Tür traten, stand die Feldmann mit erhobener Schippe davor. Mit geschlossenen Augen schlug sie zu. Die Schippe traf mich am Kopf. Autsch! Wenn wir in einem alten Zeichentrickfilm wären, würden Sterne mein Haupt wie ein Heiligenschein umkreisen. Mir wurde schlecht. Ich verdrehte die Augen und brach zusammen.

Als ich gleich darauf wieder zu mir kam, schauten mich drei entsetzte Gesichter an. Ich fasste mir an die Stirn und fühlte die Beule.

„Hörst du mich? Annemie?“ Sigrun fuchtelte vor meinen Augen herum. „Wir brauchen einen Eisbeutel, schnell, oder ein Messer gegen die Schwellung.“

Die Feldmann schnappte nach Luft und entschuldigte sich tausendmal. „Ich sah den Hänger vor der Garage und Licht im Haus, da dachte ich, die Einbrecher sind zurück.“

„Und da wollten Sie die Heldin spielen und sie mit der Schippe zur Strecke bringen? Ganz schön riskant. In Zukunft rufen Sie bitte die Polizei. Und jetzt gehen Sie mal zurück in Ihr warmes Bett. Es ist alles in Ordnung“, schimpfte Sigrun.

„Aber der Hänger …“

„Was ist mit dem Hänger?“

„Der steht wieder vor der Garage.“

Ich rappelte mich hoch. „Ja, den hat der Holger am Donnerstag dort abgestellt.“

„Ich hätte schwören können, dass der verschwunden war, und jetzt steht er wieder da“, wunderte sich die alte Frau.

Energisch schob Sigrun sie aus dem Hauseingang. „Da haben Sie sich wahrscheinlich verguckt. So, nun aber Gute Nacht!“

20. KAPITEL

In Leipzig waren alle halbwegs ordentlichen Hotels wegen der international bedeutenden Sicherheitsmesse „Interschutz“ ausgebucht. In der Stadt wimmelte es von reichen Scheichs, die auf der Messe die neueste Alarm- und Videoüberwachungstechnik erwarben und die bestausgebildetsten Bodyguards engagierten, um sich und ihre Besitztümer zu schützen.

Allein im Fünfsternehotel „Fürstenhof“ bot man uns die letzten freien Zimmer, die Full Suite und ein Einzelzimmer, für insgesamt knapp siebenhundert Euro pro Nacht inklusive Frühstück an.

Als uns drei Frauen bei dem Preis die Kinnladen regelrecht herunterklappten, lächelte uns der Herr in Uniform mit glatt gescheiteltem Haar und runder Nickelbrille hinter dem Empfangstresen in der klassisch in Rot-Beige gehaltenen Lobby süffisant an und sagte in ziemlich arrogantem Ton: „Luxus hat eben seinen Preis.“

Wir schlugen zu und buchten für vier Nächte.

„Dann bekomme ich eintausendvierhundert Euro als Anzahlung. Zahlen die Damen bar oder mit Kreditkarte?“

„Ich dachte, man zahlt erst beim Auschecken?“, sagte ich und sah die anderen etwas ratlos an. „Heute ist Sonntag.“

„Schon den ganzen Tag. Wollen Sie nun die Zimmer oder nicht?“

„Können wir die Anzahlung morgen früh … Wir müssten da erst zur Bank.“

Der Uniformierte gebärdete sich wie der Hotelbesitzer persönlich, und ich dachte, er sagt gleich: Keine Arme, keine Kekse.

„Ohne Anzahlung darf ich Ihnen wegen der Höhe der Gesamtsumme die Zimmer nicht vermieten.“ Dabei schaute er uns an wie Aussätzige.

Dörte straffte sich und konterte lautstark: „Na, hören Sie mal! Sehen wir aus, als würden wir sonst im Obdachlosenheim übernachten?"

Sigrun ergriff das Wort: „Kann es sein, dass Sie uns für Zechpreller halten, die ihre Hotelrechnung nicht bezahlen? Im Restaurant bezahle ich mein Essen auch erst, wenn ich es verzehrt habe. Wer weiß, ob Ihre Zimmer diesen Preis überhaupt wert sind. Ich habe da schon Dinge über Ihr Haus gehört. Kommt, Kinder, im Marriott wäre uns das nicht passiert." Sie raffte ihr Gepäck zusammen und drehte sich noch einmal um. „Dort kennt man uns. Haben Sie überhaupt eine Ahnung, mit wem Sie gerade sprechen?"

Mein Mund war jetzt sicher die perfekte Landebahn für einen Schwarm Fliegen. Meine Schwiegermutter gab die steile Vorlage für eine perfekte Filmszene. Der Portier schaute sich beschämt um und hoffte wohl, dass niemand diesen Disput mitbekam.

Sigrun wies auf Dörte. „Frau Jensen erfreute mit ihrem Gesang auf den bekanntesten Bühnen dieser Welt bereits Tausende von Menschen, und Sie haben sie nicht erkannt."

Die Augen des Portiers weiteten sich.

Sigrun wetterte weiter: „Ich werde mich in einem Brief an den Besitzer Ihres Hauses wenden und mich über Ihr Verhalten beschweren. Wie war gleich Ihr Name?" Sie zückte ihre Brille und las den Namen auf dem an die schmale Männerbrust gehefteten Plastikschild. „Sicher hören Sie von mir, Herr Kohlbach."

Kohlbach hüstelte verlegen. „Es ist ein Missverständnis, natürlich zahlen die Damen ihre Rechnung erst beim Auschecken. Darf ich Ihnen als kleine Willkommensgeste unseres Hauses eine Flasche Champagner anbieten?" Er zauberte eine Flasche Dom Perignon unter dem Tresen hervor und reichte sie uns nebst Schlüsseln mit eingefrorenem Lächeln.

„Na also, geht doch."

Jetzt verbeugte er sich sogar. „Ich wünsche Ihnen einen erlebnisreichen Aufenthalt. Unser Service steht Ihnen in jeglicher Hinsicht zur Verfügung."

Sigrun warf den Kopf in den Nacken und wies den Hotelpagen an: „Die Koffer!", und humpelte schnurstracks zum Fahrstuhl.

„Respekt!", sagten Dörte und ich anerkennend.

Sigrun grinste und flüsterte uns zu: „Das hab ich mal in einer Folge ‚Gelbe Tulpen' gesehen."

Vielleicht sollte ich regelmäßig Telenovelas gucken, um besser durchs Leben zu kommen. Die schienen ja wirklich sehr lehrreich zu sein.

Bepackt mit unseren Koffern, Staffelei und einer Reisetasche voller Malutensilien, nisteten Dörte und ich uns in der luxuriösen Suite mit Ausblick über die in bunte Lichter getauchte Stadt ein. Sigrun bestand auf dem Einzelzimmer und zog sich direkt zur Nachtruhe zurück.

Nachdem ich meinen verbeulten Kopf ordentlich gekühlt und eine Aspirin eingeworfen hatte, baute ich in unserer Suite die Staffelei vor dem Fenster auf. Ich zog das von Sigrun gespendete Leinen, dass wir zuvor in ihrer Wohnung geholt hatten, auf einen Holzrahmen und begann mit der Grundierung.

Nachdem diese getrocknet war – ich half noch ein wenig mit dem hoteleigenen Föhn nach –, skizzierte ich mit federleichten Strichen die Proportionen von Kopf, Hals und Oberkörper aus dem Gedächtnis. Alles rings um mich versank. Kein Geräusch, keine Bewegung außerhalb des magischen Kreises meiner Aufmerksamkeit lenkte mich ab. Ich spürte weder Zeit noch Raum. Völlig konzentriert auf Leinwand und Farbe, floss das Bild aus meinem Kopf, Strich für Strich über meine Hand auf den weißen Untergrund.

„Wow! Du zauberst!“, sagte Dörte, die im Bademantel mit nassen Haaren und einem Glas goldbrauner Flüssigkeit aus dem angrenzenden Schlafgemach trat.

„Hä?“ Ich schaute auf, trat einen Schritt zurück und betrachtete mein halb fertiges Werk.

„Das muss zwischentrocknen“, sagte ich und streckte die verkrampften Arme in die Luft. Mittlerweile war es drei Uhr morgens.

Dörte bestaunte das Bild. „Das ist perfekt.“

„Nein, da fehlen noch winzige Feinheiten“, sagte ich und wies sie auf die kaum sichtbaren Unterschiede zwischen Original und Kopie wie bei einem Bilderrätsel hin.

„Wieso malst du keine eigenen Entwürfe und verkaufst sie? So wie du mit Farbe und Pinsel umgehst, stellst du jeden Neo Rauch in den Schatten.“

„Ach Quatsch, da fehlen mir die Ideen.“ Ich machte eine abwehrende Handbewegung. „Eins zu eins kopieren konnte ich immer schon, dafür habe ich den Blick, aber meine eigenen Entwürfe hab ich nie zu Ende gebracht, weil ich sie im Vergleich mit den Meistern immer zu schlecht fand.“

Meine Freundin ließ nicht locker. „Du bist zu streng mit dir, zensierst dich selber im Kopf. Dein mangelndes Selbstbewusstsein bremst dich aus.“

„Immer wenn ich meine Ideen gemalt habe, sagte Wolfgang, ich solle meine Zeit nicht verschwenden, denn die Bilder kauft sowieso keiner.“

„Du hast dich kleingemacht, weil er dich klein haben wollte. Mensch, Annemie, du kannst mehr, als einem Mann nur die Klamotten hinterherräumen und irgendwelche Touristen in der Bildergalerie erfreuen!“

Vielleicht hatte Dörte recht …

21. KAPITEL

Am nächsten Morgen weckte mich der Lärm einer Baustelle vor dem Haus. Die Arbeiter begannen pünktlich um sieben Uhr. Ich zog mir die Decke über den Kopf. Es nützte nichts, denn der Presslufthammer ratterte durch die Federn hindurch.

Ich schälte mich aus den Kissen und beneidete Dörte, die neben mir im Tiefschlaf schnarchte und vom Krach der schweren Geräte, vermischt mit dem Quietschen der Straßenbahnen, nichts mitbekam.

Leise schlich ich ins Wohnzimmer, schloss die Tür und malte bis neun Uhr weiter, als es Sturm klingelte. Ich öffnete. Sigrun trat ein. „Gehen wir frühstücken?", fragte sie gut gelaunt. Anscheinend hatte ihr die Nacht im Hotelbett wohlgetan, denn sie wirkte frühlingsfrisch.

„Hmmm ...", antwortete ich tonlos und widmete meine Aufmerksamkeit wieder dem Bild.

Sic tippte mich an und holte mich mit den Worten „Annemie, Frühstück!" in die Realität zurück

„Und?", fragte ich, um ihre Meinung zu meinem Werk zu erfahren.

„Hässlich!"

Ich grinste. Wenn Sigrun es verabscheute, kam es dem Original verdammt nah.

„Unsere lustige Witwe schläft doch nicht etwa noch?" Sie riss die Tür zum Schlafzimmer auf. Dörte brummte. Ohne Erbarmen scheuchte Sigrun meine Freundin aus dem Bett. Dabei schwärmte sie vom Hotelpool, in dem sie bereits heute Morgen um sechs schwimmen war und einen netten Bayern kennengelernt hatte. Jetzt war mir klar, warum sie so strahlte und sich aufgebrezelt hatte wie eine Nonne auf Brautschau ...

Ich lächelte tiefgründig in mich hinein, als wir in den Frühstücksraum traten und meine Schwiegermutter verlegen wie eine Fünfzehnjährige zur Seite blickte, als sie ein grauhaariger Mitsiebziger mit einem Augenzwinkern grüßte. Schau an! Meine Schwiegermutter war tief in ihrem Inneren auch bloß ein Mädchen, das sich nach Liebe sehnte.

Wir frühstückten im Restaurant Villers, das im Hotelprospekt so vollmundig als „ein Genuss für Gaumen und Augen im eleganten, klassizistischen Ambiente eines Salons aus dem 18. Jahrhundert“ angekündigt worden war.

Und, was sollte ich sagen? Da hatte die Werbung endlich mal nicht übertrieben. Der Raum mit den hohen Decken und einem opulenten Kristallkronleuchter beeindruckte mich – genauso wie das erstklassige, reichhaltig gedeckte Buffet, das keine Wünsche offen ließ.

Bei gut gefüllten Tellern und Kaffeetassen in unserer Mitte sprachen wir unseren Plan durch, wobei Sigrun hin und wieder zum einzigen Tisch, an dem kein Araber mit kicherndem Harem saß, blickte. Ich beobachtete die vermummten Gestalten fasziniert. Keine Ahnung, wie die Frauen das Essen auf ihren Tellern in den Mund bekamen, wo doch nur ihre Augen durch die Schlitze der wallenden Stoffbahnen, die sie umhüllten, zu sehen waren.

Sigruns gut gekleidete Poolbekanntschaft las die Zeitung und schaute immer wieder zu uns – besser, zu Sigrun.

„Ich male das Bild fertig und werde meinen Chef anrufen, um mich für letzten Freitag zu entschuldigen“, sagte ich und guckte unschuldig in die Runde kauender Münder.

Dörte stellte ihre Tasse ab. „Ich statte Nelly vom Opernfundus einen Besuch ab und besorge eine angemessene Verkleidung.“

„Und ich kümmere mich um was zu essen für heute Abend“, sagte Sigrun eifrig.

„Du hast frei“, winkte ich ab. „Genieß lieber den Tag mit deiner neuen Bekanntschaft, aber verplappere dich nicht!“ Grinsend wies ich mit dem Kopf auf ihren Flirt.

„Sehe ich aus wie ein tratschendes Waschweib?“, flüsterte sie und rutschte nervös auf ihrem Stuhl herum, als der Herr aufstand und auf unseren Tisch zukam.

Der Grauhaarige verbeugte sich galant und fragte meine Schwiegermutter: „Dürfte i de gnädige Weib z' oana Stodrundfahrt eiladn?“

Sigrun schaute ihn verzückt an und hauchte: „Ja, Sie dürfen.“ Sie nahm den angebotenen Arm und stolzierte mit dem Herrn und ihrem Stock hinaus.

„Wie süß!“, sagte Dörte verträumt.

„Ich denke, du bist von der Liebe geheilt?“

„Trotzdem gönne ich anderen Frauen die gelegentlichen Hormonschübe im Altweibersommer. Schließlich muss jeder selbst seine Erfahrungen machen.“

Gegen Mittag kam Dörte unzufrieden von ihrem Ausflug zu Nelly in den Theaterfundus zurück, warf sich in den klobigen Sessel vor dem künstlichen Kamin und nörgelte wie eine Frau vorm prall gefüllten Kleiderschrank: „Ich kann nichts Brauchbares finden. Die Perücken machen mich um zwanzig Jahre älter, und mit der Gumminase sehe ich entweder aus wie ein Clown oder eine Hexe.“

„Das Wichtigste ist doch, dass man dich nicht erkennt.“ Mir kam ein Gedanke. „Am besten, du wirfst dir eine Burka über, so wie die arabischen Frauen hier im Hotel.“

„Ein bisschen auffällig, oder?“, wandte sie ein.

„Die Stadt scheint im Moment wegen dieser Messe voll davon zu sein. Bietet dein Opernfundus ein solches Gewand?“

Jemand klopfte an die Tür, schloss zaghaft auf und rief: „Housekeeping!“

Dörtes Augen blitzten auf. Sie blickte von mir zum Zimmermädchen und wieder zurück. „Nee, das nicht, aber ich weiß, wo wir eins herbekommen."

Wir eilten in den Flur. Draußen standen vollbepackte Wäschewagen herum. Wir schnappten uns einen und versteckten uns in dessen Windschatten, holten uns aus dem Wäschelager am Ende des Ganges Schürzen, Gummihandschuhe und den Generalschlüssel, bevor wir uns über den Fahrstuhl zur Präsidenten-Suite in die oberste Etage begaben. Die reichen Araber bewohnten sicher kein Standardzimmer. Wir klopften und riefen: „Housekeeping!" Da sich niemand meldete, öffneten wir die Tür. Die Suite war leer. Wir huschten hinein.

„Schau an! Der feine Herr Scheich lässt sich von Engelchen, Teufelchen und der schwarzen Domina gleichzeitig bedienen", sagte Dörte und wies auf das Bett, wo schmutzige rote, weiße sowie schwarze Spitzenunterwäsche, Handschellen und Peitsche herumlagen.

Im Kleiderschrank hingen mehrere schwarze Gewänder mit Augenschlitzen. Dörte nahm sie vom Bügel. „Das ist übrigens keine Burka, sondern eine Niqab. Burkas tragen die Afghaninnen und Pakistanerinnen. Die Niqab benutzen Araberinnen und Frauen im Jemen. Die stammen aus der vorislamistischen Zeit und dienten eigentlich als Schutz vor brennender Sonne und dem Wüstensand", dozierte sie.

„Ich verstehe, meine Liebe, und das ist sehr interessant. Trotzdem sollten wir jetzt schleunigst abhauen, bevor noch jemand kommt."

Meine Freundin nickte. „Du hast ja recht, aber wusstest du, dass der Koran …"

„Mensch, Dörte!", unterbrach ich sie. Schnell stopfte ich das seidige Gewand in einen Wäschesack. „Los, raus hier!", zischte ich.

Als wir die Tür zum Gang öffneten, stand die Hausdame mit Stift, Klemmbrett, weißen Handschuhen und strengem Blick vor uns. Sie schaute auf den Wäschesack. Ich antwortete schnell: „Das soll in die Reinigung!"

Wir stürmten an ihr vorbei.

„Wo wollen Sie hin? Bevor Sie sich um das nächste Zimmer kümmern, kontrolliere ich erst, ob Sie hier Ihre Arbeit ordentlich gemacht haben", rief sie mit so scharfer Stimme hinter uns her, dass wir schlagartig stoppten. Entgeistert sahen wir uns an.

„Worauf warten Sie? Wir haben nicht den ganzen Tag Zeit. Folgen Sie mir!" Sie ging voran. Ein kurzer Blick in die Suite des Scheichs genügte ihr. „Das ist nicht Ihr Ernst! Sie haben ja nicht einmal die Handtücher ausgewechselt, geschweige denn die Toilette geputzt", wetterte es aus dem Badezimmer.

„Nee, oder?", flüsterte Dörte mir hinter dem Rücken des Hausdrachens zu.

Ich verdrehte die Augen und flüsterte zurück: „Da wird uns wohl nichts weiter übrig bleiben."

Die Hausdame drehte sich zu uns um. Wir verstummten und lächelten breit. In der Hoffnung, sie würde sich verziehen, wenn wir unseren guten Willen zeigen, begannen wir schnell, mit einigen Handgriffen das Bett zu machen. Sie schüttelte nur entrüstet den Kopf und meckerte: „Ich frage mich, auf welcher Hotelfachschule Sie Ihr Handwerk gelernt haben. Diese Leistung ist ja unterirdisch. Okay, dann muss ich Ihnen wohl eine Lektion in Zimmerservice erteilen." Sie schob uns beiseite und zeigte, wie man es nach ihrer Ansicht richtig machte. Danach riss sie ihr Werk wieder ein, und wir waren dran. Sie ließ erst locker, als die Kissen mit ihren Mittelfalten wie eineiige Zwillinge nebeneinanderstanden und die Bettdecke glatt wie eine Betonplatte vor uns lag.

Wir schwitzten. Doch das war erst der Anfang.

Im Badezimmer ließ sie uns Wanne, Waschbecken und Toilette schrubben, suchte danach mit der Lupe nach jedem Wasserfleck. Erst als alles streifenfrei glänzte und sie selbst in ihrem Mundspiegel, wie ihn Zahnärzte benutzen, kein Fitzelchen Urinstein unterm Toilettenrand finden konnte, lächelte sie zufrieden. „Na also, geht doch! Wenn Sie jetzt noch etwas schneller vorankommen würden ..., aber das ist eine Frage der Übung. Deshalb übernehmen Sie heute gleich noch die Zimmer in der dritten Etage. Ich verlasse mich auf Sie, in zwei Stunden komme ich kontrollieren."

Wir hätten abhauen können, aber das wagten wir nicht – aus Angst, als falsche Zimmermädchen aufzufliegen. Und so fügten wir uns in unser Schicksal.

Nach der Putzorgie fielen wir fix und fertig auf unser ungemachtes Hotelbett. Dörte stöhnte: „Eins weiß ich, auch wenn ich am Hungertuch nage, den Job als Hausmädchen im Hotel würde ich nie machen. Den wünscht man ja nicht mal seinem ärgsten Feind."

„Ich fühle mich wie ein Dreckschwein. So gründlich habe ich meine Toilette zu Hause noch nie geputzt."

„Bei dir pinkelt ja auch kein Scheich."

Ich lachte. „Na, bevor ich auf die Art Geld verdienen muss, klaue ich lieber einen Picasso im Bildermuseum."

22. *KAPITEL*

Am späten Nachmittag hatte ich mein „Bildnis der Hermine Bein“ vollendet und betrachtete es zufrieden. Bis auf den frischen Farbgeruch war es dem Original zum Verwechseln ähnlich. Jetzt nur noch die Gebrauchsspuren an die richtigen Stellen gebracht, dachte ich und schmirgelte die frisch aufgebrachte, getrocknete Farbe etwas ab. Einmal mit der erdverschmutzten Hand, die ich zu diesem Zweck in einem Blumentopf vergrub, darübergefahren, und fertig war Picassos gefälschte Hermine. Der Geruch nach Harz machte mir Sorgen. Wie sollte ich den bis Mittwoch weggekriegt haben? Ob es half, das Gemälde wie ein verräuchertes Jackett über Nacht auf den Balkon zu hängen? Verräuchert?

Ich rief Dörte, die sich vor dem Spiegel in ihrer übergeworfenen Niqab betrachtete. „Das grenzt ja an Körperverletzung. Ich frage mich, wie die Frauen das bei vierzig Grad im Schatten unter diesem Zelt aushalten. Hier drunter ist es wie im Treibhaus. Das Gesichtsfeld ist völlig eingeschränkt. Ich glaube nicht, dass ich mich mit dem Ding über eine viel befahrene Hauptstraße wage.“

„Wieso? Unter dem Lappen verschwindet doch alles, was andere nicht sehen sollen: schiefe Zähne, Falten, der Damenbart oder eine Warze im Gesicht. Selbst Reiterhosen oder eine dritte Brust sind perfekt kaschiert. Ich habe jedenfalls noch nie davon gehört, dass muslimische Frauen die Künste von Schönheitschirurgen in Anspruch nehmen. Manchmal glaube ich, die halten im Nahen Osten an dieser Verhüllung fest, damit die Väter von hässlichen Töchtern ihre Ladenhüter als Mogelpackungen an den Mann bringen können. Soweit ich weiß, kauft der Bräutigam die Katze im Sack und darf dessen Geheimnis erst nach der Hochzeit lüften.“

„Da rennt bestimmt so mancher Bräutigam beim Öffnen der Wundertüte schreiend davon", lachte Dörte.

„Hast du Zigaretten dabei?"

„Seit wann rauchst du?" Sie schlüpfte unter dem schwarzen Umhang hervor.

„Ich rauche nicht, du wirst jetzt rauchen. Und zwar ganz viel!", befahl ich ihr. „Ich hoffe, dass dann der Harzgeruch des Bildes überdeckt wird."

Nach einer Stunde war die Bude blau. Dörte hustete und verweigerte die weitere Mitwirkung. Ich schnupperte an der Leinwand. Unverändert entströmte der frischen Ölfarbe ihr penetranter Duft.

Ich öffnete das Fenster und inhalierte den abgasgeschwängerten Großstadtdunst. „Wenn wenigstens die Sonne schiene, dann ..."

„Wir sollten es in einen Schornstein über ein Kaminfeuer hängen ...", schlug Dörte vor.

„Leider haben wir keinen Kamin, jedenfalls keinen echten", gab ich zu bedenken.

„Und wenn wir es mit einem Räucherofen versuchen?"

Ich runzelte die Stirn. „Was für ein Räucherofen?"

„Zum Fischräuchern."

„Wo willst du den, bitte schön, mitten in einem Großstadthotel herbekommen?", rief ich lachend.

„Anglerbedarf."

Schnurstracks googelte sie mit dem Handy den nächsten Laden für Anglerbedarf, rief an und erkundigte sich nach Räucheröfen.

„Die gibt es ausschließlich in Baumärkten. Komm, wir fahren zu *Pack's an!*, dem Spielzeugparadies für die echten Kerle."

„Ich kaufe doch keinen Räucherofen, wenn ich nicht weiß, ob das überhaupt etwas bringt", protestierte ich.

„Erstens macht Versuch klug, und zweitens müssen wir ja nicht gleich die ganze Kuh kaufen, wenn wir nur einmal Milch trinken wollen."

„Dörte, das ist doch völliger Quatsch. Wo willst du das Ding hinstellen? Wir können ja schlecht ein Lagerfeuer im Hotelzimmer machen."

„Roll das Bild zusammen." Sie schnappte sich den Holzrahmen und begann, die Reißzwecken herauszuziehen.

Ich sorgte mich um mein Werk. „Pass doch auf! An einigen Stellen ist es noch nicht durchgetrocknet. Wir können es nur mit dem Rahmen transportieren."

„Auch gut." Sie schüttete die Reisetasche aus.

Rasch zog ich den Bezug vom Kopfkissen ab und steckte das Bild hinein, bevor wir es in der Reisetasche verstauten.

„Willst du Wurzeln schlagen oder als besonderes Möbelstück inventarisiert werden?", fuhr sie mich an, als ich sie gedankenverloren beobachtete. „Los, komm mit!"

Bevor wir in den Baumarkt fuhren, hielt sie bei Galeria Kaufhof, sprang aus dem Wagen und verschwand in der Feinkostabteilung. Nach wenigen Minuten kam Dörte mit einem riesigen toten Fisch in einem bedruckten Plastikbeutel zurück. Keine Ahnung, ob es sich um einen Karpfen, Dorsch oder Wildlachs handelte. Ich mochte keinen Fisch und bereitete Wolfgang zuliebe höchstens Lachsfilets zu. Die hatten weder Kopf noch Flossen.

Auf meine Frage, was wir mit einem toten Fisch im Baumarkt wollten, sagte sie nur: „Warte es ab!", und raste zu Hornbach.

„*Was* möchten Sie?"

Der Verkäufer glotzte uns an wie der tote Fisch in der Tüte, als Dörte darauf bestand, den tausendeinhundert Euro teuren Räucherofen – sie entschied sich natürlich für die Luxusversion nach dem Motto: „Wenn schon, denn schon!" – auf dem Hinterhof ausprobieren zu wollen. Entweder fielen ihm die Augen wegen unserer Bitte fast heraus, oder er litt an einer Schilddrüsenüberfunktion. So oder so ist er ein armer Kerl, dachte ich mitleidig und hörte schweigend zu, wie meine Freundin den Mann bezirzte.

Als der Verkäufer erklärte, dass derartige Tests den Umfang des Service überstiegen, verlangte sie, ganz Frau von Welt, den Geschäftsführer.

Diesen – ein draller Glatzkopf namens Bohnensack (sein Name stand auf dem kleinen Schild, das an seinen offenen Kittel geheftet war) – erlegte sie mit wenigen Augenaufschlägen.

Amazonengleich rückte sie ihre Brüste in Position und flirtete auf Teufel komm raus, bis ihr der Mann, weich geknetet wie Fensterkitt, zu Füßen lag. Er fraß ihr aus der Hand und wies seinen Untertan in strengem Ton an, für die Damen im Hof den Ofen anzuheizen und gefälligst Liegestühle und einen Kaffee bereitzustellen.

Von wegen, alle Baumärkte seien Servicewüsten. Dieser tapfere Mann hatte verstanden, wie man den skrupellosen Kampf im Ranking der Heimwerkertempel gewann. In seinem Baumarkt war der Kunde noch König. Das war es doch, was die Menschen wirklich wollten, ehrliche fachkompetente und praxisnahe Beratung. Was nützten dem Hobbyschrauber an der Schmerzgrenze kalkulierte Dumpingpreise, wenn er einen Nervenzusammenbruch beim Zusammenbauen seiner Duschkabine erleidet oder der *Easy Putz* sich gar nicht easy verputzen lässt – und er dann, um den verursachten Schaden zu beheben, doch einen echten Handwerker beauftragen muss? *Diese Niederlage verkraftet kein Mann! Ja, sie führt dazu, dass er nie mehr einen Baumarkt betritt. Da nützt kein noch so großes Lob der Ehefrau für die eigenhändig schief angebrachten Regale. Das Trauma des Versagens sitzt tief wie ein Krebsgeschwür.*

Nein, dieser Mann wusste, wie er seinem Arbeitgeber den Kundenschwund ersparte und seine Firma ganz nach oben brachte.

„Für welchen Zweck benötigen die Damen …“, dabei zeigte er galant auf Dörte (sah er sie etwa doppelt?), „den Räucherofen?“

Dörte verschränkte die Arme vor der Brust und biss nachdenklich auf ihren linken Daumennagel. „Ja, die Frage ist völlig gerechtfertigt. Wozu benötigt man einen Räucherofen? Also, zum Nagellacktrocknen und als Lockenhaube wollte ich ihn eigentlich nicht benutzen. Ich denke mal zum Fischräuchern.“

„Prima! Dachten Sie eher an kleine Fische oder große Haie?“ Er kicherte über seinen eigenen Witz.

„Also letztere Exemplare bekommt man ja in unseren Gewässern so schlecht vor die Angel.“ Dörte starrte ihn ernst an und flüsterte jetzt geheimnisvoll: „Obwohl ich ja gehört habe, dass es im Müggelsee Haialarm gab und ganz gute Chancen bestehen.“

Der Mann riss so entsetzt die Augen auf, dass Dörte sich ein Grinsen nicht verbeißen konnte. „Nein, Spaß beiseite! Ich nehme alles, was ich kriegen kann. Auf die Größe kommt es doch bekanntlich nicht an. Ihr Gerät müsste eben flexibel vom Guppy- bis zum Walsteak einsetzbar sein. Da dieser Apparat in der Farbe so schön zu meinen neuen Autofelgen passt …“, sie zeigte auf ihren Favoriten, „dachte ich: Nehmen wir den! Bei dem Preis würde ich aber schon gerne sicher sein, dass unsere Beziehung länger hält als ein One-Night-Stand.“

Bohnensack nickte eifrig und begann einen Monolog wie aus einer Dauerwerbesendung. „Eins kann ich Ihnen versichern, Sie haben mit Ihrer Wahl einen wirklich exzellenten Geschmack bewiesen. Sie erhalten mit dem Nielsen-Räucherofen *Tommerup* zum heute einmaligen Sonderpreis von tausendeinhundertvier Euro ein wirklich erstklassiges Produkt eines

Holzkohlegrills ohne Grillrost. Das Außenmaterial aus absolut robustem Stahl mit hitzebeständiger Oberflächenbehandlung können Sie mit einem Panzer überrollen, und es bleibt in Form. Sie werden Ihre helle Freude mit dem, mal ganz unter uns …", er beugte sich verschwörerisch vor, „Mercedes unter den Räucheröfen haben. Ihre Nachbarn werden Sie um dieses Schmuckstück in Ihrem Garten beneiden, das für ein Gerät zu diesem unschlagbar günstigen Preis sogar zum Warm- und Kalträuchern geeignet ist. Als einmalige Zugabe legen wir Ihnen, unseren Kunden, heute noch drei Rezepte zum Lachsräuchern obendrauf. Na, ist das ein Angebot?" Mit einem entrückten Gesichtsausdruck wie ein Bergsteiger, der den Gipfel erklommen hatte, beendete Bohnensack seine Rede.

Ich fragte: „Und wie funktioniert Ihr Mercedes jetzt, wenn das Holz brennt?"

„Ähhhhm! Da müssten wir mal kurz in der Betriebsanleitung nachlesen …" Er nahm sich das zentimeterdicke Heft mit den Anweisungen in allen erdenklichen Sprachen und blätterte hilflos darin herum. „Oder warten Sie mal, da kann Ihnen bestimmt mein Kollege, ein passionierter Angler, helfen", sagte er, eilte davon und kam nicht wieder. Der passionierte Angler schien sich im Labyrinth der Regale verlaufen zu haben. Jedenfalls kam er bei uns nie an.

Ganz nach dem Motto „Selbst ist die Frau" bezwangen wir das Fachchinesisch der Betriebsanleitung und warteten brav, wie beschrieben, bis das Buchenholz nur noch glimmte. Dann spießten wir den Fisch auf und hingen ihn in den Rauch. In einem unbeachteten Moment gaben wir ihm den falschen Picasso dazu.

Der herausströmende Rauch stank wie verbrannte Autoreifen. Wir schauten uns misstrauisch um. Hoffentlich bemerkte das niemand. Außer ein paar eigentümliche Blicke der auf Gabelstaplern vorbeifahrenden Arbeiter ernteten wir keinerlei Beachtung.

Nach drei Stunden waren Fisch und Bild gar und die Glut heruntergebrannt. Schnell ließen wir die falsche Hermine zurück in die Tasche verschwinden. Den verkohlten Fisch schmissen wir in den Müll.

Als der dralle Geschäftsführer Dörte mit Siegerlächeln gegenübertrat, wies sie ihn zurück wie einen verlausten Hund: „Die Qualität dieses Nielsen *Tommerup* haben Sie völlig überschätzt, von wegen Mercedes. Es handelt sich eher um einen Fiat, Fehler in allen Teilen."

„Ich kann den Damen gern ein anderes Modell ...", sagte Fettbacke gequält lächelnd.

Dörte winkte ab. „Zu spät, der Fisch ist verbrannt. Ich werde meinem Gatten doch lieber die Karten für das Champions-League-Finale im Wimbledon-Stadion kaufen."

Ohne einen weiteren Gruß stolzierte sie davon. Ich entschuldigte mich unterwürfig bei dem irritierten Mann und folgte Dörte auf dem Fuß.

Im Auto kicherten wir über das verdutzte Gesicht des Geschäftsführers, und Dörte äffte ihn nach: „Ihre Nachbarn werden Sie um dieses Schmuckstück beneiden ..."

Als wir uns beruhigt hatten, öffnete ich die Reisetasche und steckte meine Nase hinein.

„Lecker. Ölgemälde mit leichtem Fischgeruch, fehlt nur noch die Remoulade", sagte ich scherzhaft.

Dörte spitzte den Mund, legte den Zeigefinger bedeutungsvoll auf die Wange und sprach mit nasaler Stimme: „Es wirkt, als hätte der Künstler mit seinem Bild den Geruch des Meeres eingefangen."

Ich kicherte.

„Hat Picasso das Bild überhaupt am Meer gemalt?", warf sie mir einen fragenden Seitenblick zu.

Ich schüttelte den Kopf.

„Na ja, wenigstens bringt es einen frischen Wind in die verstaubte Galerie“, sagte Dörte seufzend.

Ich wunderte mich. „Findest du, dass die es nötig hat?“

„Ja, mal ehrlich, wenn man bedenkt, dass von diesem Konstantin Bruch jeder noch so verunglückte Furz in der Dauerausstellung hängt, frage ich mich manchmal, mussten die unbedingt die Wände füllen?“ Dörte zwinkerte mir zu und warf den Motor an.

Im Hotel angekommen, suchten wir nach Sigrun. Ihr Zimmer war verschlossen.

„Stell dir mal vor, du hättest Wolfgang nicht aus Versehen erschossen, dann würde die alte Frau heute vielleicht schon im Altersheim vor sich hin faulen.“

„Dörte!“, rief ich tadelnd.

„Ist doch wahr. Also, ich hab jetzt Hunger.“

„Komm, wir gehen unten essen.“

„Meinst du, dafür reicht der Inhalt unseres Sparschweines noch?“ Meine Freundin sah mich zweifelnd an.

Ich rechnete. „Ja, gerade so, wenn wir anstatt Donnerstag gleich Mittwochabend abreisen und uns die letzte Nacht schenken. Du musst ja nicht den Kaviar nehmen.“

Wir begaben uns in das Restaurant und aßen. Die überteuerte Rechnung von dreiundachtzig Euro für zwei zähe Rindersteaks mit labberigem Salat ließen wir nach dem Schock vorerst aufs Zimmer schreiben. Darauf brauchten wir einen Schnaps.

Mit dem Aufzug fuhren wir rauf in die Piano-Bar unter dem offenen Bleiglasgewölbe und trauten unseren Augen nicht. Der galante Bayer schob meine Schwiegermutter im Tangoschritt über das Echtholzparkett. Sigruns Wangen leuchteten rosig im Schimmer der Lichter. Sie schmiegte sich eng an die fremde Männerbrust und wiegte ihre Hüften im Takt, biegsam wie eine Brezel.

Wo war eigentlich ihr Stock, ohne den sie kaum laufen konnte?

Das Schluchzen der Geigen verklang. Sigrun öffnete die Augen und winkte uns überschwänglich zu. Die alte Dame hatte doch garantiert einen Schwips!

Sie lief so leichtfüßig auf uns zu, als hätte nie ein Chirurg an ihrem Hüftkopf geschraubt. „Kinder, entschuldigt, ich habe irgendwie die Zeit verpasst. Den Einkauf hab ich auch vergessen. Wenn ihr Hunger habt, geht doch bitte essen." Sie zückte ihr Portemonnaie und drückte mir fünfzig Euro in die Hand.

Bevor ich etwas erwidern konnte, setzte die Musik wieder ein.

„*Por una cabeza*, von Carlos Gardel, ein alter Klassiker. Ihr entschuldigt, Hugo ist ein so hervorragender Tänzer", schwärmte sie und schwebte zurück auf die Tanzfläche.

Dörte bestellte sich und mir einen Martini an der Bar. „Ick sach doch: Je oller, je doller!"

Sprachlos betrachtete ich meine Schwiegermutter, die innerhalb weniger Stunden ihre vertrocknete Jungfernhaut wie eine Schlange abgestreift hatte und zum hemmungslosen Vamp mutiert war.

„Meinst du, die haben …"

„… Sex miteinander?", beendete Dörte meinen Satz.

Ich verzog das Gesicht. „Hör auf, das will ich mir gar nicht vorstellen."

„Wieso? Lass ihr doch den Spaß. Cheers!", prostete sie mir zu. Ich hob mein Glas und trank es in einem Zug leer.

Dörte stupste mich liebevoll an. „Du grübelst zu viel. Genieß doch mal den Moment. Vergiss gestern und morgen. Wir sind im Hier und Jetzt."

Ich seufzte. „Seit sechs Tagen überschlagen sich die Ereignisse. Ich stehe ständig unter Strom und habe das Gefühl, mit zweihundert Kilometer pro Stunde auf der Überholspur zu fahren."

„Und spürst du dich dabei? Fühlst du, dass du lebst?“ Sie bestellte uns noch einen Drink.

„Schon, aber die Angst, jeden Moment vor einen Baum rasen zu können, sitzt mir immer im Nacken“, schrie ich ihr ins Ohr, weil die Musik lauter wurde, und schloss für einen Moment die Augen.

„Du hast Angst vor deiner eigenen Courage. Cheers, meine Liebe!“

Wahrscheinlich hatte sie recht, und das war wirklich das Problem. Bisher war in meinem Leben alles vorhersehbar gewesen. Beim morgendlichen Augenaufschlag wusste ich schon, was der Tag mir bringt. Jetzt hatte ich keine Ahnung mehr, wohin meine wilde Reise ging. Das war irgendwie beängstigend – und gleichzeitig wahnsinnig spannend.

23. KAPITEL

Am nächsten Morgen weckte mich der Baulärm vor dem Hotel pünktlich. Nach ausgiebiger Dusche und Frühstück machte ich mich zu Fuß auf den Weg zu meinem Job ins Bildermuseum, wo ich um die Moralpredigt meines Chefs leider nicht herumkam.

Herr Wiese war Historiker, dessen gesamtes Wissen über die Menschheit und die Kunst ausschließlich aus seinem Studium der Ur- und Frühgeschichte stammte. Er wirkte und fühlte sich an wie ein Fremdkörper zwischen all den Bildern und Skulpturen und Menschen, von denen er eigentlich nichts verstand und die ihn auch nicht wirklich interessierten. Tapfer harrte er die letzten Monate bis zur Pensionierung aus, obwohl er ziemlich sauer war, dass die Stadt ihn aus Kostengründen vom Naturkundemuseum in die Kunstsammlung versetzt hatte.

Wiese saß kerzengerade hinter seinem Schreibtisch, als steckte er in einem Wirbelsäulenkorsett, und musterte mich streng in Oberlehrermanier über den Rand seiner halbrunden Lesebrille. „Sie wissen schon, dass das eine Abmahnung nach sich zieht“, sagte er mit markant männlicher Stimme, die überhaupt nicht zu diesem glatt gescheitelten Buchhaltertyp im verstaubten Anzug passte, der mit dreiundsechzig Jahren immer noch bei seiner Mutter wohnte.

„Es tut mir leid, aber ich war so erschüttert. Stellen Sie sich vor, Ihre Mutter fällt plötzlich einfach um …“, ich presste mir eine Träne heraus.

Er schluckte. Da hatte ich wohl einen wunden Punkt getroffen, sehr schön. „Ist ja gut. Ich denke, ich werde in Ihrem Fall eine Ausnahme machen. Sie können die Stunden ja nachholen. Wir sind nämlich diese Woche ausgebucht und haben allein heute Anmeldungen von drei Schulklassen und zwei Reisegruppen aus Dubai zu Führungen durch die Sonderausstellung.

Morgen kommen nochmals drei. Diese reichen Araber kaufen sich selber bei der Messe neue Spielzeuge und schicken ihre vermummten Frauen derweil ins Museum, damit die nicht aus Langeweile mit den Platinkreditkarten ihrer Männer die Geschäfte leer kaufen."

„Übernehme ich", sagte ich pflichtgetreu und dachte, das passt ja wie die Faust aufs Auge. Da würde Dörte in ihrer Verkleidung gar nicht auffallen. Am besten, wir probten den Ernstfall heute schon einmal durch, um die Schwachstellen unseres Planes auszumerzen.

Auf dem Gang rief ich sie an und bestellte meine Freundin in ihrem schwarzen Gewand für die letzte Führung gegen vier Uhr. Dann nahm ich mich hoch motiviert zuerst der Schulklassen an.

Völlig erschöpft mit trockenem Mund, vom Dauerlächeln verkrampften Gesichtsmuskeln und dicken Füßen, die aus meinen Schuhen herausquollen, beendete ich meinen Vortrag über Picassos Schaffen in perfektem Englisch. „*Goodbye, Ladies, have a nice evening in our beautiful town*", verabschiedete ich mich von der schwarz verhüllten Schar kichernder Frauen, die bei genauerem Hinsehen gar nicht wie ein Ei dem anderen glichen. Mir fiel auf, dass sie aus Mangel am Zurschautragen ihrer Brüste und Hüften großen Wert auf gepflegte Hände legten. Was sich in kunstvoll gestalteten Nägeln widerspiegelte. *Und ich rede hier nicht von Dream Nails für Arme.* Ebenso betonten sie ihren modischen Stil mit Schmuck, schicken Schuhen und ausgefallenen oder besonders luxuriösen Handtaschen.

Ich wartete, bis sie den Bildersaal verließen, und schloss die Türen. Im Eifer des Gefechts hatte ich im letzten Moment mitbekommen, dass Dörte zehn Minuten vor Schluss auf die Toilette im Gang dahinter verschwand. Genau so, wie wir es abgemacht hatten. Nun sollte sie eine halbe Stunde Zeit bekommen, um den Tausch der Bilder zu simulieren. Klar, wir hätten uns diese Trockenübung schenken können, aber so gingen wir einfach auf Nummer sicher. Ich schaute auf meine Uhr; noch zwanzig Minuten. Nervös rieb ich mir die schmerzenden Füße an der Wade. Wiese stürmte um die Ecke. Ich zuckte zusammen.

„Sind alle raus? Kann ich den Alarm anschalten?"

„Ja, aber ich muss noch den Kontrollgang …", rief ich.

„Na, worauf warten Sie dann noch?" Wiese war sichtlich ungehalten.

„Ich dachte, ich putze noch ein bisschen. Die Schulkinder haben mit ihren schmierigen Händen wieder alle Glasvitrinen angegrapscht. Hier sind überall Fettfinger drauf", schimpfte ich und wischte mit dem Ärmel über das Glas.

„Können Sie das nicht morgen früh erledigen, Frau Pfeffer? Ich würde heute gerne pünktlich in den Feierabend gehen."

Wieder blickte ich auf meine Uhr. Immer noch fünf Minuten zu früh. Hoffentlich war Dörte fertig und wieder auf der Toilette verschwunden. Ich simulierte einen Schwächeanfall und warf mich polternd gegen die Tür des Bildersaales. Wiese erschrak und eilte mir zu Hilfe. „Frau Pfeffer, hoppla! Ist Ihnen schwindelig?"

Ich lächelte schwach. „Geht schon wieder. Der Kreislauf. Wahrscheinlich zu wenig getrunken."

„Am besten, Sie setzen sich. Ich übernehme den Kontrollgang."

„Nein, nein, nicht nötig!", erwiderte ich und sprang auf.

Als ich die Tür zum Bildersaal betrat, kam uns eine schwarz vermummte Frau entgegen. Sie entschuldigte sich mit Händen und Füßen, zeigte in Richtung auf die Toilette und verschwand eilig in Richtung Ausgang.

„Oh, da hatte die Dame aber Glück, dass wir sie nicht eingeschlossen haben", spielte ich den Vorfall herunter. Wiese stand irritiert daneben und schnappte theatralisch nach Luft.

„Ich schaue lieber noch einmal auf der Toilette nach, nicht dass uns noch ein blinder Passagier durch die Lappen geht", sagte ich schnell, bevor mein Chef in Anschissstimmung kam.

„Hallo, noch jemand hier?", fragte ich pro forma in den gefliesten Raum und drückte das Licht aus.

„Hjjjjhhh!", stöhnte eine mir bekannte Stimme aus der letzten Kabine.

„Dörte?"

Ich rannte hinein. Meine Freundin lag mit Klebeband gefesselt am Boden.

Als Wiese im nächsten Moment hinzutrat, taten wir so, als kannten wir uns nicht, und Dörte mimte die stumme arabische Frau.

Er half mir, sie loszubinden, und fragte: „Was ist passiert, hat man Sie ausgeraubt?"

Dörte musterte den Mann durch ihren Sehschlitz und hob die Hände, um zu signalisieren, dass sie ihn nicht verstand.

„Frau Pfeffer, können Sie bitte übersetzen."

„*What happened to you?*", fragte ich und erntete nur Schulterzucken von meiner vermummten Freundin.

„Anscheinend versteht sie auch kein Englisch." Ich drehte mich zu meinem Chef um und hob bedauernd die Hände.

„Feeeeehlt … Ilhhhneen … eeeeetwaaaas?" Wiese dachte wohl, wenn er besonders langsam sprach, werde die mysteriöse Dame vor ihm auf magische Weise plötzlich Deutsch verstehen. Dann probierte er noch mit verschiedenen Handzeichen, eine Antwort auf seine Frage zu bekommen.

Dörte schüttelte nur den Kopf. Sie stand auf, raffte ihr Gewand zum Gehen und taumelte dabei etwas benommen.

Wir folgten ihr durch den Gang zurück zum Bildersaal. Als wir an der Tür zu dessen Ausgang waren, blieb ich wie angewurzelt stehen, drehte mich um und schaute noch einmal zum Platz, an dem Picassos „Bildnis der Hermine Bein" hing. Meine

Augen hatten mich nicht getäuscht. Dort hing nicht Picassos Werk, sondern ... meine falsche Hermine. Und zwar die alte Version.

„Der Picasso!“, brachte ich gerade noch heraus, bevor um mich herum alles in Schwarz versank.

Als ich wieder zu mir kam, wimmelte es nur so von Polizei. Ich wurde verhört. Für Dörtes Aussage schafften sie einen arabischen Dolmetscher herbei. Der verzweifelte, denn die Frau in der schwarzen Niqab schien weder Arabisch, Persisch, Paschtu, Kurdisch, Gilaki, Urdu noch Mazandarani zu verstehen.

Erst nach zwei geschlagenen Stunden gaben es die Polizisten auf, das vermeintliche Opfer des Picasso-Diebes zu vernehmen, und ließen sie gehen.

Ich wurde bestimmt fünfmal verhört. Überwältigt von der Enttäuschung, erneut zu spät gekommen zu sein, erzählte ich mit müder Stimme immer wieder das Gleiche und überlegte dabei krampfhaft, wer mir das Bild vor der Nase weggeschnappt hatte.

Dabei fiel mir nur Elena ein. Ihr und Dörte gegenüber hatte ich erwähnt, wie man die Alarmsicherung austricksen und sich unbemerkt von der Gruppe entfernen konnte. Sie wusste von dem falschen Picasso in meinem Flur und hatte ihn geklaut. Oder hatte die gefälschte Hermine die Diebe in unserem Haus auf die Idee gebracht?

Seufzend lehnte ich mich zurück, mein Rücken schmerzte. Voller Angst dachte ich an Viktor und die Million, die er nun von mir zurückfordern würde. Vor meinem geistigen Auge sah ich schon, wie mich sein Auftraggeber mit Betonschuhen im Meer versenkte. Und dann hoffte ich, dass der Dieb wenigstens so geistesgegenwärtig gewesen war, alle Fingerabdrücke vom Bild zu entfernen. Wie sollte ich sonst der Polizei erklären, warum sie meine Fingerabdrücke auf der Leinwand fanden?

24. KAPITEL

Wie ferngesteuert lief ich zurück ins Hotel.

Das Wasser rauschte im Bad. Dörte stand unter der Dusche. Mein Handy auf dem Nachttisch vibrierte. Ich schaute nach. Viktor war am Apparat. Wenn man an den Teufel denkt ...

Warum hatte ich ihm nur meine Telefonnummer gegeben? Jetzt musste ich das Handy entsorgen, sonst könnte er mich dank des technischen Fortschrittes überall auf der Welt orten. Ich ließ es klingeln. Er sprach sogar eine Nachricht auf die Mailbox. Neugierig hörte ich sie ab.

„Gratuliere! Du bist in den Abendnachrichten. Ciao, Bella! Ich vermisse dich. Wir sehen uns am Donnerstag."

„Hää? Spinnt der jetzt total!" Verwirrt schaltete ich den Fernseher an und suchte einen Nachrichtensender. Und tatsächlich berichteten sie schon von Picassos Diebstahl als spektakulärem Kunstraub. Von mir war zum Glück keine Rede.

Dörte kam aus dem Badezimmer und rubbelte sich dabei die Haare trocken. „Es ist schon in den Nachrichten?"

„Mmmmmhhh", knurrte ich abwesend. Das Handy summte.

„Dein Handy!", sagte Dörte und schaute sich den Bericht an. „Der Dieb hat genau unseren Plan befolgt und rotzfrech deine Kopie hingehangen. Das kann doch nur Elena gewesen sein, dieses Miststück." Sie drehte sich mit entschlossenem Blick zu mir und verzog die Lippen.

Mein Handy summte wieder. „Ooohhh!" Ich verdrehte die Augen. „Schon wieder Viktor!"

„Was will er? Sein Geld?", fragte meine Freundin.

„Er gratuliert mir und meint, ich sei im Fernsehen."

Dörtes Augen blitzten auf. „He, der denkt, du oder wir waren das." Sie rutschte von der Sessellehne herunter auf den Sitz.

Ich kniff die Augen zusammen. „Na klar, das ist die Lösung meines Problems. Wir jubeln ihm einfach die Fälschung unter …“, rief ich aus und holte die Kopie der Kopie unter dem Bett hervor.

„… und kassieren die restliche Summe“, beendete Dörte meinen Satz. Warum fiel mir das eigentlich erst jetzt ein.

Die Erkenntnis, übermorgen um eine Million reicher zu sein, bewirkte eine Art Katharsis. Wir hatten Freudentränen in den Augen und hüpften ausgelassen wie Kinder auf dem Kingsize-Bett herum.

Völlig außer Puste ließ ich mich schließlich in die weichen Kissen fallen und schaute an die stuckverzierte Decke. „Lobe den Tag niemals vor dem Abend! Noch haben wir die Kohle nicht in der Hand“, mahnte ich.

„Stimmt! Die erste Million ist immer die schwerste.“ Dörte grinste. „Was wirst du mit dem Geld anfangen? Heutzutage ist eine Million eigentlich kein großes Geld. Die hast du in null Komma nix ausgegeben.“

Ich drehte meinen Kopf zur Seite und grinste zurück. „So wie du?“

Sie setzte sich. „Ich habe drei Millionen geerbt, einen Bentley und zwei Villen, eine in Monaco und eine in Berlin-Grunewald.“

„Und davon ist nichts übrig, stimmt's?“, bohrte ich nach.

„Nee, wenn du einen bestimmten Lebensstil gewöhnt bist und kein Geld neu reinkommt, ist das keine Kunst. Außerdem hatte ich schlechte Berater.“

Ich nickte. „Das sagen sie alle, denen das Geld zwischen den Fingern zerrinnt. Also, ich nehme mir keinen Berater, der mich zu unsinnigen Anlagen anstiftet. Ein kleines Haus würde ich mir kaufen. In der Toskana, direkt am Meer … Aber darüber mache ich mir erst übermorgen Gedanken.“

Gegen fünf Uhr morgens klingelte der Wecker, und wir machten uns so schnell wie möglich auf den Weg. Gegen Mittag erreichten wir bereits die österreichisch-italienische Grenze und reihten uns in die wartende Schlange der im Schritttempo fahrenden Wagen ein.

„Deinen Pass!“, forderte ich Sigrun auf und drehte mich zu ihr auf den Rücksitz um. Sie hatte sich ans Fenster gelehnt, die Augen geschlossen und das Kissen, in dem wir den falschen Picasso versteckten, auf den Schoß gelegt. Entweder sie schlief, oder sie träumte von ihrer neuen Liebe, aus deren Armen wir sie heute Morgen gerissen hatten.

Da sie nicht alleine in ihrer Wohnung zurückbleiben wollte, nahm sie mit einem tränenden Auge vorerst Abschied von ihrem Hugo.

Als vorausschauend denkende Wesen zogen wir in Erwägung, dass wegen des Kunstraubes an den Grenzen stärkere Zollkontrollen durchgeführt werden könnten. Wir hatten zwar nur eine Fälschung im Gepäck, gingen aber davon aus, dass der Kunstverstand eines Zollbeamten der Bundespolizei begrenzt war, und wollten deshalb nicht riskieren, dass man uns die falsche Hermine abnahm. Als sicherstes Versteck sahen wir Sigruns Schoß an.

Dörte gab meiner Schwiegermutter vor der Fahrt genaue Regieanweisungen, wie sie an den Grenzübergängen die Rolle der senilen alten Frau zu spielen hatte, damit kein Beamter auf die Idee kam, das präparierte Kissen auf ihren Knien zu filzen.

Wir schminkten ihr mit grauer Farbe fahle Leichenblässe ins Gesicht, denn nach der letzten Nacht, in der sie scheinbar ihren zweiten Frühling erlebt hatte, sah sie so frisch und rosig wie eine Zwanzigjährige aus.

Die Beamten nahmen die Autos vor uns gründlich auseinander. Genau wie wir vermuteten, suchten sie nach dem

Bild. Das erfuhren wir aus den Protesten der ausgestiegenen Fahrer.

Als wir dem Grenzposten näher kamen, erkannten wir den grimmigen Zwerg. Unsere Blicke trafen sich. Seine Miene verfinsterte sich schlagartig. Mein Adrenalinspiegel sauste in die Höhe. „Denk an deine Rolle!“, zischte ich Sigrun hinter mir zu.

Dörte setzte ihr freundlichstes Lächeln auf und sagte, ohne die Lippen zu bewegen: „Schon wieder der. Hat der hier Dauerdienst?“

Ängstlich hielt ich die Luft an. Der Grimm nahm die Papiere und betrachtete sie ausgiebig. Giftig starrte er mich dann aus seinen kleinen Äuglein an und murmelte etwas garantiert Unflätiges auf Italienisch. Ich bemühte mich zu lächeln, war aber innerlich wie erstarrt.

Zum Glück kam in diesem Moment der Vorgesetzte des bösen Männleins um die Ecke und grüßte uns freundlich. Dörte winkte überschwänglich und schenkte ihm ihr schönstes Tausend-Watt-Lächeln. Der Grenzbeamte zuckte zusammen und warf unsere Papiere so rasch zurück ins Auto, als hätte er sich daran verbrannt. Beinahe unterwürfig winkte er uns mit einem Kopfnicken durch. Wahrscheinlich hatte sein übertriebenes Vorgehen beim letzten Mal Konsequenzen nach sich gezogen …

Ich entspannte und atmete tief aus. Dörte trat aufs Gas, und wir entschwanden in den Serpentinen der Alpen.

Viktors Porsche stand bereits vor der Tür, als wir auf dem knirschenden Kies des Ferienhauses bremsten.

Braun gebrannt und mit nacktem Oberkörper erschien er in der Tür und begrüßte mich mit einer überschwänglichen Umarmung. „Ciao, Bella! Amore mio!“ Ganz Gentleman, half er Sigrun aus dem Wagen und wollte unsere Koffer ins Haus tragen.

„Wir sind nur hier, um das Geschäftliche zu erledigen", sagte ich kühl.

Wortlos nahm ich Sigrun das Kissen ab und knöpfte den Bezug mit dem eingestickten Fürstenhof-Wappen fahrig auf, um meinen Fluchtinstinkt zu unterdrücken.

Viktor kam zu mir und schaute mich skeptisch von der Seite an. „Du hast es aber eilig. Was sagt eigentlich dein Mann dazu, dass du sein Geschäft quasi übernommen hast?"

„Nichts, er schweigt stumm wie ein Fisch. Nennen wir es Zugewinngemeinschaft. Jeder erhält den Anteil, den er verdient hat", sagte ich hart und gab ihm den Picasso. In mir brodelte es wie in einem Vulkan. Hoffentlich schluckte er den Köder. Ich lächelte dünn.

Mit feierlicher Miene nahm er das Bild entgegen und betrachtete es von allen Seiten genau.

Meine Knie zitterten, und ich musste mehrmals den Kloß in meinem Hals herunterschlucken. „Du hast Talent!", sagte er und sah mich geheimnisvoll an.

„Wie?" Meine Muskeln verkrampften.

„Einen Kunstraub, ohne Spuren zu hinterlassen, begeht man nicht einfach so – und dann auch noch als Laie."

„Ach so!" Ich wehrte ab. „Zufall oder Fügung des Schicksals. Schließlich arbeite ich in genau der Bildergalerie."

„Wird es denn nicht auffallen, dass du dann heute nicht zur Arbeit erschienen bist?"

Scheiße! Ich erschrak. Ich hatte mich nicht ab- und krankgemeldet ... Oh Mann, warum vergaß ich immer die kleinen Details, an denen so manch perfekter Plan scheitert? „Alles im grünen Bereich. Mein Chef hat mir wegen der Aufregung für den Rest der Woche freigegeben ...", log ich und dachte, dass ich das unbedingt nachholen musste. „Ich hab meinen Teil der Abmachung erfüllt, nun ..."

Er ließ mich stehen, verschwand im Haus und kam mit einer schwarzen Nylontasche zurück. „Zähl es nach!"

Ich öffnete den Reißverschluss der Tasche, warf einen Blick hinein. Mein Herz machte einen Hüpfer. Ein Orchester spielte mit großer Besetzung die Melodie „Diamonds are a girl's best friend" in meinem Kopf.

Mit aller Macht unterdrückte ich den Drang, zu tanzen und Geldscheine in die Luft zu werfen. Stattdessen überflog ich die Anzahl der Bündel. „Stimmt." Ich lächelte unsicher. Was sagt man beim Abschluss eines solchen Geschäfts? „Na, dann wünsche ich deinem Auftraggeber viel Freude mit dem Bild und hoffe, dass es zu seiner Inneneinrichtung passt."

Viktors Augen fingen an zu glänzen. „Wir könnten ein gutes Team werden, du und ich. Der Bedarf ist groß."

Machte der mir gerade ein Angebot, für ihn zu klauen, oder hatte er tatsächlich Gefühle für mich entwickelt? Bei der Vorstellung war ich drauf und dran dahinzuschmelzen. Viktor und ich auf einem weißen Pferd und vor uns der Sonnenuntergang. Dazu das Lied von „Drei Haselnüsse für Aschenbrödel" ... Bevor ich ihm aufseufzend in die Arme sinken konnte, schaltete ich noch grade rechtzeitig mein Hirn wieder auf die richtige Frequenz.

Diamonds are a girl's best friend – das ist der Plan, Annemie!

Ich wehrte ab. „Nee, ich hab schon einen Job."

„Sehen wir uns wieder? Ich würde unsere Spielstunde im Sand gern wiederholen." Er zwinkerte mir zu.

Meine Knie wurden weich. „Wir müssen dann jetzt auch ... mal los, denn wir haben eine weite Fahrt ...", stotterte ich und fuchtelte sinnlos mit den Armen herum.

Er umarmte mich. „Na dann ... schade."

Mmmmmh, roch der gut. „Besser, man trennt Geschäftliches vom Privaten." Ich machte mich los.

„Dörte, Sigrun, kommt ihr?"

„Bleiben wir nicht hier?", fragte meine Schwiegermutter enttäuscht.

Dörte sagte mit Nachdruck: „Ich kann meinen alten Onkel Fritz nicht warten lassen. Er ist dreiundneunzig und will mich morgen in München unbedingt treffen."

Sie musterte Viktor abschätzend. „Wie lange bleiben Sie noch in Italien?"

„Ich fahre morgen; die Geschäfte. Leider bin ich viel zu selten hier, um diesen schönen Platz zu genießen."

„Dann steht das Ferienhaus wohl oft leer?"

Viktor nickte. „Ja, leider."

„Wer kümmert sich um das Anwesen?"

„Emilia und ihr Mann Luca sehen gelegentlich nach dem Rechten, halten Pool und Garten in Ordnung." Er deutete hinter sich, wo ein Pärchen emsig in den Beeten grub.

„Ach, das ist ja schön", sagte ich. Es war also niemand ständig da, gut zu wissen. Schließlich mussten wir Wolfgang irgendwann mal abholen … „Du, Viktor, wir müssen dann auch echt mal los. Mach's gut!"

25. KAPITEL

Kaum saßen wir im Auto und hatten das Ferienhaus hinter uns gelassen, stoppten wir am Straßenrand, und ich zeigte meinen Reisebegleiterinnen das Geld in der Tasche. Dörte und ich brachen in ein Freudengeheul aus. Sigrun schwieg.

„Was ist los?“, fragten wir sie.

„Wir müssen den Wolfgang beerdigen, oder soll er bis in alle Ewigkeit in der fremden Tiefkühltruhe liegen? Schließlich haben wir unser neues Glück seiner Gier zu verdanken.“

Ich blickte zurück. Sie hatte recht.

„Wir suchen uns ein Ferienhaus in der näheren Umgebung. Wenn Viktor morgen das Anwesen verlässt, verschaffen wir uns Einlass und bringen den Wolfgang unter die Erde, versprochen!“, sagte Dörte zu der alten Frau – und zu mir: „Um sicherzugehen, dass er und sein Auftraggeber uns nicht finden, falls der Schwindel herauskommt, schmeiß bitte die SIM-Karte deines Handys weg!“

„Kann nicht nur die Polizei Handys orten?“, wunderte ich mich.

Dörte sah mich eindringlich an. „Wir wissen nicht, wer hinter dem Auftraggeber steckt. Wer sich für zwei Millionen ein geklautes Bild übers Sofa hängt, hat genug Geld, um für einen klitzekleinen Gefallen das Gehalt des einen oder anderen Polizisten aufzubessern.“

Unsanft zerlegte ich mein Handy und warf die SIM-Karte aus dem Fenster. Sie landete auf einer Weide zwischen friedlich grasenden Schafen.

Meine Freundin telefonierte mit dem Ferienhausanbieter, den wir vor ein paar Tagen wegen des Umzugs schon einmal kontaktiert hatten.

Das Domizil, in das wir ab Sonntag umsiedeln wollten, war

mittlerweile vergeben, aber ein zweites war frei – und es lag sogar direkt am Strand.

Wir überlegten nicht lange, buchten für zwei Wochen und fuhren zum Immobilienbüro, um die Unterkunft zu bezahlen und die Schlüssel zu holen.

Das einfache zweistöckige Backsteinhaus in der Nähe von *Castiglione della Pescaia* lag nur vierzig Meter vom Meer entfernt und war von einem verwunschenen Garten hinter einer Mauer aus Sandstein umgeben. Efeu wucherte an der Fassade empor. Wir parkten auf einem kleinen Innenhof und inspizierten das Innere unserer neuen Unterkunft. Raumaufteilung und Einrichtungsstil ähnelten Viktors Landsitz, allerdings war alles viel kleiner und weniger pompös.

Im Wohnzimmer gab es den obligatorischen offenen Kamin, vor dem eine gemütliche Sitzecke stand. Hinter einem wackeligen Holztisch, um den sechs bunte Stühle standen, befand sich eine rustikale Küchenzeile. Angrenzend führte eine bodentiefe Glastür auf eine lauschige Terrasse, die duftende Bougainvilleen überwucherte. An diesem schattigen Plätzchen ließ es sich auch in der größten Mittagshitze aushalten. Genauso hatte ich mir meinen Pavillon zu Hause zum Malen erträumt.

Ich atmete tief durch und inhalierte den leicht salzigen Geruch der herüberwehenden Meeresbrise. Wunderbar.

Wir holten die Koffer aus dem Wagen und schafften sie ins Obergeschoss, wo es drei Schlafzimmer und zwei Bäder gab.

Als wir ausgepackt hatten, entspannte ich mich etwas und senkte die ständig hochgezogenen Schultern. Mit einem Glas Rotwein in der Hand legte ich mich in die Abendsonne auf die Terrasse und lauschte mit geschlossenen Augen dem beruhigenden Rauschen des Meeres.

Dörte gesellte sich dazu und schaute in die Ferne. „Dieser unverbaubare Blick weckt immer eine unbeschreibliche Sehnsucht in mir. Und ich stelle mir die Frage, ob da drüben auf der anderen Seite des Meeres auch gerade jemand steht, der in diesem Augenblick das Gleiche empfindet." Sie lächelte abwesend. „Wie fühlst du dich so als reiche Witwe?"

Wie fühlte ich mich? Frei, unbeschwert? Ich zuckte mit den Schultern. „Ich liege mit offenem Haar am Meer. Das rote Cabriolet kann ich mir locker leisten. Weißt du, ich hab mich erst dafür vor mir selbst geschämt, als ich genau davon träumte, als er tot vor mir am Boden lag. Ich fühlte mich so befreit. Bis vor einer Woche hatte ich einen guten Charakter und eine schlechte Figur. Cheers! Jetzt hab ich zwar den schlechten Charakter, aber immer noch keine gute Figur."

„Wofür gibt es schließlich Chirurgen?"

Ich schaute Dörte missbilligend an und trank einen Schluck Wein. „Da quäle ich mich lieber mit Joggen."

Sie grinste mich liebevoll an. „Bei der Gelegenheit kannst du dir gleich ein Angebot zum Faltenwegspritzen machen lassen."

„Ich hab keine Falten, höchstens Lachfalten, und die möchte ich behalten. Ich will nicht rumlaufen wie diese Hollywoodstars mit ihren Beton-Masken. Punkt." Brüsk beendete ich die Diskussion.

Für solche Gedanken war jetzt wirklich keine Zeit. Das Ende unserer Odyssee war erst erreicht, wenn Wolfgang unter der Erde lag und Gras darüber gewachsen war. Unser altes Umfeld würde bald reagieren, wenn Wolfgang und jetzt auch ich so sang- und klanglos verschwanden.

Morgen musste ich unbedingt eine Karte kaufen und an Jürgen schreiben. Dann hatte ich noch zwei Wochen Aufschub, bis seine Kollegen ihn vermissten und alle Hebel in Bewegung setzten, sein und mein Verschwinden aufzuklären. Dabei fiel mir ein, dass ich auch Holger und Petra schreiben konnte, dass mich mein Mann mit einer plötzlichen Reise anlässlich meines bevorstehenden vierzigsten Geburtstages überrascht hätte und er die Betonplatte für den Pavillon nach unserer Rückkehr in Angriff nehmen wolle. Genau!

„Wir holen Wolfgang morgen aus Viktors Tiefkühltruhe und verscharren ihn irgendwo im Wald“, beschloss ich und erzählte Dörte von meinem Vorhaben mit den Ansichtskarten.

„Besser, wir lassen ihn mitsamt seinem Auto von einer Klippe herunterstürzen oder versenken ihn im Meer. Und irgendwie müssen wir den Verdacht auf Elena lenken. Das kleine Biest hat doch garantiert den Einbruch bei euch verübt und dann den Picasso ausgetauscht, um ihn zu verkaufen.“

„Hoffentlich kennen sich der neue Besitzer des echten Picasso und Viktors Auftraggeber nicht“, seufzte ich.

„Meinst du, die gehen damit hausieren, Picassos „Hermine“ erworben zu haben, die eigentlich im Museum hängen sollte? Nun aber noch einmal zu Wolfgang und Elena. Da es zwischen ihr und deinem Mann eine heimliche Verbindung gab, werden seine Kollegen schnell auf ihre Spur kommen. Wenn nicht, helfen wir ein bisschen nach.“

„Wie willst du das anstellen?“

„Wir haben sein Handy mit ihrem Bild, ihrer Nummer, eine Nachricht an ‚Hasi‘ auf der Mailbox. Und wenn wir richtig Glück haben, taucht bei ihr die aus dem Nachtschrank geklaute Tatwaffe auf. Wer sollte sie sonst gestohlen haben?“

Ich nickte. „Hauptsache, Sigrun hält dicht.“

„Ich glaube, die ist so enttäuscht von ihrem Sohn und dir für ihr neues Leben dankbar, dass sie sich wohl kaum ins eigene Fleisch schneiden wird, wenn sie der Polizei etwas erzählt.“

Wir gingen ins Haus.

Sigrun saß im Sessel vor dem Kamin und telefonierte mit hochrotem Kopf. Sie lächelte uns verlegen an, hielt den Hörer kurz zu und sagte: „Hugo. Er holt mich am Samstag für ein paar Tage ab, wenn ihr nichts dagegen habt.“ Dann vertiefte sie sich wieder in ihr Gespräch.

„Ich verlasse dich auch für ein paar Tage. Wir haben mit unserer Musical Company eine Gala in Wien. Wenn ich da nicht erscheine, melden die mich als vermisst. Donnerstag bin ich zurück. Ist das für dich okay?“

„Ich komm schon klar, keine Angst, denn ich bin ein großes Mädchen“, sagte ich und lächelte tapfer. So ganz geheuer war es mir nicht, allein in dem fremden Haus in einem fremden Land zu bleiben, dessen Sprache ich kaum verstand. Diese Weltgewandtheit, wie Dörte sie besaß, musste ich mir erst erarbeiten. Schließlich war ich mit dem lebendigen Wolfgang nie über die Eifel hinausgekommen …

26. *KAPITEL*

Am nächsten Abend, als die Dunkelheit bereits eingesetzt hatte, brachen wir zu Viktors Landsitz auf. Obwohl Sigrun darauf bestand mitzukommen, um ihrem Sohn das letzte Geleit zu geben, überredeten wir sie, uns die schmutzige Totengräberarbeit zu überlassen.

Wir nahmen den Strauß weißer Margeriten, die sie im Garten gepflückt hatte, mit und versprachen ihr, die Blumen über sein Grab zu streuen.

Langsam fuhren wir mit ausgeschaltetem Licht über den knirschenden Kies, hielten vor dem dunklen Anwesen und horchten. Alles war still bis auf das Zirpen der Grillen im Gras.

„Viktors Porsche steht nicht da. Ich denke, der Herr des Hauses ist ausgeflogen“, flüsterte ich.

„Hoffentlich übernachten die Verwalter im Dorf“, flüsterte Dörte zurück.

Wir stiegen aus, redeten extra laut und klingelten. Sollte jemand im Haus sein und uns hören, könnten wir uns herausreden, dass wir Viktor besuchen wollten. Weder wackelte eine Gardine noch wurde das Licht im Haus eingeschaltet. Wir zogen unsere Handschuhe an und machten uns wie Einbrecher an der Eingangstür zu schaffen. Eine Alarmanlage gab es ja zum Glück nicht.

Wir rüttelten und zogen am Türgriff. Leider würden wir das Schloss nicht knacken können, ohne Spuren zu hinterlassen. Ich ärgerte mich über meine Kurzsichtigkeit. „Wir hätten uns von dem Schlüssel ein Duplikat anfertigen sollen.“

„Vielleicht sollten wir die Leiche einfach dort lassen, wo sie ist, und nur Wolfgangs Wagen im See versenken? Dann hängen sie dem schönen Viktor den Mord an deinem Mann an …“

„… und kommen auf mich, wenn er aussagt, dass ich eine Affäre mit ihm hatte. Außerdem ist er nicht im Besitz der Tatwaffe“, ergänzte ich aufgebracht.

„Liebe Annemie, es gibt doch offensichtlich eine dubiose geschäftliche Verbindung zwischen den beiden. Warum sollten sie dann die unbescholtene Ehefrau verdächtigen? Die Tatwaffe kann Viktor ja beseitigt haben.“

„Liebe Dörte, lass uns den Plan jetzt bitte so durchführen, wie wir es besprochen haben.“

Sie hob die Hände. „Gut, gut! Die Frage ist nur, wie kommen wir hier rein?“

Wir liefen um das Haus und hielten nach einem zufällig offen gelassenen Fenster Ausschau. Wir erspähten ein gekipptes – allerdings im ersten Stock.

„Warte mal!“, sagte ich, lief zurück zum Wagen und holte das Abschleppseil. „Jetzt müssen wir noch auf den vorstehenden Sims kommen.“

Dörte schaute mich und dann ihre Handinnenflächen entgeistert an. „Mit Fassadenklettern hab ich es nicht so. Mir fehlen Spider-Mans Saugnäpfe an den entsprechenden Stellen.“

Ich lief auf die Terrasse und wies auf einen Hortensienbusch, der sich an einem Spalier an der Hauswand hochrankte, hin. „Meinst du, das Gerüst hält meinen siebzig Kilo stand? Du bist leichter.“

„Sorry, meine Höhenangst lähmt mich. Ich fang dich auf, versprochen! Zieh die Schuhe aus, dann kannst du dich wie ein Affe an den Sprossen festkrallen, oder wolltest du dich wie Tarzan am Seil hochziehen?“ Dörte lachte.

„Das Seil brauche ich zum Herunterziehen des Fenstergriffes. Wolfgang hat das mal gemacht, als wir uns aus unserem Haus selbst ausgesperrt hatten.“

Jetzt verstand sie. Ich entledigte mich der Turnschuhe, band mir das zusammengerollte Seil wie ein Bergsteiger diagonal um den Körper und hievte mich mit Dörtes Hilfe, die kräftig nachschob, in die Höhe. Ich musste unbedingt abnehmen. Als mir die Brühe aus allen Poren tropfte, nahm ich mir vor, meine Beweglichkeit und Ausdauer schnellstmöglich zu trainieren.

Als ich den Fassadenvorsprung erreichte und mich mit den Unterarmen aufstützte – jetzt musste ich mich nur noch hochziehen –, knackte es unter mir, und meine Füße hingen in der Luft. *Schiet!* Krampfhaft klammerte ich mich an den Steinen fest und ruderte mit den Beinen, um neuen Halt zu finden.

Dörte kreischte panisch. „Halt dich fest!"

Ich sah, wie sie wegrannte. „He, wo willst du hin? Du kannst mich doch jetzt nicht hängen lassen!", rief ich mit letzter Kraft und sah mich schon mit zerschmetterten Knochen eingegipst bis unters Kinn im Krankenhaus liegen.

„Halte aus!" Sie schleppte einen Tisch heran, stellte hektisch einen Stuhl darauf und kletterte hinterher, bis sie meine Füße zu fassen bekam. Sie drehte sich um, und ich stand auf ihrem gebeugten Rücken. „Los, komm runter! Ich hab doch gleich gesagt, dass das nicht funktioniert."

Entschieden schüttelte ich den Kopf. „Vergiss es, in diese Richtung kriegen mich keine zehn Pferde wieder runter."

Ich zog mich mit aller Kraft nach oben. Meine Arme zitterten vor Anstrengung, aber ich schaffte es, meinen Hintern auf den Mauervorsprung zu hieven und verschnaufte einen Moment, bis das Zittern nachließ. Dann stand ich vorsichtig auf. Bemüht, nicht nach unten zu sehen, drückte ich mich mit dem Rücken an die Wand. Schritt für Schritt näherte ich mich dem gekippten Fenster, fädelte ein Seilende durch den Schlitz und fing den Fenstergriff mit der Schlinge ein. Nun brauchte es Geschick und viel Gefühl, um die Schlinge in der richtigen Position herunterzuziehen, damit sie den Griff aufhebelte.

Geduldig ließ ich mich von den missglückten Versuchen nicht aus der Ruhe bringen. Und voilà: Plötzlich war das Fenster offen!

„Ich lass dich gleich rein!“, rief ich meiner Freundin zu, die mit offenem Mund neben dem Tisch stand und mich anstarrte. Ich fragte: „Wie fanden Sie die Kür?“

„Für mangelnde Eleganz muss ich Ihnen leider zwei Punkte abziehen“, sagte Dörte und lächelte verschmitzt.

Nachdem ich Dörte ins Haus gelassen hatte, machten wir uns schnell auf den Weg in den Keller. Wolfgang lag ganz entspannt in seinem eisigen Bett – genau so, wie wir ihn zurückgelassen hatten. Stöhnend wuchteten wir ihn in seiner Umhüllung aus blauen Müllsäcken aus der Truhe und trugen ihn über die Terrasse zum Wagen.

Da er sich so steif gefroren nicht verbiegen ließ, passte er mit seinen ein Meter neunzig natürlich nicht quer in den Kofferraum. Etwas ratlos standen wir vor unserem Transportproblem. Wir konnten ja schlecht darauf warten, dass er auftaute. Also klappten wir den Beifahrersitz nach hinten so weit herunter, bis eine längere Ladefläche entstand. Leider handelte sich bei unserem BMW um eine Limousine. Bei einem Kombi hätten wir ihn wie eine Teppichrolle über das Heck bis zum Fußraum des Beifahrersitzes durchschieben können. Zuerst öffneten wir die vorderen Türen, schoben ihn quer durch den Wagen und wieder raus, weil wir am Lenkrad nicht vorbeikamen. Wir schwitzten.

„Der handliche Zollbeamte ließe sich besser verstauen“, sagte ich und wischte mir mit dem Handrücken über die Stirn.

„Bei der Auswahl des nächsten Mannes solltest du derartige Details berücksichtigen“, meinte Dörte lakonisch und legte Wolfgangs Füße auf dem Kies neben dem Wagen ab.

Dann probierten wir es über die Hintertüren. Als wir ihn endlich in seiner vollen Länge eingepasst hatten, färbte sich der Himmel von Schwarz zu Blau.

Nachdem wir unsere Spuren im Haus verwischt hatten, konnten wir endlich los. Dörte fuhr. Ich saß eingezwängt dahinter und fühlte mich an so manche Rückfahrt von gewissen Möbelhausbesuchen erinnert. Nur dass die Pakete des schwedischen Möbelhauses nicht so kalt waren …

An einem einsamen Bergsee, der inmitten des *Parco Naturale della Maremma* lag und den wir auf einer Radwanderkarte ausfindig gemacht hatten, bogen wir von der Straße ab und hielten vor dem Abgrund.

Anstatt ihn zu verbrennen, hatte ich mich für diese Art der Seebestattung entschieden, um ihm wenigstens seinen letzten Wunsch zu erfüllen. In einem Anflug von sentimentalem Rückblick auf unsere gemeinsamen achtzehn Ehejahre und deren unrühmliches Ende, das mein Mann in gewisser Weise selbst herbeigeführt hatte, befreiten wir ihn von den Müllsäcken, drapierten drei von Elenas Haaren unter sein Hemd und legten ihm zum letzten Geleit Sigruns Margeriten in die gefalteten Hände auf seinem Bauch. Eine winzige Träne löste sich und rann mir über die Wange. Schließlich war ich kein gefühlloses Monster.

Dörte löste die Bremsen. „Schönen Gruß an die Fische in Neptuns Reich!"

Wir schoben den Wagen mit vereinten Kräften den Abhang hinunter. Es platschte gewaltig, als der Wagen auf die Wasserfläche aufschlug. Dann versank er fast lautlos wie die Titanic. Luftblasen stiegen auf und verpufften. Nachtigallenmännchen lockten mit ihrem Gesang die Weibchen in ihre Liebesfalle. Erst jetzt bemerkte ich, wie kühl und feucht die Morgenluft war. Überall lag Raureif auf den Blättern.

„Komm! Vor uns liegen acht Kilometer Fußmarsch", sagte Dörte und setzte sich den Rucksack auf.

Ich nickte stumm und folgte ihr. Obwohl mein Puls immer noch sehr schnell war, bemühte ich mich, gelassen zu wirken.

Wir waren ganz gewöhnliche Wanderer – die halt um fünf Uhr morgens beschlossen hatten, durch den Wald zu pirschen.

Gegen neun Uhr kamen wir in unserem kleinen Landhaus pünktlich zum Frühstück an. Sigrun saß nachdenklich am Tisch und wartete bereits auf uns. Ich nahm sie in den Arm und musste nun doch heulen. Sie strich mir übers Haar und reichte mir ein Taschentuch. „Alles wird gut, mein Kind", raunte sie mir ins Ohr, und ich versuchte, ihr zu glauben.

Wir aßen, ohne zu reden. Ich räumte den Tisch ab und spülte das Geschirr, während sich beide Frauen für ihre Abreise vorbereiteten. Dabei schaute ich aus dem Fenster.

Ein altes dunkelgrünes Mercedes Cabriolet mit einem gut behüteten älteren Herrn hinterm Steuer fuhr hupend in unsere Auffahrt. *Gestatten, Besenreiter. Hugo Besenreiter, Sigruns Herzschrittmacher.*

Ich winkte und sagte meiner Schwiegermutter Bescheid. Sie eilte die Treppe herunter wie ein junges Reh, und ich staunte zum wiederholten Male, welche Wunder eine frische Liebe vollbringt.

Hugo begrüßte seine Herzallerliebste mit einem leidenschaftlichen Zungenkuss. Die beiden ließen wirklich nichts anbrennen. Er hievte ihren Koffer auf den Rücksitz, half ihr galant in den Wagen, und sie brausten wie ein frisch vermähltes Ehepaar davon, das in die Flitterwochen fuhr.

Ich seufzte.

Kaum war meine Schwiegermutter aus dem Haus, bremste Dörtes Taxi vor dem Tor. Sie hetzte vollbepackt aus dem Haus, umarmte mich und drückte mir einen Kuss auf die Wange. „Öffne keinem Fremden die Tür und geh nicht vom Wege ab! Denk an den bösen Wolf!", mahnte sie. „In fünf Tagen bin ich zurück, dann lassen wir es richtig krachen. Mach's gut, meine Süße!" Sie verschwand im Fond des Autos und winkte mir zum Abschied, bis wir uns nicht mehr sahen.

27. KAPITEL

Zuerst schlief ich mich richtig aus, gammelte den restlichen Tag in meinen Lieblingsbademantel gehüllt vor dem Fernseher herum und stopfte Unmengen von Spaghetti in mich hinein, um Trauer und Einsamkeit zu bekämpfen. Schließlich machten Nudeln glücklich.

Am nächsten Morgen musste ich mich darauf vorbereiten, Jürgen anzurufen, um ihm mitzuteilen, dass Wolfgang verschwunden sei. Vor lauter Angst war ich ganz kribbelig. Ich übte meine Rede vor dem Spiegel, brach immer wieder ab, da ich mir selbst nicht glaubte, was ich sagte. Als ich es nach gefühlten hundert Anläufen immer noch nicht hinbekam, weil meine Augen mich immer verrieten, gab ich auf, setzte mich und schlug mir vor den Kopf. *Mensch, Annemie, mach dich locker, du telefonierst. Der Jürgen sieht doch deine Augen gar nicht.*

Gegen das Lampenfieber vor meinem großen Auftritt malte ich auf der lauschigen Terrasse bis spät in die Nacht und leerte dazu eine Flasche Chianti. Ich entschied mich für eine Kopie des „Hirtentraum mit nackten Frauen“ von Henri Matisse. Dieses Bild reizte mich schon lange. Außerdem hatte ich gerade dafür die richtigen Farben vorrätig. Ich spannte den Restbestand des Leinens aus Sigruns Hochzeitsaussteuer auf den Rahmen, grundierte, skizzierte und mischte die Farben. Mit jedem Pinselstrich beruhigte ich mich mehr und glitt in den Flow des kreativen Schaffens ab.

Gegen vier Uhr morgens stolperte ich weinselig ins Bett und schlief traumlos wie ein Stein.

Am Montag wachte ich gegen zehn Uhr auf. Mein Kopf tat weh, und ich dachte mit Schaudern an den Anruf. Zittrig griff ich zum Telefon, denn ich wollte es schnell hinter mich bringen.

Ob er die Karte schon bekommen hatte, die ich am Freitag

in den Briefkasten geworfen hatte? In Deutschland dauerte der Postweg einen Tag. Ich hatte ihm ja zur Sicherheit noch ein Bild vom Meer als MMS von Wolfgangs Handy geschickt, beruhigte ich mich. Es war doch alles perfekt. Dass ich allein im Ferienhaus in der Toskana saß, war nicht einmal gelogen. Gedanklich ging ich meinen Text durch: *Wolfgang wollte gestern Abend Zigaretten holen gehen und ist nicht wiedergekommen.*

Nein, das konnte ich nicht sagen. Wolfgang hatte das Rauchen vor drei Jahren aufgegeben.

Wäre es besser, wenn ich behauptete, er sei vom Angeln nicht zurückgekommen? Geht man abends angeln? Was angelte man eigentlich hier? Musste ich das wissen? Sagt ein Mann, wenn er zum Angeln geht: „Mach's gut, Schatz, ich bin dann mal ein paar Stunden Plötzen fangen / Forellen fischen / Doraden schnappen."? *Ganz schön blöd, wenn er dann mit einem Karpfen nach Hause kommt und du hast dich auf Forelle Müllerin eingestellt und die völlig falschen Beilagen zubereitet.*

Nee, das mit dem Angeln war mir eindeutig zu kompliziert. Da verhaspelte ich mich vielleicht noch, und dann?

Er konnte ja einen Rückfall bekommen und wieder mit dem Rauchen angefangen haben. Das Doppelleben, was er letzte Zeit führte, machte ihn eben nervös. Dabei fiel mir das Gespräch mit Jürgen in der Waffenkammer ein. Ja, das ist plausibel. Dem Jürgen war doch aufgefallen, dass mit Wolfgang etwas nicht stimmte. Genau!

Derart bestärkt, schnitt ich ein paar Zwiebeln in der Küche, bis mir die Tränen liefen. Um authentisch zu wirken, vertraute ich der Vorbereitung mit echten Requisiten. Ein Trick, den mir Dörte verraten hatte. Auch wenn Jürgen meine rot geweinten Augen durchs Telefon nicht sehen konnte, war es mir wichtig, dass ich das Salz meiner eigenen Tränen schmeckte.

Schnell wählte ich seine Nummer, bevor der Tränenfluss

wieder versiegte. „Jürgen“, schluchzte ich in den Hörer, bevor er überhaupt zu Wort kommen konnte, „er ist weg.“

Jürgen war erst mal verwirrt, schließlich rief ich von Wolfgangs Handy aus an. „Annemie, bist du das? Wer ist weg?“

„Wolfgang …“, jammerte ich und improvisierte einen erstickten Schrei, der in einen Weinkrampf überging.

„Annemie, beruhige dich doch. Was ist passiert?“, fragte der Mann am anderen Ende der Leitung besorgt.

Ich presste mir eine Zwiebelscheibe ins Auge. Es brannte höllisch. Das Wasser schoss wie eine Fontäne aus den Lidern. Die Nase war längst verstopft, und ich schniefte, als hätte ich den ganzen Morgen geheult.

„Annemie, nun antworte doch!“

Ich ließ ihn noch ein wenig zappeln, putzte mir lautstark die Nase, atmete geräuschvoll ein und aus und legte eine täuschend echte respiratorische Alkalose hin.

„Annemie, du hyperventilierst. Steigere dich da jetzt nicht rein! Atme in eine Tüte!“

Ich gehorchte. „Er wollte gestern Abend nur Zigaretten holen …“ Laut hörbar atmete ich in die Tüte.

„Ich muss wohl eingeschlafen sein …“ Erneutes Atmen in die Tüte, gefolgt von leichtem Schluchzen. Ich fand mich jetzt richtig gut.

„Als ich vorhin aufgewacht bin, war er nicht da. Der Koffer mit seinen Sachen und das Auto sind auch verschwunden.“ *Achtung!* Ansatz zum Finale, dachte ich. „Er hat sein Handy vergessen …“ Ein kurzes Aufheulen! „Da ist das Bild einer jungen Frau auf dem Display, und sie nennt ihn ‚Hasi‘ in einer Nachricht …“, schluchzte ich. „Jürgen, Wolfgang hat mich verlassen!“ Nun noch einen Weinkrampf mit abklingendem Wimmern vortäuschen. *Perfekt!*

„Annemie, das tut mir leid.“ Jürgen machte eine kurze Pause. „Habt ihr euch gestritten?“

„Nein“, schniefte ich.

„Du weißt ja, dass ich mir schon länger gedacht habe, dass da was nicht stimmt. Vielleicht rufst du die andere Frau an und …“

Gequältes Aufjaulen meinerseits. „Neiiiin, das kann ich nicht … das werde ich auf keinen Fall tun. Niemals!“

Jürgen reagierte wie erhofft. „Schick mir mal direkt nach unserem Telefonat die Nummer. Ich erledige das dann.“

„Oh … ich … Danke.“

„Kommst du allein klar?“, erkundigte er sich sanft.

„Ja, ja“, beeilte ich mich zu sagen.

„Wo seid ihr überhaupt?“

„Hast du die Karte noch nicht bekommen?“

„Nein, nur eine MMS am Freitag mit einem Bild vom Meer von Wolfgang.“

Ich setzte zur Zugabe an. „Da waren wir am Strand spazieren, und es schien alles in Ordnung. Ich weiß nicht, warum er …“, brach ich ab und schluchzte erneut.

Nun reichte es aber, lange würde ich das Theater nicht mehr aushalten. Mein Mund war schon ganz trocken. „Wir sind in *Castiglione della Pescaia* in der Toskana. Das ist quasi um die Ecke von Siena.“

Das schien das Stichwort für Jürgen zu sein. „Ach, tolle Gegend. Dort fahren Beate und ich auch gerne hin. Den Tipp hat Wolfgang von mir. Er schwor ja immer auf seine Eifel … Entschuldige, Annemie, das war unsensibel. Ich melde mich, wenn ich mehr weiß. Mach’s gut, und … es tut mir wirklich leid. Das hast du nicht verdient.“

Die Leitung knackte, und ich legte auf.

So, Jürgen hatte den Köder geschluckt. Ich war stolz auf mich und beschloss, meinen Mut mit einem fürstlichen Frühstück zu belohnen. Leider herrschte in der Küche gähnende Leere. Wenn ich ein Croissant haben wollte, musste ich mich nun wohl doch mal aus dem Haus wagen …

28. KAPITEL

Nachdem ich mich morgenfein gemacht hatte, schwang ich mich auf das klapprige Fahrrad, das zum Inventar des Hauses gehörte, und radelte über den holprigen Weg ins Dorf zum Bäcker.

Ganz schön hügelig, dachte ich und schob das Rad völlig außer Puste einen kleinen Berg hinauf. Also, meine körperliche Kondition entsprach der einer zweihundertjährigen Schildkröte.

Wenn das mit Wolfgangs Tod endgültig aufgeklärt war und ich in einem sicheren Gefühl meine Million genießen konnte, würde ich mich erst einmal um mich kümmern, das heißt, Körper und Kleiderschrank aufpeppen. Vielleicht lernte ich dann ja mal einen *richtigen* Mann kennen, in den ich mich verliebte. Eins wusste ich, ein Polizist kam mir nicht wieder ins Haus.

Schade eigentlich, dass ich Viktor nicht wiedersehen konnte. Der Sex mit ihm war grandios, dachte ich, schaute in den wolkenlosen Himmel und genoss für einen sentimentalen Moment die Sonne auf meiner Haut. Was für ein herrlicher Frühlingstag. Bienen summten, Vögel zwitscherten. Es duftete nach Pinien und Lavendel, und ich genoss den leichten Windhauch, der mich umwehte. Plötzlich verdunkelte sich der Himmel.

Zog da etwa ein Gewitter auf? Auf dem Gipfel stieg ich zurück in die Pedale und sauste den Berg hinunter. Wenn ich trocken nach Hause kommen wollte, musste ich mich beeilen. Der erste Blitz zuckte bereits in der Ferne.

Vor dem Bäcker bremste ich scharf und stellte das Rad vor der Hauswand ab. Als ich mich umdrehte, sah ich im Augenwinkel, wie eine junge Frau mit dunklen langen Haaren weiter unten im Dorf über die Straße huschte und in einer Gasse verschwand.

Das war doch Elena? Oder hatte ich mich verguckt? Ich schwang mich wieder aufs Rad, raste die Dorfstraße entlang und bog scharf nach links ab. Ein Blitz erhellte den Himmel, Donner krachte, Bremsen quietschten, es schepperte – und ich fand mich zwischen heruntergefallenen Kisten mit Tomaten auf allen vieren im Straßenstaub wieder.

Meine aufgeschürften Hände bluteten. „Autschhhh ...“ Ich wischte mir mit dem Handrücken den Dreck aus dem Gesicht.

Der Fahrer des weißen Lieferwagens, der mich erwischt hatte, stieg fluchend aus. Eine Autotür knallte. Er trat hinter mich, schnappte mich am Arm und zog mich hoch. „*Ma lei è in mezzo alla strada! Si guarda, prima di cambiare direzione!*“

Ich verstand kein Wort und drehte mich zu ihm, um mich zu beschweren. Irgendwie war mir schwindelig. Ich taumelte. Er griff fester zu und protestierte, als ich meinen Arm wegzog.

„Lassen Sie mich los!“, schüttelte ich ihn ab, hievte mich auf das Rad, um die Verfolgung wieder aufzunehmen.

Regen setzte ein. Das Vorderrad eierte. Ich schmiss den Drahtesel von mir. Verdammt! Elena war im Nirgendwo verschwunden und mit ihr die frisch aufgekeimte Hoffnung, mein Geld zurückzubekommen. Vor Wut trat ich in eine herumliegende Tomatenkiste, dass es nur so spritzte. Ich wandte mich an den entgeistert dreinblickenden Mann. „Was glotzen Sie so? Anscheinend haben Sie nicht nur Tomaten auf dem Hänger, sondern auch auf den Augen!“, schimpfte ich.

„Ah, die rasende *signora* kommt aus Deutschland.“ Er musterte mich eingehend. „Diese Tomaten sollten eigentlich auf dem Markt verkauft werden“, sagte er dann barsch und zeigte auf die zerquetschte rote Masse unter meinen Schuhen.

„Wenn Sie das Zeug von der Straße kratzen, können Sie immer noch Ketchup daraus machen.“

Wir standen im strömenden Regen und keiften uns an.

„Wer bezahlt mir jetzt den Schaden? *Assicurazione* … sind Sie wenigstens versichert?"

„Und wer bezahlt meinen Schaden?" Ich zeigte auf das Rad, meine Knie und in die Richtung, wo Elena verschwunden war. Dann verschränkte ich die Arme vor der Brust. „Der ist garantiert höher als dieses bisschen matschige Gemüse", konterte ich zickig. „Außerdem sind Sie schuld! Immerhin haben Sie mich über den Haufen gefahren."

„*Protesto* … Das sehe ich aber anders. Sie haben nicht angezeigt, dass Sie abbiegen wollen. Woher sollte ich wissen …"

„Als vorausschauender Fahrer muss man jederzeit rechtzeitig anhalten können." Der Rest meiner Rede ging im niederprasselnden Platzregen unter. Er ließ mich stehen und sammelte eilig seine Kisten ein. Wortlos warf er das Fahrrad auf seine Ladefläche, drehte sich zu mir um und rief: „Kommen Sie, oder wollen Sie weggespült werden?" Ich folgte ihm patschnass ins Auto, schüttelte mich wie ein Pudel. Er reichte mir seine Hand und einen schmutzigen Lappen, den er mir wohl großzügig als Handtuch anbot.

Pah!

„Rocco Caprese", stellte er sich vor.

„Annemie Pfeffer."

„Sie machen Urlaub, Frau Pfeffer?"

„Kann man so sagen."

„*Solo* … Allein?" Er schaute mir auf die Hand, an der mein Ehering einen weißen Streifen auf der Haut hinterlassen hatte.

„Nein."

„Ihr Fahrrad bringe ich in Ordnung. Wo darf ich Sie absetzen?"

Ich nannte die Adresse des Ferienhauses.

„Eigentlich wollte ich nur Brötchen holen, da sah ich eine Bekannte, der ich unbedingt Hallo sagen wollte. Tut mir leid mit Ihren Tomaten. Was bin ich Ihnen schuldig?“ Mit diesen Worten zückte ich mein Portemonnaie.

„*Lasci che ci pensi io!* Ist schon gut.“ Er wendete und hielt fünfzig Meter weiter beim Bäcker an, sprang hinaus und kam mit einer Tüte voller Brötchen zurück. „Reicht das?“

„Ja, aber …“

„Nehmen Sie es als Wiedergutmachung für den Schock und die Schmerzen.“ Er lächelte mich an.

Ich wusste gar nicht, was ich sagen sollte. Vielleicht war der Verkehrsrowdy ja doch ganz nett … „Danke.“

Schweigend fuhr er mich zum Ferienhaus. Sein wuscheliges dunkelbraunes Haar tropfte. Er sah mit dem Dreitagebart auf braun gebrannter Haut ein bisschen verwegen aus. Das nasse verwaschene T-Shirt klebte ihm am durchtrainierten Körper.

Wie alt mochte er sein, vierzig oder fünfundvierzig? Die kräftigen Hände auf dem Lenkrad verrieten, dass er zupacken konnte.

„Sie sind Tomatenbauer?“

„Nein, ich helfe meiner Schwester … *Arrivato* … So, wir sind da.“ Seine braunen Augen musterten mich abschätzend von der Seite. Ein verlegenes Lächeln huschte ihm über die Lippen. „Das reparierte Fahrrad bringe ich Ihnen morgen Abend zurück.“

Ich sprang aus dem Wagen.

„Sollten Sie unterwegs sein, stelle ich es in die Auffahrt. *Arrivederci!*“, rief er und warf mir die Tüte mit den Brötchen zu. Meinen Hunger auf frische Croissants hatte ich bei seinem Anblick gerade irgendwie vergessen. Ich fing sie knapp auf.

„*Buon Appetito!*“ Er drehte das Radio auf. Eros Ramazzotti sang *Più Bella Cosa*. Hupend fuhr er davon.

Wie angewurzelt blieb ich stehen und schüttelte über mich selbst den Kopf. War ich gerade dabei, mich in einen wildfremden Italiener zu verknallen? Da hatte ich als frischgebackene

Witwe gerade erst meinen Mann unter die Erde gebracht, vor einer Woche mit meiner großen Jugendliebe eine Affäre begonnen und dabei den ersten Orgasmus meines Lebens gehabt … und jetzt bekam ich Gänsehaut bei dem erstbesten Italiener, nur weil er ein paar Muckis unterm T-Shirt und einen knackigen Hintern in der Hose trug? Achtzehn Jahre lang hatte mich Sex in etwa so interessiert wie die neuesten Wasserstandsmeldungen der Elbe. Kam ich etwa in die Wechseljahre?

Mein Hormonspiegel normalisierte sich. Ich steckte den Schlüssel ins Schloss und wunderte mich, dass die Tür nicht abgesperrt war. Dabei hätte ich schwören können, dass …

Ich verspürte einen dumpfen Schlag auf den Kopf und verlor das Bewusstsein.

29. KAPITEL

Als ich wieder zu mir kam, saß ich an Händen und Füßen gefesselt auf einem Stuhl, das Wohnzimmer ringsum völlig verwüstet. Viktor und ein bulliger Glatzkopf mit billigen bunten Tattoos, die ihm an Hals und Armen aus dem T-Shirt krochen, schauten aus eiskalten Augen auf mich herab.

Wann hatte sich mein Prinz eigentlich in einen Frosch verwandelt? Konnte ich die rosa Brille nicht noch einmal aufsetzen? Ich kniff die Augen zusammen, öffnete sie dann wieder … Aber der Zauber war verflogen, und das wahre Gesicht meiner Jugendliebe zeigte sich in seiner gesamten Hässlichkeit. Ähnlich, wie wenn am Morgen danach die Wirkung des Alkohols nachlässt.

Hatte Viktor eigentlich schon immer so eine Hühnerbrust gehabt?

Der dünnbeinige Hüpfer quakte dem schwabbeligen Glatzkopf die fiese Anweisung ins Ohr, mich ein bisschen zu quälen. Auf solche Spielchen stand ich überhaupt nicht. Im Gegensatz zu ihm. Sein Mund verzog sich zu einem süffisanten Grinsen, als die fette Litfaßsäule sich mit einer Rosenschere meinen Fingernägeln näherte.

Der bluffte, oder? *Scheiße, nein!* Ich blutete! Blitzschnell zog ich die Finger weg. „Ey, das tut weh! Hab ich etwa eine Maniküre verlangt?“

„Wwwir sind hier nicht bei wwwünsch dir was! Ddddu hast mich gelinkt!“

Stotterte Viktor etwa? Das war mir noch nie aufgefallen. Wahrscheinlich nur, wenn er sich aufregte.

Ich legte die unschuldigste Miene hin, die ich draufhatte. Tränen traten mir in die Augen.

Bei Wolfgang hatte das Wunder gewirkt – zumindest manchmal. Diese beiden Gangster schien es völlig kaltzulassen.

„In unserem Geschäft gibt es Regeln. Wwwer die missachtet, ist tot. Ich habe dddir vertraut, und dddu jubelst mir eine Fälschung unter." Er knallte mir meinen Picasso vor die Füße. „Für derart gerissen und gggierig hätte ich dddich und deinen Wolfgang gar nicht gehalten. Gggehörte die Nummer am Strand auch zu eurem Plan?"

Mein Kopf wurde so rot wie die zermatschten Tomaten auf der Straße vorhin.

„Was habt ihr vvvor, habt ihr geglaubt, ihr könnt mich aaaustricksen und doppelt abkassieren?" Er fuhr sich wütend durchs Haar. Seine Augen verengten sich zu Schlitzen. Er kam nah an mein Gesicht heran und zischte gefährlich:

„Mein Kkkunde ist verdammt sauer!"

Ich hielt die Luft an und verzog das Gesicht. „Du riechst nach Knoblauch."

Er räusperte sich und nahm Abstand. Ein bisschen von dem alten Viktor schien doch noch in ihm zu stecken. „Mein Kkunde verlangt sein Gggeld zurück plus zwanzig Prozent Zinsen für jeden Ttttag, seit letztem Donnerstag. Das sind bei zwei Millionen …" Er stockte und rechnete.

„Vierhunderttausend! Das ist Wucher!", unterbrach ich ihn empört.

„Genau, vierhunderttausend pro Tag! Du schschschuldest mir also bis heute …" Er rechnete wieder und benutzte seine Finger.

Ich unterbrach ihn abermals. „… vier Millionen!"

„Und dabei habe ich keinen Cent verdient", rechtfertigte er seine Forderung.

„Wie selbstlos."

„Nur, weil du es bist."

„Spinnst du, wo soll ich das hernehmen?"

„Annemie, meine Kunden spielen nicht mit Mmmurmeln. Wwwenn ich ihn nicht beliefere und er seine Kohle zuzüglich

Zinsen nicht zurückbekommt, schickt er uns alle mit Betonstiefeln schwimmen. Wo ist der echte Pppicasso? Versucht dein Göttergatte, ihn gerade auf eigene Faust zu verkaufen?"

Ich schwieg.

„Glaubst du im Ernst, ich lasse mir von euch Aaamateuren in die Suppe spucken? Also, wo ist das Bbbild?"

Viktor ging eindeutig der Arsch auf Grundeis. Der bekam ja keinen Satz mehr zusammenhängend heraus.

„Dein Kkkunde irrt sich." Oh Gott, färbte das Stottern etwa ab? Ich riss mich zusammen und sagte laut und deutlich: „Der Picasso, den ich dir gegeben habe, ist echt." Dabei setzte ich das Pokerface auf, das ich mit Dörte im Hotel geübt hatte.

„Lllüg mich nicht an! Dddu magst vielleicht eine brillante Fälscherin sein ..." Er wedelte mir mit meiner fast fertigen Matisse-Kopie von gestern vor der Nase herum. „Um aber in diesem Geschäft mitzumischen, mmmusst du deine Hausaufgaben gründlicher machen."

Ich zog fragend die Stirn kraus. „Wie kommt dein Kunde darauf, dass es sich um eine Fälschung handeln soll? Du als Kunstexperte hast es ja anscheinend auch nicht erkannt."

„Aaan einem fehlenden winzigen Brandfleck auf der Rückseite des Bildes hinter der linken Pppupille und dem leichten Geruch nach Whisky und Magensäure."

Meine Augen wurden immer größer. „Wie jetzt?"

„Mmmein Kunde war früher mit dem rechtmäßigen Besitzer des Bildes, Julius van der Lohe, befreundet. Sie feierten in jungen Jahren genauso ausgelassene Pppartys wie Picasso, seine Musen und Künstlerfreunde in der Villa der Hermine Bein. Dabei bbbrüstete sich van der Lohe einmal in ziemlich betrunkenem Zustand mit seinem Erbe – Picassos Ppporträt seiner verstorbenen Tante –, weil ihm niemand ggglaubte, dass er einen echten Picasso besitzt, und zeigte das Bild herum. Meinem Kkkunden fiel ungeschickterweise die Asche seiner

Zzzigarette darauf. Van der Lohe riss ihm dddas Bild aus der Hand. In diesem Moment kkkotzte seine Sitznachbarin auf die wwwertvolle Leinwand.“

„Ein Umstand, der natürlich in keiner Expertise steht. Scheiße!“ Das konnte ich natürlich nicht wissen. Vielleicht hätte ich einfach mal am Original riechen sollen. Und wer schaut sich schon die Rückseite der Bilder genau an?

„Also, wenn dir unser aller Llleben lieb ist, dann stoppe die Aktion, pfpfpfeif deinen Göttergatten zurück und gebt euch mit dddem zufrieden, was ihr bekommen habt. Wwwo ist er mit dem Bild?“

„Ich habe keine Ahnung.“

„Annemie, mein lieber Freund Eduard …“, Viktor zeigte auf den Glatzkopf, „kkkennt einige unschöne Mmmethoden, die dich zum Reden bringen. Dddabei hasse ich Gewalt, aber wenn dddu mich zwingst …“

„Vergiss Wolfgang! Er hat damit nichts zu tun. Er hat mich verlassen und ist spurlos verschwunden. Und atme bitte mal tief durch. Man versteht ja kein Wort von dem, was du erzählst“, befahl ich und gab ihm meinen beim Yoga gelernten Atemrhythmus vor. „Hhhaaa“, machten wir. Viktor entspannte sich etwas.

„Wwwieso?“

„Langsam“, sagte ich beruhigend.

„Wieso … führt … uns … dann … sein … Handy … in … dieses … Haus?“

Jetzt wurde mir einiges klar. Ich wunderte mich schon, wie er mich gefunden hatte. Er ließ Wolfgangs Handy orten.

Draußen hupte ein Wagen. Ich horchte auf. Meine Brötchenbekanntschaft schien mein Fahrrad zu bringen. Das ging aber schnell.

Mein Fluchtinstinkt erahnte eine Möglichkeit, mich aus der prekären Situation zu befreien. Ich wies mit einer Kopfbewegung zum Fenster. „Der Fahrradmonteur.“

„Schschscheiß drauf! Wwwo ist das Bbbild?"

Ich mahnte: „Langsam, Viktor!"

„Wo ... ist ... das Bild?

„Du wiederholst dich. Wenn ich nicht an die Tür gehe und mich bedanke, wundert er sich. Er weiß, dass ich zu Hause bin, und wird nachsehen, ob etwas passiert ist. Willst du, dass er die Polizei ruft, wenn er uns so sieht?"

Eduard, der Muskelmann, machte mich auf Viktors Geheiß los. „Keine Angst, ich werd schon nicht ausreißen", sagte ich zu Viktor, der sich nervös auf das Sofa setzte. Innerlich überlegte ich krampfhaft, wie ich der Falle entkam. Es klingelte. Ich ging zur Tür. „Moment", rief ich und spürte die Waffe in meinem Fleisch, die der Dicke mir in die Seite drückte, während er sich hinter der Tür positionierte.

Ich rückte die zerzauste Frisur zurecht, setzte ein dünnes Lächeln auf und öffnete die Tür einen Spaltbreit. „Sie scheinen ja goldene Hände zu haben, so schnell, wie Sie mein Fahrrad ..." Dabei rollte ich unnatürlich mit den Augen, formte ein tonloses SOS mit den Lippen. Sah der denn nicht, dass ich schwitzte?

Der gut aussehende Italiener musterte mich misstrauisch, verzog aber keine Miene und atmete schwer. „Frau Pfeffer, darf ich vielleicht reinkommen?"

„Oh, das ist gerade ganz schlecht. Ich hab noch nicht aufgeräumt, hier sieht es aus wie nach einem Überfall", betonte ich das letzte Wort ausdrücklich.

Er hielt den Kopf schief, blinzelte und atmete hörbar aus, als bedrücke ihn etwas. Besonders aufmerksam war der ja nun nicht gerade. Ich sag doch: wie heute Morgen, Tomaten auf Augen und Ohren und mir dann die Schuld in die Schuhe schieben. „Außerdem sitzt schon unangemeldeter Besuch ..." Mein Gott, noch deutlicher konnte ich ja kaum werden, ohne dass der Fettsack mit der langen Leitung neben mir den Braten roch. „Danke, dass Sie mein Fahrrad so schnell … Was bekommen Sie?"

Gut, als Prinzessinnen rettender Drachentöter fiel der Typ glatt durch. Ich zückte mein Portemonnaie.

„Ich bin nicht wegen des Fahrrades da. Meine Kollegen in der Provinz *Grossetto* bargen heute Vormittag einen schwarzen BMW mit dem Kennzeichen DZ WP 098, zugelassen auf einen Wolfgang Pfeffer, mit einer männlichen Leiche im Innenraum, aus dem See bei …"

Sagte der gerade „meine Kollegen"? Hinter dieser schönen Fassade schlug das Herz eines Bullen, eines Carabinieri? *Ach nö!* Schlagartig war ich ernüchtert und vergaß, dass mir Fettsack bei der kleinsten falschen Bewegung eine Bleikugel durch die Rippen blasen würde.

Wieso schwamm Wolfgang heute schon wie ein verräterisches Fettauge auf der Wasseroberfläche? Ich hatte frühestens in drei Tagen mit seinem Fund gerechnet. Meine Strategie, wie ich dann als trauernde Witwe reagiere, musste ich doch erst einstudieren. Also, die sollten ihre Angaben in diesem kriminalistischen Ratgeber mal in der Praxis auf Richtigkeit überprüfen. Da verlässt man sich mal auf Fachmänner, und dann bleibt einem wieder einmal nichts anderes übrig, als zu improvisieren.

Schütteln Sie mal ohne gelernten Text eine trauernde Witwe authentisch aus dem Handgelenk, und das mit einer geladenen Pistole zwischen den Rippen!

Doch bevor ich meine Kreativität bemühen musste, sagte der viel zu schöne Vertreter der italienischen Staatsgewalt: „Jürgen Schwalbe informierte mich, dass Sie Ihren Mann seit heute Morgen vermissen?"

„Ja, seit gestern Abend. Sie kennen Jürgen?"

„Er verbringt oft den Urlaub mit seiner Familie im Ferienhaus meiner Schwester."

Ich nickte. Na toll! Italien war so groß. Wieso musste ich meinen toten Mann ausgerechnet an dem Ort versenken, wo sein Polizeikollege bei einem hiesigen Staatsdiener Urlaub machte?

„Wir vermuten, dass es sich bei dem Toten um Ihren Ehemann handelt. Ich wollte Sie bitten mitzukommen, um ihn zu identifizieren. Trauen Sie sich das zu?“

Er schaute mich mitleidig an.

Ich zögerte mit der Antwort und schluckte – nicht wegen der Aussicht, den toten Wolfgang wiederzusehen, sondern weil sich die Pistolenmündung tiefer in mein Fleisch bohrte.

„Moment, ich bin gleich da!“ Ich stieß ihm die Tür vor der Nase zu, schaute Fettsack missbilligend an und hob ratlos die Hände. Viktor stürmte aus dem Wohnzimmer in den Flur und flüsterte nervös: „Ddder Typ ist ein Bulle? Was hat das zu bbbedeuten? Die haben Wolfgangs Wwwagen gespickt und mit einer mmmännlichen Leiche aus dem See gezogen?“

„Glaubst du mir nun, dass mein Mann verschwunden ist? Wartet hier, ich muss mitfahren und die Leiche identifizieren“, sagte ich und hatte plötzlich eine Idee, wie ich eventuell aus der Nummer herauskam und zwei Fliegen mit einer Klappe schlug.

Fettsack hielt mich am Arm fest.

„Autsch! Geht man so mit einer Dame um? Ich komme ja wieder! Oder sehe ich aus, als würde ich der Polizei erklären wollen, woher das viele Geld stammt?“, rief ich gespielt empört.

„Annemie, einen Fffehler, und ich mmmache dich platt! Ich hab genügend Kontakte. Ich fffinde dich, ist das kkklar?“

„Jaja, schon *kkkkklar*, Viktor. Und jetzt lass mich durch.“

30. KAPITEL

Als ich die Tür öffnete, saß der Sheriff bereits in seinem Gemüsetransporter. Ich stieg schweigend zu ihm auf den Beifahrersitz, in der Annahme, dass eine belanglose Konversation zu diesem Zeitpunkt unpassend war.

„Wie lange sind Sie und Ihr Mann verheiratet?"

„Achtzehn Jahre."

„*Bambini?*"

„Hää?

„Kinder?"

Ich schüttelte verneinend den Kopf.

„*Difficoltà?* Wie sagt man? Schwierigkeiten?"

Ich schaute ihn fragend von der Seite an.

„*Felici?* Waren Sie glücklich?"

Ich zuckte nachdenklich mit den Schultern. „Was ist Glück?"

„Hatten Sie Streit?"

Erneutes Schulterzucken.

„Jürgen erzählte mir, dass Sie ihm sagten, Ihr Mann wollte gestern Abend nur Zigaretten holen und sei nicht zurückgekommen. Sie haben nicht bemerkt, dass er seinen Koffer und seine Papiere mitnahm?"

Ich schluckte.

„Wussten Sie zu dem Zeitpunkt schon, dass er eine *amante* … ähmm … Geliebte hatte?"

„Nein, ich … Erst, als ich in seinem Handy … dass er …" Ich bekam keinen zusammenhängenden Satz mehr raus.

„Ich dachte immer, Frauen spüren, wenn sich ihre Männer verändern."

Was sollte diese Fragerei? Unbehaglich rutschte ich auf dem Sitz hin und her. „Wieso hat er mich dann mit diesem Urlaub am

Meer überrascht, wenn er mich eigentlich loswerden wollte?"
Jetzt hatte ich endlich wieder in meine Rolle gefunden. Meine Augen füllten sich mit Tränen.

„Entschuldigung! Ich wollte Ihnen nicht zu nahe treten." Er reichte mir wieder den alten benzingetränkten Lappen, mit dem ich mich am Morgen bereits abgetrocknet hatte.

„Die Frau, der Sie heute Morgen folgten, war keine Bekannte, sondern … *amante* …" Er suchte wieder nach dem deutschen Wort: „Geliebte Ihres Mannes? Elena Kaminsky?"

Woher wusste er das?

„So lautet der Name der Handybesitzerin, deren Nummer Sie Jürgen mitteilten. Ist Sie die Geliebte Ihres Mannes?" Er warf mir einen kurzen Seitenblick zu.

Mann, hatte der schöne Augen …

Annemie, konzentrier dich!

„Die Kollegen aus Deutschland haben ihren derzeitigen Standort ermittelt. Sie befindet sich hier in *Castiglione della Pescaia*."

Also hatte ich mich nicht verguckt. Dieses verdammte kleine Luder machte von *meinem* Geld Ferien am Meer. Ich schloss die Augen und hielt die Luft an.

„Ihr Mann hat Sie auch nicht mit einem Urlaub am Meer überrascht", zog er ein weiteres Ass aus dem Ärmel. „Ich habe mich erkundigt. Sie haben das Haus selbst seit Donnerstag gemietet und bezahlt."

Ich schluckte und starrte regungslos in die Landschaft, wo unendliche Lavendelfelder an uns vorbeiflogen.

„Sie sind ihm gefolgt, weil er Sie nicht gestern Abend, sondern schon vor einer …", er verbesserte sich, „anderthalb Wochen verließ und mit seiner Geliebten in den Urlaub fuhr, den Sie sich immer gewünscht hatten." Er beäugte mich wieder von der Seite.

Woher wusste der das alles bloß?

Mir wurde übel, und ich hielt mir die Hand vor den Mund, um ihm nicht ins Auto zu kotzen. Er stoppte am Straßenrand.

Ich öffnete die Autotür und übergab mich in den Straßengraben.

Unsere Blicke trafen sich. Ich fühlte mich durchschaut und brachte keinen Ton heraus.

Zum dritten Mal reichte er mir den stinkenden Lappen. Egal. Ich wischte mir den Mund ab.

Er zögerte und sprach dann aber weiter: „Ich kann verstehen, wie verletzt Sie sich fühlen. Warum haben Sie Jürgen belogen, Ihren Mann gedeckt und krankgemeldet, anstatt dazu zu stehen, dass Ihre Ehe nicht mehr funktionierte und er Sie wegen einer anderen verlassen hat?"

„Weil ... weil ich mich geschämt habe." Ich schlug die Augen nieder.

Er bremste vor einem schmucklosen grauen Gebäude in *Grosseto*, dessen rissige Fassade abbröckelte und das Mauerwerk darunter freigab.

„*Venite!*"

„Wie bitte?"

„Kommen Sie, Frau Pfeffer, hier ist die Gerichtsmedizin!"

Wir stiegen aus und liefen die Stufen zum Portal mit dem Schild „Istituto Medico Legale" nach oben.

In einem sterilen gekühlten Raum, der trotzdem nach süßlicher Fäulnis roch, begrüßte uns eine Frau in grüner OP-Kleidung mit langen schwarzen Haaren, die sie zum strengen Zopf gebunden trug. Sie zog eine der Edelstahlschubladen auf, die wie die Schließfächer in der Bank eine ganze Wand bedeckten. Nur hier lagerten keine geheimen Schätze ...

Die Gerichtsmedizinerin schlug das Tuch, das sich über dem Körper auf der Bahre wölbte, zurück, und ich blickte in Wolfgangs tote Augen. Er hatte sich seit der letzten Begegnung bis auf die wulstige Naht am Hals kaum verändert. Obwohl? Seine Haut schimmerte jetzt bläulicher. Das musste an der Konservierung durch das Wasser des Sees liegen.

Und wieder war ich froh, dass ich so viele Krimis im Fernsehen guckte. Ich wusste genau, wie ich mich nun verhalten musste. Mit einem kurzen Nicken bestätigte ich die Identität meines Mannes und wandte mich, hoffentlich erschüttert genug, von ihm ab, hielt mir die Hand vor den Mund und täuschte einen drohenden Ohnmachtsanfall vor.

Mein durchgefallener Drachentöter fing mich auf und brachte mich aus der Höhle des Bösen.

Dabei erhaschte ich eine Prise seines Duftes. Der Mann sah nicht nur gut aus, sondern roch auch verdammt lecker. Schade, dass er ein Bulle war – ein zu hoher Risikofaktor.

Über meine Schulter hinweg sprach er Italienisch mit der Frau in Grün. Leider verstand ich kein Wort.

Rocco Caprese übersetzte es mir. „Er ist aus nächster Nähe erschossen worden; ein glatter Herzdurchschuss und das schon vor mehr als einer Woche. Im Wasser lag er höchstens zwei Tage. Das sieht mir nach einer Beziehungstat aus."

Jetzt wurden mir die Knie aber echt weich. Ich taumelte und klappte zusammen.

Als ich die Lider wieder hochklappte, blickte ich in zwei besorgte braune Augen. Der Bulle in der Tomatenbauerntarnjacke flößte mir Wasser zwischen die Zähne. „*Tutto bene?*"

„*Si, Signore!*" Ich pustete mir die störenden Locken aus dem Gesicht.

Er lächelte verlegen und fragte: „Kümmert sich jemand um Sie, wenn ich Sie jetzt nach Hause bringe?"

Ich wollte nicht nach Hause, denn da saßen Viktor und der dicke Eduard mit den Scherenhänden auf meinem Sofa und warteten nur darauf, mich wieder quälen zu können.

„Sie erwähnten vorhin Besuch?“

Blitzmerker! „Ja, mein Bruder und sein bluthungriger Freund …“, lächelte ich gequält.

„Blutung …?“

Ich winkte ab. „Vergessen Sie's … Denken Sie, diese Elena Kaminsky hat meinen Mann auf dem Gewissen?“

„Möglich wäre es.“

„Vielleicht gab es Streit im Paradies, weil sie ihm keine ordentliche Bolognese kochen konnte?“ Ratlos hob ich die Hände. Der Grundsatz für Erfolg lautet: Nutze deine Chance! Dafür musste man sie aber erst einmal erkennen. Das hier war genau der richtige Moment, um die Exekutive auf die Spur der vermeintlichen Mörderin zu lenken, dachte ich dann und legte weitere Köder aus. „Mein Mann reagiert sehr empfindlich, vor allem, wenn ihm das Essen nicht wie bei Mutti schmeckt.“ Ich kicherte etwas hysterisch. „Oder er fuchtelte mit seiner Waffe vor ihr herum, markierte den Größten, und ein Schuss löste sich.“

Nachdenklich widerlegte ich mich selbst. „Quatsch, dann wäre ja sie tot und nicht er.“

„Vielleicht gab es einen Nebenbuhler. Ich meine, sie so blutjung und super Figur? Er dagegen alt und mit Krampfadern an den Waden und eingezogenem Hängebauch. Ich meine, es gibt so Positionen, wo man die Luft schwer anhalten kann, wenn Sie verstehen ….“

Er beäugte mich mit hochgezogenen Augenbrauen.

„Ich kann mir nicht vorstellen, was ein dreiundzwanzigjähriges Mädchen an einem solchen Tattergreis findet. Der Wolfgang könnte glatt ihr Großvater sein. Also … na ja, wenn er mit zehn Jahren schon angefangen hätte“, rechnete ich nach. „Das gibt es ja, so frühreife Jungs …“

Der Commissario guckte mich mit einem seltsam sanften Blick an. Er schien mir gar nicht richtig zuzuhören. Und dann presste er plötzlich seine Lippen auf meine.

Gehörte das in Italien etwa zum polizeilich angeordneten Wiederbelebungsprogramm für trauernde Witwen?

Wenn ja, dann würde ich gerne öfter ohnmächtig werden.

Mhmhmmm ... mehr, dachte ich, schubste die Gouvernante in meinem Kopf zur Seite und zeigte dem Südländer, welch verborgenes Temperament in diesem sächsischen Mädel schlummert.

Die Gouvernante rappelte sich hoch und haute mit der Faust auf den Tisch. Ich löste mich aus dem Saugnapf und wies den Verführer mit einem Stupser gegen die starke Männerbrust in seine Schranken. Hochrot – ich konnte die Farbe in meinem Gesicht spüren – richtete ich mir die verrutschte Frisur und schaffte es leider nicht, mich zu empören, wie es sich für eine anständige Frau nach einem solchen Übergriff geziemt hätte.

„*Portarmi a casa!*“, stotterte ich – und es klang wie in „Gitarren der Liebe“, einem dieser schmalztriefenden Schlagerfilmchen aus den Fünfzigerjahren, wenn sich die junge Sängerin von ihrem flotten Italiener bei Sonnenuntergang küssen lässt. *Ups!* Ich hatte Italienisch gesprochen? Und anscheinend die Vokabeln richtig gebraucht, denn der Commissario schien mich zu verstehen. Wortlos führte er mich zu seinem Wagen.

Wo kamen eigentlich die verschütteten Brocken Italienisch her? Da war der Volkshochschulkurs vor gefühlten hundert Jahren doch nicht so ganz umsonst gewesen. Erstaunlich, was Schocksituationen manchmal bewirken.

Im Auto griff ich den Elena-Faden wieder auf, denn ich wollte noch herausbekommen, wo sich meine Nebenbuhlerin in *Castiglione della Pescaia* aufhielt. Schließlich konnte ich mich nicht jeden Morgen vor dem Bäcker im Gebüsch auf die Lauer legen. Da zerkratzte ich mir ja den Pelz. „Also, diese Geliebte ...“

Doch wieder kam er mir zuvor. Die grauen Zellen meines Drachentöters – der seit dem Kuss die Chance auf eine Wiederholungsprüfung bekommen hatte, um doch noch zum Ritter geschlagen zu werden – funktionierten einfach zu schnell. „Woher wissen Sie eigentlich, wie alt Elena Kaminsky ist? Dafür, dass Sie die Geliebte Ihres Mannes nicht kennen, sind Sie ganz schön gut informiert.“ Er zog die Augenbrauen hoch.

Jetzt wurde es brenzlig, ich brauchte eine gute Ausrede. „Es ... es ist eine Ahnung. Kennen wir doch. Männer in den besten Jahren suchen sich Frauen, die als ihre Töchter durchgehen, nur um sich selber jünger zu fühlen.“

„Ist das nicht nur ein Klischee?“, fragte Rocco.

„Kein Klischee. Bittere Realität, oder greifen Sie in eine Schale Obst nach einem alten schrumpeligen Apfel, um hineinzubeißen, wenn daneben ein knackiger rotbäckiger liegt?“

Empört erwiderte er: „Sie sind kein schrumpeliger alter Apfel.“

Nee? Dann haben Sie noch nicht meine Oberschenkel gesehen. Das sagte ich allerdings nicht laut.

Ich atmete tief durch und hob ergeben die Hände. „*Si, Signore!* Ich ergebe mich. Ich bin heute Morgen keiner Bekannten, sondern dieser Frau Kaminsky gefolgt und wollte sie zur Rede stellen. Wenn sie schon mit meinem Mann nachts um die Häuser zog, für ihre turnerischen Leistungen von ihm Geschenke bekam und mit ihm in die Ferien fuhr, ohne dass er seine Mutter mitschleppte, sollte sie gefälligst auch seine schmutzigen Unterhosen waschen. Ich beschloss, mich endgültig zu trennen, denn ich tauge nicht als Zweitfrau.“

Ich atmete hörbar aus. „Leider gab es vor dieser längst fälligen Ansage zufällig einen Zusammenstoß mit einem Gemüselaster, sodass mir die *amante* entwischte und ihrer Moralpredigt entging. Kennen Sie vielleicht ihre Adresse?“, fragte ich kleinlaut.

„Nein, zu dem Zeitpunkt, als Jürgen Sie anrief, befand sie sich beim Bäcker. Wir fanden die zerstörte SIM-Karte später im Mülleimer vor dem Laden. Demnach können wir sie auch nicht befragen."

Glück gehabt! Dann gab es also doch noch eine Chance, mein Geld und den echten Picasso zu retten.

Der schöne Carabinieri bremste vor meinem Feriendomizil. Ich dachte an meinen unliebsamen Besuch und wollte eigentlich nicht aussteigen. Vielleicht waren der König und sein Henker ja bereits gegangen, weil ihnen alleine spielen zu blöd war?

Annemie, du musst jetzt stark sein, befahl ich mir. Die falsche Spur zu Elena war jetzt so deutlich wie die Brotkrumen im Mondschein, die Hänsel ausgelegt hatte, um den Weg zurück aus dem Wald zu finden. Hauptsache war, es kamen bei mir keine Vögel, die alles aufpickten. Viktor und Fettsack würde ich versuchen für ein paar Tage zu vertrösten ... Die Idee mit den zwei Fliegen und einer Klappe – nämlich Viktor als Tatverdächtigen in den Mittelpunkt der Aufmerksamkeit der Polizei zu rücken, um ihn dadurch loszuwerden – hatte sich irgendwie nicht ergeben. Jetzt hieß es eben, an zwei Fronten zu kämpfen! Ich straffte mich. „Na, dann ...!"

Rocco richtete seine Teddybäraugen auf mich. „Sehen wir uns wieder?"

„Sie haben doch sicher im Moment viel Arbeit, oder ermitteln Ihre Kollegen?"

„Der Fall liegt auf meinem Tisch."

Ich setzte mein traurigstes Witwen-Gesicht auf. „Im Zuge der tragischen Umstände werde ich wohl in den nächsten Tagen abreisen."

„Das geht leider nicht", warf Rocco ein.

„Wieso? Haben Sie denn noch weitere Fragen in Bezug auf

den Tod meines Mannes?“ *Oder würden Sie mich gerne noch mal küssen?* Die zweite Variante käme mir ganz gelegen …

„Das kann ich jetzt noch nicht sagen. Sie können den Leichnam erst dann überführen, wenn die Ermittlungen abgeschlossen sind.“

Was heißt hier *Leichnam überführen*? Ich hatte nicht vor, mir den toten Wolfgang ans Bein zu binden. Sollen sie ihn meinetwegen hier irgendwo auf der grünen Wiese verscharren. Mir doch egal. Und was das kostet! Nee, eine Überführung wäre ganz sicher nicht im Sinne des Verstorbenen, der jeden Groschen dreimal umgedreht hatte.

„Ich denke, ich werde ihn hier beerdigen. Er mochte diesen Landstrich“, log ich. Dabei hatte ich kurzzeitig das Gefühl, meine Nase würde wachsen – aber es war wohl doch nur ein Juckreiz. Ich kratzte mich. „Können Sie mir ein hiesiges Beerdigungsinstitut empfehlen?“ Was war denn das für eine Frage? Als ob es in dem Ort mit seinen dreitausend Seelen nur so von Bestattungsunternehmen wimmelte.

„Ich gebe Ihnen nach der Freigabe der Leiche Bescheid.“ Er lächelte gequält und schaute mich erwartungsvoll an. „Mit dem Wiedersehen dachte ich eher an ein Treffen … außerhalb der Ermittlungen.“

Er wollte mich also doch küssen! Ha!

Aber, Moment: War das nicht verboten, weil es die Ermittlungen beeinflussen könnte? Da sollte der Commissario lieber aufpassen, dass ihm niemand an die Karre pisste, weil er sich mit der Ehefrau des Opfers, die ja nun mal als Tatverdächtige infrage kam, zu einem Date verabredete. Oder hatte er mich als Tatverdächtige längst ausgeschlossen?

Mal ganz abgesehen davon, was geschah, wenn ich mich im Liebesrausch verplapperte …?

„Ich weiß nicht, ob das so gut ist. Sie stecken mitten in den Ermittlungen.“

Er winkte ab. „Das tut nichts zur Sache."

Also, wenn er Ärger bekam, ist er selbst schuld. Ich hatte ihn gewarnt.

„Kann ich Sie zum Essen einladen?"

Ein Déjà-vu-Erlebnis ereilte mich. „Aber nicht bei Ihrer Mutter!"

Er sah mich irritiert an. „Nein, ins *Il Corsaro*, heute Abend?"

Der ging ja ganz schön ran. Ich wiegte den Kopf hin und her und durchforstete gedanklich meinen Terminkalender. „Also heute bin ich leider ausgebucht. Morgen könnte es klappen. Gegen acht Uhr?"

Er grinste wie ein Honigkuchenpferd.

Wenn du denkst, du hast mich erlegt, irrst du dich, Freundchen! Ich bin eine anständige Frau. Meistens zumindest …

„Treffen wir uns in der Taverne? Da brauche ich aber noch eine ordentliche Wegbeschreibung. Nicht dass Sie umsonst warten, weil ich in Timbuktu lande. Als Gott den Orientierungssinn verteilte, war ich nämlich gerade auf dem Klo. Oder holen Sie mich ab?" Was grinste der denn so? Klebte mir irgendwas im Gesicht?

Die italienische Gendarmerie setzte zum Übergriff an und küsste mich unerwartet heiß und innig, bis ich kaum noch Luft bekam.

Völlig sprachlos stieg ich aus dem Auto.

Mein zweites erstes Date als schwarze Witwe raste hupend davon. Ich lief anstatt ins Haus in die falsche Richtung. Ich sag doch, fehlender Orientierungssinn. Als ich vor einem Baum stand, bemerkte ich den Irrtum und wendete.

Dieser Mann brachte mich ja völlig durcheinander.

31. KAPITEL

Abwesend betrat ich das Ferienhaus. Mein erfundener Bruder und sein blutrünstiger Freund hatten es sich wohl in meiner Abwesenheit recht gut gehen lassen. Jedenfalls roch es nach gebratenen Eiern, und ich sah durch die offene Wohnzimmertür lauter dreckiges Geschirr auf dem Esstisch herumstehen. Viktor empfing mich gleich hinter der Tür und baute sich mit nacktem Oberkörper vor mir auf. Dabei nahm er die Brille ab. Der Mann hatte eindeutig zu lange in der Sonne gelegen, denn er hatte Augen wie ein Pandabär. Ich konnte mir ein kurzes Grinsen nicht verbeißen. Er hob den Arm und zeigte nach draußen, wo die Reifen des Gemüsetransporters den Staub aufgewirbelt hatten. „Hhhast du den Kerl da gerade geküsst?"

„Nein, er mich", sagte ich und schmeckte Roccos Zunge in meinem Mund nach. Viktors Blick verfinsterte sich.

„Du hhhast doch was mit dem Bullen?"

Ich zuckte mit den Schultern. „Geht dich das was an?"

„Und ooob!"

„Ich kann mich nicht daran erinnern, dir jemals vor dem Altar das Jawort gegeben zu haben. Also führ dich nicht auf wie ein gehörnter Ehemann!", sagte ich schnippisch und drängte mich an ihm vorbei.

Jetzt war der Zauber, der ihn in meiner Jugend und noch vor wenigen Tagen umgab, endgültig verflogen.

„Wie sieht das denn hier aus?", zeigte ich auf die Unordnung. „Ihr hättet ja wenigstens schon mal aufräumen können. Kaum ist Mutti aus dem Haus, geht es drunter und drüber. Und wer macht wieder den Abwasch?" Ich sammelte das Geschirr vom Tisch und schmiss es in die Spüle. Fettsack trat in seiner ganzen Pracht – damit meinte ich die in der Breite mitgewachsenen und somit verzerrten Gemälde auf seinem nackten Bauch – durch die Terrassentür und schaute mich schuldbewusst an, als ich auf die leere Brötchentüte hinwies. „Herzlichen Dank! Nicht eins übrig gelassen, dabei hab ich auch noch nicht gefrühstückt."

Eduard entschuldigte sich und zeigte mir das Bild, das er mit meinen Farben zum Zeitvertreib auf der Terrasse gemalt hatte, zur Begutachtung.

„Besser, du bleibst beim Malen nach Zahlen", sagte ich, warf ihm und Viktor Abwaschlappen und Geschirrtuch zu und kochte mir erst einmal einen Kaffee. „Hört zu, Jungs, folgender Plan: Ihr gebt mir zwei Wochen Aufschub mit dem … nennen wir es Kredit, und ich besorge euch das echte Bild." Ich horchte meinen eigenen Worten nach. Hatte mich die italienische Gendarmerie durch den Kuss mit dem Selbstsicherheitsvirus infiziert? Oder woher nahm ich gerade den Mut, Viktor so forsch entgegenzutreten?

„Dddas hab ich irgendwie schon mal gehört."

„Viktor, ich hatte nicht die Absicht, dir eine Fälschung zu verkaufen, das musst du mir glauben. Mir hat jemand anderes das Bild schlicht vor der Nase weggeschnappt", sagte ich und setzte mich mit einer dampfenden Tasse an den Tisch, während meine Zuhörer fleißig Geschirr spülten. „Ich ahne auch schon, wer unseren Picasso bei sich in der Schublade versteckt."

Viktor polierte bereits den dritten Teller. „Wenn dddu uns Name und Adresse sagst, erledigen wir ihn sofort. Denk an die Zzzinsen!"

„Wir zahlen weder das Geld zurück noch bekommt dein Kunde Zinsen. Er kriegt sein Bild, wie versprochen. Allerdings muss er sich noch etwas gedulden. Sag ihm das. Und wenn er drängelt, legst du als einmaliges Sonderangebot für eine weitere Million einen Matisse obendrauf. Beim heutigen Wert von zwanzig Millionen Dollar für seine Bilder ist das quasi ein Schnäppchen, was er kaum ablehnen wird." Ich grinste.

„Woher willst du einen echten Matisse bekommen?"

„Hab ich gesagt, dass der echt ist?“ Ich zeigte auf den Fußboden, wo immer noch meine halb fertige Kopie herumlag. „Du sagtest selbst, ich sei eine brillante Fälscherin.“

„Annemie!“, rief Viktor erstaunt.

„Der Matisse ist seit Jahrzehnten verschollen, der kriegt das nicht mit. Außer, das echte Bild hängt bereits bei ihm im Keller, oder es gibt wieder so eine private Geschichte mit Zigarettenasche und ... na ja“, beendete ich den Satz mit der entsprechenden Geste.

Was erzählte ich hier eigentlich? War ich übergeschnappt oder lebensmüde? Mir fiel der Teil eines Spruches ein, den ich irgendwo in einer Frauenzeitschrift gelesen hatte. Oder hatte ich den von Dörte?

Das Leben hat vier Sinne: lieben, leiden, kämpfen und gewinnen. Wer liebt, leidet; wer leidet, kämpft, und wer kämpft, gewinnt. Liebe genug, leide wenig, kämpfe jeden Tag und gewinne immer!

Ja, das klang nach einem guten Motto für meinen neuen Lebensabschnitt.

Der Gewinn rückte schlagartig näher, denn nun biss Viktor an. „Drei Tttage!“

„Hey, denkst du bitte daran, dass ich das Sonderangebot noch fertig malen und es vielleicht auch trocknen muss.“

Der fette Muskelmann, der die ganze Zeit schweigend mit dem Rücken zu mir Geschirr gespült hatte, drehte sich um und pflichtete mir bei. „So ein Bild braucht lange zum Trocknen, Viktor.“ Wer hätte das gedacht, Eduard war ein Kunstkenner.

„Eine Woche!“, warf Viktor ein.

„Zwei. Um den Picasso zu besorgen, brauch ich Verstärkung. Meine Freundin Dörte kommt erst am Donnerstag von ihrer Tournee zurück. Außer, du borgst mir deinen Sklaven. Ich glaube aber kaum, dass der sich als Fassadenkletterer eignet.“

Viktor wog die Möglichkeit ab. „Mit Eduard ersparst du dir den anschließenden Muskelkater, wenn ihr einfach zur Tür hereinspaziert. Die stellen nämlich für ihn kein Hindernis dar."

„Nee, lass mal! Trotzdem danke für das Angebot. Ich erledige das auf meine Weise." Was redete ich denn da? Ich tat ja gerade so, als hätte ich in den letzten zwanzig Jahren nichts anderes getan als Kunstschätze geraubt.

„Okay, Annemie."

Wow! Meine Selbstsicherheit zeigte seine Wirkung. Viktor lenkte ein und gab mir die zwei Wochen Karenz.

Yeah, gewonnen!

Nun aber raus mit euch, dachte ich und spulte den bei Wolfgang oft erprobten Rausschmeißer ab, holte Wischeimer und Schrubber aus dem Schrank und sagte: „Könntet ihr mir vielleicht noch beim Putzen helfen?"

„Wir müssen dann auch langsam wieder. Termine, Termine …", hob Viktor entschuldigend die Hände und entledigte sich schnell des Geschirrtuches.

Nachdem ich hinter den beiden die Tür geschlossen hatte, lehnte ich mich erst einmal mit dem Rücken gegen das Holz und atmete tief durch. Meine Hände zitterten. War das jetzt Angst vor der eigenen Courage? Bis jetzt hatte ich doch alles im Griff, die Polizei abgelenkt und einen Kreditaufschub erwirkt. Der Gedanke beruhigte mich etwas. Und ich dachte, wahrscheinlich war ich der Typ, der erst über den Graben springt, wenn hinter ihm die Häuser brennen. *Annemie, Annemie, du bringst dich mit deiner Leichtsinnigkeit in Teufels Küche.*

Ich machte mich an die Arbeit und räumte erst einmal auf. Manchmal verhelfen einem ordentliche äußere Strukturen zu klarem Denken. Dann knöpfte ich mir den Matisse vor und versank für den Rest des Tages in meiner Arbeit.

32. KAPITEL

Am nächsten Morgen stand mein Fahrrad mit einer Flasche Ketchup am Lenker und einer Briefbotschaft des italienischen Drachentöters an der Hauswand. Ich hatte gar nicht bemerkt, dass er es abgestellt hatte.

Vor meinem geistigen Auge sah ich Roccos Mund, schmeckte seinen Kuss. Mein Bauch begann zu kribbeln. Ich schlug die Augen nieder und merkte, wie sich mein Mund zu einem Lächeln verzog.

Ich las die Karte: *Ciao, bella. Spero che tu abbia dormito bene. Non vedo l'ora che arrivi stanotte.*

Oh, mein Drachentöter schien meine Sprachkenntnisse eindeutig zu überschätzen. Hier musste ich wohl den Google-Übersetzer bemühen. Ich zückte mein Handy. Kein Empfang. Mist! Wie auch, ohne SIM-Karte, schlug ich mir an die Stirn. Das Teil war sicher längst im Magen eines der Schafe auf der Weide gelandet, wo ich es entsorgt hatte.

Wolfgangs Handy hatte Rocco mir als Beweismittel abgenommen, und nun war ich völlig von der Welt abgeschnitten. Na prima!

Ich überlegte nicht lange, schwang mich auf das Rad, um im Dorf eine Prepaid-Karte, eine Tüte Brötchen und ein Wörterbuch zu kaufen.

Bei der Gelegenheit konnte ich gleich die Straße, in der Elena gestern verschwunden war, unter die Lupe nehmen. Vielleicht hatte ich ja Glück, und sie lief mir zufällig über den Weg.

Nach fünfzig Metern drehte ich um, weil mir einfiel, dass sie sich sicher aus dem Staub machen würde, wenn wir uns zufällig begegneten und sie mich erkannte. Ich brauchte eine Verkleidung.

Mit einem Strohhut über einem Tuch, das meine blonden

Locken verbarg, und einer großen Sonnenbrille auf der Nase machte ich mich kurze Zeit später erneut auf den Weg.

Zuerst kaufte ich das Wörterbuch und ein Eis, setzte mich in dem antik anmutenden Gässchen, in dem sich Elenas Spur verlor, auf eine Steintreppe, übersetzte des Commissarios Ketchup-Botschaft und spürte, wie ich vor Aufregung langsam errötete. Er freute sich auf heute Abend.

Worauf ließ ich mich da ein? Wieso musste Dörte ausgerechnet jetzt zu einer Tournee unterwegs sein, wo ich unbedingt ihren Rat brauchte?

Und wenn ich zu dem Date einfach nicht hinging? Ich hatte sowieso nichts Ordentliches anzuziehen.

Annemie! Der Mann will dich nicht heiraten. Der lädt dich bloß zum Essen ein.

Ich aß die Waffel auf und steckte das Buch und die romantische Botschaft in die Tüte. Um Dörte anrufen zu können, brauchte ich dringend die Telefonkarte.

Als ich aufschaute, schloss Elena, spärlich bekleidet und mit einer bunten Strandtasche über der Schulter, drei Häuser weiter hinter sich die Haustür ab und stieg lachend in den vor ihrer Tür bremsenden Mietwagen – ein roter Fiat Punto. Ich merkte mir das Kennzeichen, schließlich hatte ich den Kriminalistik-Ratgeber gelesen. Der Mann am Steuer hatte genauso schwarze Haare wie sie. Sie küsste ihn zur Begrüßung auf die Wange, und der Wagen brauste an mir vorbei.

Schnell drehte ich mich weg und steckte mein Gesicht tief in die Tüte.

Puhh! Sie hatte mich nicht erkannt.

Mein Forscherdrang erwachte. Mein Geld und der echte Picasso schienen zum Greifen nahe.

Als der Wagen um die Ecke raste, lief ich die Straße hinauf und lugte durch die niedrigen Fenster in das Innere der Wohnung, aus der Elena gekommen war. Vielleicht lag die geklaute „Hermine“ ja auf dem Küchentisch?

Leider war EK wohl etwas professioneller als ich. Von dem Bild gab es keine Spur.

Ich würde auf jeden Fall wiederkommen. Dieses Mal entwischte sie mir nicht.

Aus meinen Beobachtungen zog ich eine Schlussfolgerung: Die Basttasche mit heraushängendem Handtuch bedeutete, dass sie zum Strand fuhren.

Schnell besorgte ich mir die Telefonkarte, Brötchen und ein paar süße Leckereien beim Bäcker. Dann radelte ich schwitzend zum Strand, schloss das Fahrrad neben dem am Straßenrand parkenden roten Fiat mit dem Kennzeichen LIV 33344 an eine krumm gewachsene Kiefer und zog mir die Schuhe aus, bevor ich wie eine Touristin zum Wasser lief.

EK und der fremde junge Mann lagen nebeneinander unter einem Sonnenschirm auf zwei Liegen. Sie blätterte in einer Zeitschrift. Er döste im Schatten. Lover oder Komplize?

Gut, dachte ich, das sieht nicht nach baldiger Flucht aus. Wenn doch nur Dörte da wäre, dann könnten wir die Gunst der Stunde nutzen und in das Haus einbrechen.

Sollte ich es allein wagen? Ich wurde ganz hibbelig. Was, wenn EK nach dem Strandtag abreiste? Ich strampelte wieder bergauf zurück ins Dorf zu Elenas Haus und las den Aufkleber der Ferienhausvermittlung am Briefkasten. Das war doch die gleiche Agentur, bei der Dörte unser Haus gebucht hatte.

Ich trat mehrere Schritte zurück und schaute mir die Fassade an.

Das ist doch das Haus, das Dörte und Elena vorletzten Samstag für uns reservieren wollten.

Klar, Elena war an dem Abend abgehauen und hier untergekrochen. Wer hätte das vermutet.

Dann muss sie genau am selben Tag wie wir nach Deutschland zurückgereist sein, um bei mir einzubrechen? Ich grübelte. Nein, sie muss noch am selben Abend ihres Verschwindens nach Deutschland gereist sein, denn am Sonntagmorgen bemerkte die Feldmann, dass unsere Tür offen stand. Vielleicht war der junge Mann doch ihr Komplize, und er hatte sie an Viktors Ferienhaus abgeholt?

Aber woher wusste er, wo wir Elena hingebracht hatten?

Ganz schön kompliziert. Der Zeitplan ging nur auf, wenn sie am Samstagabend von Pisa aus nach Leipzig geflogen war. Geld genug hatte sie ja dafür in meinem Rucksack dabei.

Irgendwie begann ich zu zweifeln, dass sie der Dieb in meinem Haus und dem Bildermuseum in Leipzig war.

Plötzlich kam mir eine Idee. Mal sehen, wie lange sie das Haus gemietet hatte. Ich tippte die Telefonnummer ins Handy. „Guten Tag, ich stehe vor einem Ihrer Ferienhäuser in *Castiglione della Pescaia*, Objektnummer 567890, und würde es gerne mieten. Ist es frei?“

Die freundliche Stimme am anderen Ende der Leitung sagte mir, dass ich leider zu spät komme, denn das Haus sei bis Oktober ausgebucht.

„Das ist aber schade, hätte ich nur gleich vor zwei Wochen zugeschlagen. Da stand es als verfügbar im Internet.“

„Ja, aber auch nur bis Ende nächster Woche, denn ab Juni ist es schon seit mehreren Monaten vergeben. Am besten, Sie buchen immer ein Jahr im Voraus. Die Häuser in und um die Badeorte sind immer schnell weg.“

„Danke für den Tipp. Die derzeitigen Mieter bleiben zwei Wochen?“

„Warum wollen Sie das wissen?“, fragte die Frau misstrauisch. „Darüber darf ich Ihnen keine Auskunft erteilen.“

„Falsche Formulierung“, verbesserte ich mich. „Ich wollte fragen, bleiben die Mieter im Allgemeinen ein oder zwei Wochen?“

„Wir vermieten die Objekte wochenweise, An- und Abreise sind immer samstags. In der Nebensaison bleiben die Urlauber meist eine Woche, in der Hauptsaison zwei bis drei Wochen."

„Danke." Ich drückte das Gespräch weg.

Nun wusste ich genauso viel wie vorher. Bis Samstag würden sie also mindestens bleiben, weil es mindestens bis dahin bezahlt war, überlegte ich. Außer, sie reiste vorzeitig ab. Mir blieb also ein geringes Zeitfenster, um nachzusehen, ob sie tatsächlich im Besitz des echten Picasso war. Wenn nicht, wollte ich mir wenigstens mein Geld zurückholen. Vorausgesetzt, sie bewahrte es im Haus auf.

Oh Mann, wieso hatte ich Viktor gegenüber nur so selbstsicher behauptet, dass ich wüsste, wer den echten Picasso geklaut hatte?

Ich stieg die Stufen zum Eingang hinauf und lugte möglichst unauffällig durch die Scheiben. Die offene Küche grenzte an den Wohnbereich vor einem bodentiefen Fenster zur Terrasse in einem begrünten schattigen Innenhof, dessen Mauern mit Efeu bewachsen waren.

Im Haus herrscht die perfekte Ordnung, nichts deutete darauf hin, dass hier Feriengäste wohnten – es war genauso steril wie bei Elena zu Hause. Sie schien einen übertriebenen Ordnungssinn zu haben. Völlig untypisch für ein so junges Mädchen.

Ein Windhauch schwang die Terrassentür zum Innenhof einen Spaltbreit auf und verwehte den weißen Vorhang davor.

Sollte ich es wagen?

Aber wie kam ich von hinten über die zweieinhalb Meter hohe Mauer, die das Grundstück vom Innenhof des Hauses dahinter abgrenzt? Wie kam ich überhaupt erst einmal in den angrenzenden Innenhof?

Ich schob mein Fahrrad um den Block in die Gasse, die im Windschatten von Elenas Unterschlupf lag.

Der kleine Supermarkt, der mehr einem Tante-Emma-Laden glich, befand sich nach meiner Schätzung direkt hinter dem Innenhof des Ferienhauses.

Ich stellte mein Fahrrad vor dem Laden ab und schloss es an. Dann ging ich hinein.

Das Angebot reichte von frischem Fisch über Obst, Nudeln, Schreibartikeln und Damenbinden bis zu regionalen Andenken. Hier hatte ich bereits das Wörterbuch gekauft. In einer Abteilung weiter hinten standen Getränkekästen bis unter die Decke gestapelt.

Ich stöberte lustlos in den Regalen. Dabei spionierte ich den Laden aus.

Im Moment war ich die einzige Kundin. Die Verkäuferin quatschte mit einem Einheimischen. Ich lugte in die Getränkeabteilung. Dahinter grenzte ein Pausenraum an, dessen Fenster zum Innenhof zeigte. Vor der abschließenden Mauer stapelten sich leere Flaschenkästen.

Perfekt!

In einem unbeobachteten Moment huschte ich in den Pausenraum, von dem eine Tür direkt zum Hinterhof führte. Ich drückte die Klinke. Mist, die war verschlossen.

Die Verkäuferin näherte sich lachend. Ich versteckte mich in einem angrenzenden Raum und landete in der Personaltoilette. Schnell schob ich den Riegel vor die Tür. Die Stimme der Verkäuferin entfernte sich wieder. Das Fenster zum Hof, eine Art Oberlicht, stand offen. Ich kletterte auf die Porzellanschüssel, nahm Maß am Rahmen und verglich dessen Breite mit meinem Hinterteil. Das könnte gerade so passen. Mit einem kurzen Sprung hievte ich mich nach oben, sodass Kopf, Arme und Brust zur Wandöffnung hinausragten. Ganz schön hoch. Es roch nach Fisch und verfaultem Obst. Fliegen umkreisten mich. Na toll! Unter dem Fenster gähnte die Öffnung eines Müllcontainers. Meine Taille rutschte mühelos durch den Rahmen. Ich drehte mich in der Absicht, mich aufs äußere Fensterbrett zu setzen, dann aufzustehen und herunterzuspringen.

Mein Hinterteil blieb natürlich stecken. Ich zog und zerrte, pustete mir dabei die störenden Locken aus dem Gesicht und gönnte mir eine kurze Verschnaufpause. Dann gab ich mir noch einen Ruck, und ich hatte es geschafft. Mein Hintern flutschte hindurch. Ich verlor die Balance und plumpste kopfüber in vergammeltes Obst und Fischreste. Die Fliegen hoben im Schwarm ab und setzten sich dann auf ihre neue stinkende Beute – auf mich. Ich verscheuchte sie. Wenigstens bremste der Inhalt des Containers meinen Aufprall. Bah, war das eklig!

Schnell rappelte ich mich hoch, kletterte über den Rand hinaus und stieg mithilfe der Flaschenkästen auf die Mauer.

Ich horchte. Die Luft war rein. Das Terrassenfenster stand immer noch offen. Ich rollte mich auf allen vieren über den Sims und ließ mich hinabgleiten. Zwischen meinen Füßen und dem Erdboden klaffte mehr als ein Meter. Ich stieß mich ab und landete hart auf meinem Hintern. Autsch! Das gab weitere blaue Flecke. Aber ich hatte jetzt keine Zeit, darüber nachzudenken. Elena und ihr Komplize konnten jeden Moment zurück sein. Die geklaute Waffe in Wolfgangs Nachtschrank kam mir in den Sinn. Und ich wollte mir nicht ausmalen, was passierte, wenn sie mich hier erwischten. Ich blickte zum wolkenlosen azurblauen Himmel. Obwohl, solange die Sonne schien, würden sie bestimmt am Strand bleiben.

Eilig huschte ich durch die Terrassentür ins Wohnzimmer des Hauses. Ich stank wie ein alter Fischkutter. *Egal!* Hurtig durchstöberte ich Schränke und Schubladen in der unteren Etage des Hauses und war bemüht, keine sichtbaren Spuren zu hinterlassen. Die Ferienhausküche war gut mit Töpfen, Geschirr und Besteck ausgestattet. Alle anderen Schränke und

Schubladen waren leer. Elena schien aus dem Koffer zu leben. Sie hatte sich nicht die Mühe gemacht, ihre Sachen auszupacken.

Dann rannte ich in die obere Etage.

Bis auf einen silbernen Rollkoffer in der Ecke deutete nichts darauf hin, dass hier jemand wohnte. Im Kleiderschrank hingen leere Bügel. Das Bett wirkte unbenutzt. Im zweiten Schlafraum bot sich mir das gleiche Bild. Im Bad stand nicht mal eine Zahnbürste im Becher. Blieb allein der Koffer. Bevor ich den auseinandernahm, musste ich mir aber erst einmal die Hände waschen. Schließlich sollte sie nicht bemerken, dass jemand in ihren Sachen herumgestöbert hat.

Beim Abtrocknen im Badezimmer fiel mein Blick aus dem Fenster. Wo kam denn plötzlich diese schwarze Regenwolke her? Fette Tropfen prasselten im nächsten Moment gegen die Scheiben. Ich eilte zum Koffer und öffnete das Schloss. Gerade als ich ihn aufklappte und eine Ecke des zusammengerollten Picassos erspähte, ging unten die Eingangstür auf.

Scheiße! Ich klappte den Koffer wieder zu, flüchtete in das zweite Schlafzimmer und versteckte mich im Schrank.

Ich horchte. Jemand, sicher Elena, schloss lautstark die Terrassentür. Sie unterhielt sich mit dem Mann auf Englisch. Dafür, dass sie eine ungebildete kleine Taschendiebin aus einem Bergdorf in den Karpaten war, sprach sie ziemlich akzentfrei. Sie erzählte ihm etwas Lustiges. Jedenfalls nahm ich das an, weil er lachte und ich nicht alles verstand. Schritte knarzten. Jemand lief die Treppe hoch und öffnete mehrere Türen, auch die zum Zimmer, in dem ich im Schrank saß. Ich schwitzte, schloss die Augen, hielt die Luft an und fühlte mich nackt und ausgeliefert wie eine heimliche Geliebte, die ein Ehemann im Schrank versteckt, weil seine Frau frühzeitig von der Dienstreise zurückgekehrt war. *Quatsch, Annemie! Das machen doch nur Frauen mit ihren heimlichen Geliebten.*

Ich hörte ein „Puhhh!“, dann öffnete Elena das Fenster. Der Mann sagte: „*It stinks like fish.*“

Hauptsache war, die suchten nicht die Quelle für den Fischgeruch.

Verdammt, ich war so dicht dran. Der echte Picasso zum Greifen nah. Sie war es also doch! Von meinem Rucksack mit dem Geld war nichts zu sehen. Gut, sollte sie es behalten, wenn ich nur an den Picasso herankam. Ich ärgerte mich wieder einmal über meine Kurzsichtigkeit. Warum hatte ich nicht meine Kopie der Kopie dabei. Okay, ganz ruhig, Annemie! Du wirst jetzt versuchen, dich irgendwie unbemerkt aus diesem Haus zu schleichen, holst die Fälschung und versuchst dein Glück ein zweites Mal.

Genau. Ich tausche meine Kopie der Kopie gegen die echte Hermine. Elena wird den Schwindel selbst gar nicht bemerken. Fliegt der Betrug auf, wenn sie es verkauft, ist das allein ihr Problem.

Das Date fiel mir ein. Commissario Caprese holte mich gegen acht Uhr vor der Tür ab. Dann würde es eben ein Schnellimbiss, und ich versuche mein Glück danach, dachte ich und hoffte, dass Elena lieber auswärts aß, anstatt sich selbst hinter den Herd zu stellen.

Schritte näherten sich. Ich hielt wieder einmal die Luft an. Wenn das so weiterging, würden bald meine Gehirnzellen wegen Sauerstoffmangel absterben.

Jemand schloss das Fenster und dann die Tür. Los, ich musste verschwinden, bevor sie merkten, dass die Stinkbombe in ihrem Kleiderschrank steckte.

Die Person lief wieder nach unten. Der Fernseher lief. Ich öffnete den Schrank und horchte. Niemand bewegte sich mehr im Haus. Anscheinend hatten sie es sich vor der Glotze auf dem Sofa gemütlich gemacht. Ich öffnete das Fenster und schaute hinunter. Direkt unter mir befand sich das kleine Vordach über der Eingangstür. Springen war zu laut und zu riskant. Ich schaute nach links. Neben dem Fenster verlief ein Fallrohr von der Dachrinne zum Portal am Boden. Daran konnte ich vom Vordach langsam hinuntergleiten. Hoffentlich hielt es meinen siebzig Kilo stand …

Die Luft war rein und kein Mensch auf der Straße zu sehen. Ich kletterte aus dem Fenster auf das Vordach und zog das Fenster leise zu. Dann umklammerte ich das Fallrohr und rutschte wie ein Affe an der Stange Stück für Stück daran herunter, wie ich es im Sportunterricht nie fertiggebracht hatte.

Als ich anderthalb Meter über dem Boden hing, löste sich die Verankerung des Rohres über mir aus der Wand, und das Rohr bog sich in Zeitlupe. Ich dachte, nein, bitte nicht! Doch alles Betteln half nichts. Es knackte, und ich landete im Dreck. Schnell schaute ich mich um. Niemand hatte meinen Stunt gesehen. Ich rappelte mich hoch, putzte mich ab und lehnte das angebrochene Rohr vorsichtig an die Hauswand.

Nein, besser, ich nahm es mit. Denn wenn es hier herumlag, fiel auf, dass sich jemand Einlass verschafft hatte. Ich eilte mit dem zwei Meter langen Fallrohr um die Ecke in die angrenzende Gasse, wo mein Fahrrad immer noch vor dem kleinen Supermarkt stand. Ich stellte das Rohr an die Wand, schwang mich auf den Sattel und radelte in Windeseile zu meinem Ferienhaus, denn die Turmuhr der Kirche schlug bereits sieben Mal.

In einer Stunde stand der Commissario vor meiner Tür, und ich musste vorher ganz dringend duschen.

33. KAPITEL

Zehn vor acht hupte der Gemüsetransporter. Ich probierte noch in Slip und BH ungeschminkt verschiedene Varianten der Abendgarderobe vorm geöffneten Kleiderschrank an.

Ich denke, allein wir Deutschen sind ein Ausbund an Pünktlichkeit? Mein Drachentöter kam eindeutig zu früh.

Eilig warf ich mir ein Badetuch über und winkte Rocco ins Wohnzimmer. Wenn er mit mir ausgehen wollte, musste er sich wohl oder übel noch etwas gedulden, dachte ich und verschwand gequält lächelnd im Schlafzimmer – denn ich hatte ein echtes Problem, dass nur eine Frau verstehen konnte: Ich wusste nicht, was ich anziehen sollte.

Entweder waren die Kleider bei der letzten Wäsche eingelaufen, zu grün, zu bunt, bissen sich mit den Schuhen oder machten mich zu blass. Ich hatte einfach nichts Passendes da. Genervt schmiss ich ein Teil nach dem anderen aufs Bett und lugte noch einmal schnell durch die Tür ins Wohnzimmer. Der Commissario blätterte interessiert in meinen Skizzen und betrachtete den feuchten Matisse auf der Staffelei. Schnüffelte der etwa heimlich in meinen Sachen? Meine Alarmglocke schrillte. *Annemie, das ist ein Bulle, lass dich nicht von seinem Aussehen blenden.*

Um ihn in seiner Neugierde zu bremsen, steckte ich mal lieber meinen Kopf durch die Tür und sagte: „Setzen Sie sich doch. Ich bin gleich so weit."

Er fühlte sich ertappt und setzte sich auf das Sofa. *Braver Mann.*

„Sie malen?"

„*Si!* Ein bisschen, so für den Hausgebrauch. Es beruhigt mich in angespannten Situationen", rief ich durch die angelehnte Schlafzimmertür.

„Das sieht sehr professionell aus.“

„Grazie!“

„Leider verstehe ich zu wenig von Kunst“, sagte er bedauernd.

Wie auch, wenn man immer nur mit Mördern, Leichen und Tomaten zu tun hat.

„Dafür verstehe ich wenig von Polizeiarbeit ... Und wie man Tomaten anpflanzt, weiß ich auch nicht“, spielte ich seine Unwissenheit herunter.

Jetzt musste ich mich aber beeilen, sonst fand er mit seinem geübten Blick die Reisetasche mit der Million. Quatsch, die lag ja sicher in meinem Kleiderschrank. Trotzdem, ich wollte nicht, dass er in meinen Malsachen herumwühlte. Hoffentlich hatte er den Picasso unter dem Tuch noch nicht gesehen und stellte mir dazu keine blöden Fragen. Ich wusste ja nicht, ob sich der Kunstraub in Leipzig bis an die Mittelmeerküste herumgesprochen hatte.

Ich zog das rote Etuikleid hervor, dass ich mir in einem Moment geistiger Umnachtung gekauft hatte: mein Lockvogel bei der letzten Diät. Ich wollte mich damit belohnen, wenn ich nach zehn Kilo Gewichtsverlust endlich in Kleidergröße achtunddreißig passte. Welche Illusion!

Bisher hatte ich es noch nie getragen und auch nur pro forma mitgenommen. Gut, ich kam heute hinein, und der Reißverschluss – ich verbog mich und zerrte am Häkchen – ließ sich sogar schließen. Aber eigentlich saß es zu straff, und ich fühlte mich wie eine Presswurst. Also, ein Drei-Gänge-Menü passte da auf keinen Fall dazwischen, höchstens ein mickriges Salatblatt. Ich hatte sowieso nicht vor, einen ausschweifenden Abend mit ihm zu verbringen. Schließlich war ich noch mit Picasso verabredet. Unschlüssig drehte ich mich vorm Spiegel hin und her. Sollte ich als trauernde Witwe nicht lieber Schwarz tragen? Außerdem machte Schwarz schlank. Dieses

Kleid bedeutete die reinste Provokation und hob jede Kurve an mir hervor.

Zu allem Übel konnte man es nur mit Absatzschuhen tragen. Mir würden die Füße abfallen, und wie ich mich kannte, knickte ich auf dem Weg vom Auto ins Restaurant jeden Meter dreimal um, weil ich zu blöd war, auf diesen Zehn-Zentimeter-Stelzen zu laufen. Was soll's! Ich schlüpfte in die Pumps und legte mir den rot geblümten Kaschmirschal von Dörte um den Hals. Der kaschierte wenigstens den Bauch. Ich warf einen letzten Blick in den Spiegel. „Mrrrr!", knurrte ich unzufrieden, zuckte skeptisch mit den Schultern und trat ins Wohnzimmer.

Caprese lächelte charmant.

Er betrachtete mich. „Sie sehen so bezaubernd wie Ihr Gemälde aus. Man möchte den Blick gar nicht abwenden."

„*Grazie!*" Dito, dachte ich und musste echt aufpassen, dass ich ihn nicht wie ein hypnotisiertes Schaf anstarrte. Mein Gott, hatte der Mann schöne Augen.

Er wies abermals auf die Leinwand. „Das ist ein Matisse, oder? Ist dieses Bild nicht seit dem Zweiten Weltkrieg verschollen?"

Ich dachte, er versteht nichts von Kunst?

„Ja. Ich habe es aus dem Gedächtnis gemalt. Eine ganz schlechte Kopie, kommt dem Original garantiert kein bisschen nahe. Meine Schwiegermutter wünschte es sich für ihr Wohnzimmer. Die Farben passen so gut zu ihren neuen Vorhängen." Ich lächelte gequält und schob ihn zur Tür. „Wollen wir? Sonst brennt dem Koch noch das Essen an", scherzte ich und schob mich zwischen meinen neugierigen Commissario und den gefälschten Picasso, der zugehangen auf der zweiten Staffelei stand.

„Hoppla!", sagte er im nächsten Moment und fing mich mit seinen starken Armen geistesgegenwärtig auf, als ich noch vor der Haustür das erste Mal mit den hohen Absätzen umknickte.

Mein Drachentöter hatte im *Il Corsaro* vorausschauend einen Tisch reserviert. Als wir ankamen, war die gemütliche Taverne rappelvoll. Es roch verführerisch nach gebratenem Fleisch, und ich ärgerte mich, dass ich mich für den engen Panzer entschieden hatte. Mein Bauch meldete einen Heißhunger an, denn ich hatte ja heute auch kaum etwas gegessen.

Die Kellnerin geleitete uns an einen Ecktisch, etwas versteckt hinter einem Pfeiler.

Der Commissario wählte für sich den Platz, von dem aus er den ganzen Raum überblicken konnte. Typische Bullenmanier, dachte ich. Wolfgang setzte sich auch nie mit dem Rücken zu den anderen Gästen.

Gerade als wir die Karte bekamen, beobachtete ich, wie mein Gegenüber sich mehr für das Geschehen hinter meinem Rücken als den Inhalt seiner Speisekarte interessierte. Neugierig drehte ich mich um. *Verdammt!* Elena und ihr Komplize betraten das Restaurant. Ich rutschte hinter den Pfeiler und steckte schnell den Kopf tief in die Tasche, zog die Sonnenbrille heraus und setzte sie auf. „Das grelle Licht …“, zeigte ich entschuldigend nach oben, „blendet mich.“

„Möchten Sie tauschen?“ Charmant bot Rocco mir seinen Platz an.

Nur wer weiß, wie Polizisten in diesem Punkt ticken, kann nachempfinden, welch großes Opfer dieses Angebot bedeutete.

„Nein!“, wehrte ich dankend ab. Um Gottes willen, dann sah sie mich und würde im nächsten Augenblick mit dem Picasso im Koffer verschwinden.

Ich schlang mir nervös das Seidentuch um den Kopf und schob meine Haare darunter. Hoffentlich hatte Elena ihre Kontaktlinsen vergessen oder die Brille verloren.

Ich könnte mich auf die Toilette verabschieden und durchs Fenster … Nein, ich saß mit einem Bullen am Tisch. Commissario würde misstrauisch werden und nach mir fahnden. Die

Ausweglosigkeit brachte mich zum Schwitzen. Ich lächelte mein Gegenüber an.

Jetzt wäre genau der richtige Moment, um in EKs Haus zu spazieren und ihren Koffer auszuräumen.

„Ist Ihnen kalt?“ Er zeigte irritiert auf das Tuch.

Ich nickte. „Es zieht etwas im Rücken.“

„Wir setzen uns vorne an einen anderen Tisch, wenn es Ihnen hier zu ungemütlich ist.“

„Nein! Nein! Es ist schon in Ordnung.“ Rasch hielt ich ihn am Arm zurück, als er aufstehen wollte.

Der Aperitif kam. Ich trank ihn in einem Zug und verlangte einen zweiten, denn der Alkohol beruhigte ungemein. Dabei grübelte ich ohne Unterlass.

„Was möchten Sie essen, Annemie?“ Rocco berührte meinen Arm.

Ich zuckte nervös zusammen „Äh, was? Ach ja, essen.“ Oh, die Kellnerin stand neben mir. Das hatte ich gar nicht bemerkt. „Fisch. Ich nehme den Fisch, den hier!“, zeigte ich auf irgendein Gericht in der Karte.

„Das ist Lamm.“

Ich lächelte der Kellnerin zu. „Ja, Lamm.“ Ich aß kein Lamm. Seit ich einmal einen Bericht sah, wie sie die kleinen süßen Tierchen schlachteten, verging mir der Appetit auf das zarte Fleisch. Jedes Mal, wenn meine Schwiegermutter Lamm servierte, poppten die schrecklichen Bilder in meinem Kopf auf, und mir wurde schlecht.

Schnell trank ich noch ein Glas vom Rotwein, den der Commissario bestellt hatte, und prostete ihm zu.

Meine Unruhe wich einer weinseligen Selbstsicherheit. Rocco hatte nicht nur wahnsinnig schöne Augen, sondern auch schöne Hände.

„Spielen Sie Klavier?“

„Für den Hausgebrauch.“

Ein Klavier spielender Johnny Staccato. Ich schmolz wie ein Eis in der Sonne. Wieso gab es – außer dass der Mann Polizist war – nichts Negatives an ihm, was mich abstieß?

„Und sind Sie in Ihren Ermittlungen vorangekommen?", versuchte ich mich in belangloser Konversation.

„Nein. Die gefundene Fremd-DNA an der Leiche lässt sich keiner Person in der Strafkartei zuordnen."

„Und diese Elena Kaminsky?", flüsterte ich hinter vorgehaltener Hand. „Dieser Name klingt rumänisch. Vielleicht ist sie ja eine dieser Taschendiebinnen", sagte ich so gleichgültig wie möglich.

Der Commissario kniff argwöhnisch die Augen zusammen.

Ich wagte einen weiteren Vorstoß. „Solche Leute sind doch international in den Täterdateien registriert, denke ich zumindest."

„Wie kommen Sie darauf, dass die *amante* … ähm … Geliebte Ihres Mannes eine rumänische Taschendiebin ist?"

War das jetzt hier ein Verhör, oder was?

„Na, na, weil …" Dass die alle klauen, konnte man ja nicht behaupten. Mit solchen Äußerungen rückte ich mich als Deutsche ja gleich in ein falsches Licht, zumal ich ja Ausländern gegenüber sehr aufgeschlossen bin. „Mir ist heute eingefallen, dass mein Mann einmal erzählte, er habe eine hübsche, junge rumänische Taschendiebin festgenommen. Und wenn ich mich recht entsinne, begann es danach, dass er sich entfremdete und immer öfter Überstunden als Ausrede benutzte, wenn er spät nach Hause kam. Deshalb vermutete ich, dass es sich bei dieser Elena Kaminsky vielleicht um diese Taschendiebin han…"

„Es existiert keine Elena Kaminsky", unterbrach er mich.

Darauf trank ich das nächste Glas Rotwein in einem Zug.

„Und die Telefonnummer in seinem Handy und das Bild auf dem Display?" Ich schaute ihn entsetzt an.

Die Kellnerin servierte unser Essen. Ich roch das Lamm. Kopf und Körper reagierten sofort. Mir wurde übel. Mit vorgehaltener Hand entschuldigte ich mich, sprang auf, hetzte zur Toilette und knickte natürlich um. Leider gerade in dem Moment, als ein Kellner mit einem Tablett voller Biergläser an mir vorbeilief. Ich griff Halt suchend nach seinem Arm. Er fing mich auf. Ein Bier ergoss sich über mein Kleid, die anderen drei über Kopf und Schultern des Gastes, hinter dem sich der Zusammenstoß ereignete. Der Mann kreischte und sprang erschrocken auf.

Alle Gäste drehten sich gaffend zu uns um. Ich rannte ohne Entschuldigung mit einem Fuß im Schuh die Treppen zu den Toiletten herunter, zur Hintertür heraus und kotzte in den Rinnstein. Mein Gott, war mir schlecht, und das nicht nur vom Geruch des Lamms. Ich lehnte mich an die Hauswand und atmete tief durch. Die Welt ringsherum drehte sich wie bei der Fahrt mit dem Kettenkarussell. Der Mond rauchte Pfeife und lüftete grüßend seinen Hut.

Plötzlich stand Drachentöter neben mir, servierte meinen roten Schuh auf seinem Handtablett, sah mich nachdenklich an und sagte scherzhaft: „Diejenige, der dieser Schuh passt, ist meine Auserwählte."

Mir war nicht nach Scherzen zumute. Ich lächelte dünn, nahm meinen Schuh und steckte ihn mir an den Fuß. Welch Wunder, er passte. Haha. „Sorry, von Lamm wird mir immer so schlecht. Vielleicht können wir das mit dem Essen irgendwann wiederholen."

Er nickte etwas enttäuscht und ging voran, um seinen Gemüsetransporter aufzuschließen. Als ich wieder mal kein Taschentuch in meiner Tasche fand, reichte er mir seine Allzweckwaffe: den benzinverschmierten Lappen. Ich wischte mich ab.

Wir schwiegen. Ich hatte mein erstes und sicher auch letztes Date mit dem tollsten Mann, der mir je über den Weg gelaufen ist, so richtig versaut.

Das Timing unseres Aufeinandertreffens stimmte eben nicht. Ich seufzte in mich hinein.

Das Wichtigste war, dass ich erst einmal mein Leben rettete – ich sage nur Betonstiefel – und meine finanzielle Zukunft sicherte, indem ich den echten Picasso in die Finger bekam, um Viktors Kunden zu befriedigen. Ich hatte jetzt keine Zeit und keinen Nerv für eine Affäre, selbst Patrick Dempsey bekäme im Moment keine Chance.

Der Commissario bremste scharf vor meiner Tür. Die Schuckelei im Gemüsetransporter und die frische Luft – ich hatte das Fenster heruntergekurbelt – bewirkten einen erneuten Brechreiz. Ich riss mich zusammen und atmete tief ein und aus. Was sollte Drachentöter von mir denken, wenn mir ständig in seiner Gegenwart das Essen aus dem Gesicht fiel?

Im Ferienhaus brannte Licht. Sollten Viktor und der Dicke mit schlechten Nachrichten zurückgekommen sein? Das war eindeutig nicht mein Tag heute.

Auch Rocco hatte die Beleuchtung bemerkt. „Besuch?"

„Das könnte meine Schwiegermutter wegen Wolfgangs Beerdigung sein", log ich.

„Die hat einen Schlüssel für Ihr Ferienhaus?", wunderte sich der Commissario.

Nein, Sigrun besaß keinen Schlüssel. Vielleicht begleitete er mich sicherheitshalber doch bis zur Tür, um mich zu beschützen? Wenn mich drinnen Viktors Kunde erwartete, um mich zu Fischfutter zu verarbeiten, könnte Drachentöter seine Fähigkeiten unter Beweis stellen und mich retten, um endlich durch einen Ritterschlag geadelt zu werden.

Mein Blick schien ihm alles zu sagen. Jedenfalls sprang er aus seinem Gemüsetransporter und klingelte an der Tür.

Dörte öffnete ihm mit einem verdutzten Gesichtsausdruck.

Mein Herz machte einen Sprung. Ich rannte barfuß auf sie zu und umarmte sie erleichtert. Dann wand ich mich an meinen

Commissario: „Alles in Ordnung. Darf ich vorstellen, Dörte Jensen, meine Freundin."

Dörte reichte ihm die Hand, musterte den Mann interessiert und mich fragend.

„Rocco Caprese", stellte er sich vor. „Kümmern Sie sich um Annemie. Ich glaube, ihr geht es gerade nicht so gut."

„Ich hatte Lamm ..."

Dörte zog die Nase kraus. „Deine Haare riechen eher nach Fisch, meine Liebe."

Jetzt drehte sich wieder alles. Ich schwankte.

„Und zwei Gläschen zu viel. Oder hast du in Bier gebadet?"

Ich winkte ab. „Ich bin nur in einen voll beladenen Kellner gestürzt. Alles halb so wild." Mein Magen krampfte sich zusammen. „Sorry, aber ich muss ins Bett." Der Plan war doch eigentlich, dem Date mit Commissario ein Date mit Picasso folgen zu lassen. Das wurde wohl nichts mehr. So ein Schiet!

Ich torkelte ins Haus, ohne mich von Rocco zu verabschieden. Mein Gott, war mir schlecht! Den Picasso, ich musste den falschen Picasso mitnehmen und ihn gegen den echten austauschen. Genau! Wo lag der jetzt noch mal gleich? Ich lüftete das Tuch von dem Gemälde. Der leichte Fischgeruch des Bildes zog mir in die Nase. Ich sah mich im Container zwischen den verfaulten Gräten heute Morgen und erbrach mich im hohen Bogen auf die falsche Hermine.

„Annemie!", rief Dörte entsetzt hinter mir, sah die Bescherung und meinte: „Das schöne Bild."

Ich wischte mir den Mund ab, kicherte in mich hinein und fragte: „Hast du mal eine Zigarette?"

„Seit wann rauchst du?"

Ich erklärte ihr, wozu ich den Glimmstängel brauchte, und zündete mir einen an.

Hustend zog ich am Filter, bis genügend Asche glühte, platzierte die Spitze auf der Rückseite über dem linken Auge des

Porträts und versenkte die Leinwand minimal. Zum Schluss wischte ich mit einem feuchten Tuch meinen Mageninhalt von Bild und Boden und blieb im Anschluss einfach dort liegen. „Fahren … zu Elena … der Picasso."

Dörte schüttelte den Kopf. „Du fährst heute nirgendwo mehr hin!"

Sie steckte mich unter die kalte Dusche. „Pppppprrrrr!", war das kalt. Langsam wurde ich nüchtern. Ich trocknete mich ab.

Meine Freundin saß auf dem Toilettendeckel und fragte mit einem Grinsen im Gesicht: „Ein neuer Verehrer?"

Ich erzählte ihr schnell in allen Einzelheiten von den Ereignissen der letzten Tage. Nicht nur von meinen Begegnungen mit Rocco, sondern auch von meinem Plan, die schöne Elena um den Picasso zu erleichtern.

„Wieso bist du eigentlich schon zurück? Ich denke, ihr habt morgen noch einen Auftritt in Wien?"

„Den hat der Veranstalter wegen zu geringem Kartenverkauf gestrichen."

Spontan nahm ich sie in die Arme. „Ich bin ja so froh, dass du wieder da bist."

34. KAPITEL

Nach einem starken Kaffee und einem Aspirin, das ich vorbeugend gegen den Kater danach nahm, ließen wir uns von einem Taxi nach *Castiglione della Pescaia* fahren.

In Trainingsklamotten und mit dem falschen Picasso sowie einem Draht zum Türenöffnen im Gepäck, den wir uns im Geräteschuppen des Ferienhauses ausborgten, observierten wir das Haus. Mittlerweile war es kurz nach Mitternacht. Plötzlich bremste ein Taxi vor EKs Haus. Schnell versteckten wir uns hinter der Ecke zur Nebenstraße. In der unteren Etage leuchteten die Fenster hell. Die Eingangstür sprang auf, Elena trat hinaus und reichte dem Taxifahrer ihren silbernen Trolley, den der Mann gleich darauf im Kofferraum verstaute.

„Die haut ab, los, wir müssen hinterher." Ich sah mich um. Dreißig Meter von uns entfernt lieferte ein Pizzafahrer seine Ware aus. Er schaute gerade zu einem Fenster nach oben, wo ihm ein älterer Mann mit seinem Krückstock zuwinkte und etwas rief. Der Pizzafahrer stöhnte und verschwand in der Eingangstür des Hauses. Der Motor seines roten Miniflitzers lief. Ich überlegte nicht lange, schnappte Dörte am Ärmel, rannte mit ihr über die Straße und pflanzte mich hinter das Steuer.

„Bist du wahnsinnig?", schrie meine Freundin.

„Steig schon ein!"

Wir folgten dem Taxi fast hundert Kilometer bis zum Flughafen nach Siena.

Dort stieg Elena aus und begab sich mit ihrem Rollkoffer in die Halle. Wenn sie jetzt ihr Gepäck aufgab, war alles verloren, dachte ich und beobachtete, wie sie sich in die Schlange der Reisenden vor dem Check-in einreihte, vor eine ältere Dame, die genau den gleichen Koffer wie Elena mit sich führte. Dörte und ich sahen uns an. Wir hatten denselben Gedanken. Welche Fügung des Schicksals.

Leider kamen wir nicht näher an Elena heran, ohne dass sie uns bemerkte. Ich hätte mir vor Wut die Haare raufen können.

Dörte scannte die Umgebung ab, stupste mich in die Seite, grinste und flüsterte mir ihren Plan ins Ohr. Er war verrückt – aber vielleicht würde es funktionieren.

Sie verschwand im nächsten Moment hinter einer Stewardess, die durch eine Tür mit der Aufschrift „Nur für Personal" lief. Nervös ging ich auf und ab, während ich die Tür im Auge behielt. Ich rechnete damit, meine Freundin in Handschellen dort hinauskommen zu sehen.

Doch zum Glück hatte ich die schlauste Komplizin, die man sich wünschen konnte – denn schon im übernächsten Moment kam Dörte in einer schicken Stewardessen-Uniform aus der Tür stolziert.

Jetzt war ich dran. Aufgeregt pirschte ich auf unsere Zielperson zu. Gerade als Elena mit der Dame vom Bodenpersonal hinter dem Schalter diskutierte, lief ich so hinter ihrem Rücken vorbei, dass ich ihren silbernen Rollkoffer mit dem der alten Frau vertauschen konnte. Gleich darauf gab ich Dörte mit einem Augenaufschlag ein Zeichen. Sie setzte sich in Bewegung, sprach die ältere Dame freundlich an und ließ sich ihr Ticket zeigen. „Oh, da stehen Sie in der falschen Schlange." Sie hakte die Dame unter und fragte: „Ist das Ihr Koffer?"

„Ja." Die Dame guckte irritiert und fühlte sich sichtlich überrumpelt. Doch Dörte lächelte, schnappte sich das Gepäck und führte die Frau erst einmal aus der Gefahrenzone. Beide verschwanden in der Menge.

Ich sah noch, wie Elena „ihren" Koffer auf das Förderband hob.

Puh, das war knapp. Ich tauchte in der Menge unter und folgte Dörte, die mit der Frau vor der Damentoilette stehen blieb. „Am besten, Sie gehen noch einmal, bevor Sie einchecken. Die Abfertigung dauert heute wegen der Einführung der neuen Sicherheitstechnik ziemlich lange. Ich passe derweil auf Ihr Gepäck auf. Das ist heute unser besonderes kostenloses Serviceangebot, um Ihnen die Wartezeit erträglicher zu machen.“ Die Frau guckte skeptisch.

„Na, gehen Sie schon, ich warte hier auf Sie!“, sagte Dörte im Befehlston.

Die alte Dame gehorchte und verschwand in der Toilette. Dörte und ich folgten ihr in gebührendem Abstand, quetschten uns am anderen Ende des Ganges zusammen in eine Box und wollten den Rollkoffer öffnen. Natürlich, wie konnte es anders sein, sicherte den Inhalt ein Zahlenschloss. Wir sahen uns an und seufzten.

Zum Glück hatte ich eine Nagelfeile dabei. Ich pulte damit in allen möglichen Schlitzen herum. Nichts bewegte sich.

„Annemie, lass mich mal probieren.“ Dörte brachte die Zahnrädchen zuerst auf *1-1-1*, probierte dann ohne Erfolg *1-2-3*. „Ganz dumm ist unsere schöne Elena wohl nicht“, seufzte sie. „Fällt dir noch eine gute Zahlenkombination ein?“

„Na, der Geburtstag von Wolfgang wird es nicht sein.“ Verzweifelt starrte ich das silberne Monster an, in dem der kostbare Picasso gefangen war. So nah dran und doch so fern. Wütend drosch ich auf den Trolley ein. „Geh auf, du verdammtes Mistding!“

Dörte kratzte sich am Kopf und grübelte. „Eine Idee habe ich noch. Unser kleines Vögelchen leidet doch an gnadenloser Selbstüberschätzung, vielleicht hält sie sich ja für eine Geheimagentin?“

„Wie meinst du das?“, fragte ich verwirrt.

„Mein Name ist Bond, Elena Bond“, flötete Dörte und drehte die Ziffern des Zahlenschlosses auf *0-0-7*.

Und, tada: Völlig unerwartet sprang der Koffer auf.

„Dörte, du bist ein Genie!“, jubelte ich und begann, die fremde Wäsche zu durchwühlen. Da lag er endlich vor mir, der echte Picasso, eingehüllt in ein Spitzennachthemd. „Wow!“ Fassungslos starrte ich das wertvolle Gemälde an, bis Dörte mich anstupste und zur Eile ermahnte.

Meine Fälschung hatte ich im Rucksack. Rasch tauschte ich die Bilder miteinander und schloss den Koffer.

Jetzt mussten wir den Koffer nur noch ins Flugzeug kriegen, dann würde niemand etwas merken.

Doch die alte Dame war verschwunden. Wir blickten uns um und sahen sie aufgeregt mit einem Sicherheitsmann diskutieren.

Stewardess Dörte strich sich ihre Uniform glatt und setzte einen seriösen „Ich habe alles im Griff“-Blick auf. Mit großen Schritten eilte sie auf die Frau zu und redete auf sie ein. Wieder einmal wunderte ich mich, wie sie das immer hinbekam. Denn schon nach wenigen Sekunden begann die alte Dame zu lächeln und hakte sich vertrauensvoll bei meiner Freundin unter.

Als die beiden zum Check-in-Schalter gingen, näherte ich mich ihnen möglichst unauffällig und lauschte.

„So, Frau Roberts“, säuselte Dörte grade, „dann wünsche ich Ihnen einen guten Flug.“

„Aber an dem Schalter stand ich doch vorhin schon an?“, wunderte sich die Dame.

Dörte lächelte nur. „Ach ja? Zeigen Sie bitte noch einmal Ihr Ticket.“ Sie gab vor, es eingehend zu studieren. „Ach so! Siena über Mailand nach New York! Da muss ich mich wohl vorhin verlesen haben. Also dann, wie gesagt, guten Flug.“

Die Dame schüttelte den Kopf und hob ihren silbernen Koffer auf das gleiche Förderband wie Elena zuvor. Dass sie den falschen Koffer bei sich hatte, würde sie wahrscheinlich bei ihrem Zwischenstopp in Mailand bemerken. Wenn das Bodenpersonal auf Zack war, würden sie das Problem auch sicherlich schnell klären und Elena …

Ach, das war jetzt nicht mehr unser Problem. Hauptsache, wir hatten den echten Picasso und die beiden Koffer lagen im Bauch des gleichen Flugzeugs.

Da unsere kleine Taschendiebin keine Kunstexpertin mit Insiderwissen war, würde ihr die untergeschobene Fälschung garantiert nicht auffallen. Sicher wollte sie sich das Bild nicht selbst über ihr Sofa hängen, sondern es an irgendeinen Hehler verkaufen. Wenn der Schwindel dann aufflog, konnte es mir egal sein.

Dörte huschte wieder in den Personaltrakt und kam in ihrem Trainingsanzug zurück.

Wir machten, dass wir wegkamen, und fuhren mit unserem Pizzamobil zurück nach *Castiglione della Pescaia*. Als kleine Entschuldigung an den armen Pizzaboten tankten wir sein Fahrzeug voll, bevor wir es am Ortseingang abstellten.

Beschwingt wanderten wir – wieder einmal im Morgengrauen – die wenigen Kilometer zu unserem Ferienhaus.

Der Himmel färbte sich von Schwarz zu Blau. Die Pinien verströmten ihren harzigen Duft. Die Vögel schmetterten ihren kehligen Gesang von den Bäumen, und ich hatte jetzt erst einmal richtig Hunger auf ein ordentliches Frühstück.

35. KAPITEL

Als wir um die Ecke zur Auffahrt unserer Residenz bogen, parkte ein grüner Mercedes davor. Hugo brachte Sigrun zurück. Und ich freute mich das erste Mal in meinem Leben, meine Schwiegermutter wiederzusehen.

„Ja sagt mal, wo treibt ihr euch denn zu so früher Stunde herum?“, musterte sie uns mit strengem Blick, um uns im nächsten Moment lachend zu umarmen.

„Wir waren joggen. Sieht man doch.“

„Du hast dir das mit dem frühen Vogel also zu Herzen genommen.“ Sie schaute mich prüfend an. „Gut siehst du aus!“

Ja, ich fühlte mich auch gut an diesem Morgen, schließlich hatte ich gerade meinen Kopf aus der Schlinge gezogen.

„Geht euch duschen, Mädels. Wir haben Frühstück und eine gute Nachricht mitgebracht.“ Dabei wedelte sie mit einer verdächtig nach frischen Croissants duftenden Papiertüte.

Eine halbe Stunde später saßen wir drei Frauen samt Hugo auf der lauschigen Terrasse um den Holztisch herum und schmierten Butter und Honig auf knusprige Brötchen.

Sigrun ergriff erst Hugos Hand und dann das Wort: „Kinder, wir werden heiraten. Hugo hat mir vorgestern einen Antrag gemacht.“

Mir fielen Messer und Brötchen aus der Hand, und Dörte verschluckte sich prustend an ihrem Kaffee.

„Aber ihr kennt euch doch erst eine Woche“, sagte ich entgeistert.

Hugo schaute Sigrun verliebt an. „Es war halt Liebe auf den ersten Blick.“

Meine Schwiegermutter ergriff das Wort. „Wer weiß, wie viel Zeit uns noch bleibt, da will ich keine Stunde vergeuden. Wenn einem das Glück über den Weg läuft, muss man es festhalten. Mein Mann und mein Sohn sind tot. Gott hab' sie selig. Was soll ich allein in meiner winzigen Wohnung? Jeden Tag aus dem Fenster gucken und darauf warten, dass mich der Sensenmann holt. Nee!"

„Aber du kannst doch bei mir wohnen", wandte ich ein.

„Annemie, du bist noch jung und musst deinen eigenen Weg finden, um auch noch einmal von vorne anzufangen", sagte sie und zwinkerte mir zu. „Mit Wolfgangs Erbe stehen dir alle Möglichkeiten offen." Sie beugte sich zu mir und flüsterte mir ins Ohr: „Für ein kleines Taschengeld wäre ich dir natürlich sehr dankbar."

Ich lächelte liebevoll und umarmte sie.

„Die Hochzeit findet in vier Wochen in München statt. Ihr werdet doch meine Trauzeuginnen?", fragte Sigrun.

Dörte und ich sagten lachend zu. Dann räumten wir alle zusammen den Tisch ab, und ich erzählte Sigrun von den polizeilichen Ermittlungen sowie der Absicht, Wolfgang in *Castiglione della Pescaia* beerdigen zu lassen. Sie bestand darauf, sich selbst mit Hugo darum zu kümmern, dass mein Mann noch vor ihrer Hochzeit hier unter die Erde kam, weil sie sich für die Erziehung ihres Sohnes zu einem ausgebufften Halunken schuldig fühlte.

Gegen Mittag rief ich Viktor an und sagte ihm in Agentenmanier, dass ich das Geburtstagsgeschenk für seinen Onkel bekommen habe, und fragte, ob er auch das Geschenk für seine Tante haben und den Zusatzbonus in Anspruch nehmen wolle. Hocherfreut verabredete er sich mit uns für den kommenden Sonntag zu einem Ausflug nach *Populonia*. Die Zeit würde ich auch brauchen, schließlich musste ich den Matisse noch fertigstellen und die Farbe trocknen lassen.

Ich hatte das Gefühl, jetzt löste sich der Knoten, und ich konnte zumindest etwas ruhiger schlafen. Sowie ich den Deal mit Viktor über die Bühne und Wolfgang hoffentlich in der nächsten Woche endgültig unter die Erde gebracht hatte, wollte ich abreisen und mir mit Dörte einen anderen Ort für meinen Neuanfang suchen …

Obwohl? Jetzt konnte ich doch nach Hause zurück. Bisher brachte die Polizei Elena, oder wie sie sonst hieß, mit Wolfgangs Tod in Verbindung. Mich verdächtigte niemand. Ob Interpol sie in New York schnappte? Wer weiß, vielleicht blieb sie ja nur kurz, um das Bild zu verkaufen, und kam dann zurück nach Deutschland oder Italien. Wie hoch war eigentlich die Aufklärungsrate bei unnatürlichen Todesfällen? Doch bestimmt nicht einhundert Prozent …

Ich seufzte und kümmerte mich um den Matisse.

Dabei dachte ich wehmütig an den Commissario. Ob er der Richtige gewesen wäre?

Das würde ich nach den ganzen Aktionen am letzten Tag leider nie herausfinden. Eigentlich schade.

Am Sonntag verabschiedete ich mich gegen Mittag. Viktor und ich wollten uns zur Übergabe im *Museo Archeologico Gasparri* treffen, dem archäologischen Museum von *Populonia*.

Dörte mietete uns am Freitag einen kleinen schwarzen Fiat, damit wir für die letzten Tage ein wenig mobiler waren. Sie wollte mich unbedingt begleiten. Viktor bestand aber darauf, dass ich allein kam.

„Wer weiß, was der mit dir vorhat. Annemie, sei auf der Hut!“, mahnte sie. „Ich komme mit, setze dich am Fuß von *Populonia* ab und folge dir heimlich. Das merkt der gar nicht.“

Ich beruhigte sie, dass ich mit Viktor schon allein fertigwürde, setzte mich hinters Steuer und brauste los.

Das archäologische Museum lag umgeben vom Meer auf einem Hügel. Die dicken Mauern des Festungskomplexes aus der ersten Hälfte des fünfzehnten Jahrhunderts, die der Verteidigung vor Piraten dienten, wirkten gigantisch. Ich stellte das Auto ab, schulterte meinen neuen Rucksack, in dem die beiden Bilder, jeweils mit Geschenkpapierschleifen umwickelt, verhüllt neben meinem Ausflugsproviant versteckt waren, und erklomm die letzten Meter zu Fuß.

Eine schwarze Limousine mit getönten Scheiben rollte langsam an mir vorbei und hielt an. Zwei Männer sprangen heraus, packten mich unsanft und zogen mich in den Wagen hinein.

„Ey, ihr Grobiane, lasst mich los!" Ich wehrte mich mit Händen und Füßen, schlug und kratzte.

Ein älterer Herr mit Hakennase und lederner Gesichtshaut saß im feinen Zwirn auf dem Rücksitz und belächelte das Szenario. Seinen sicherlich kahlen Schädel bedeckte ein weißer Panamahut. Zwischen den Fingern drehte er einen Gehstock mit kunstvoll geschnitztem Elfenbeinknauf. „Reagieren Sie immer so abweisend auf Einladungen?"

„Kommt darauf an, wie sie ausgesprochen werden", sagte ich und warf stolz meinen Kopf in den Nacken.

Wenn schon sterben, dann mit erhobenem Haupt! Was bildete sich der Alte eigentlich ein?

„Sie haben etwas, was mir gehört?"

„Ich? Da irren Sie sich aber gewaltig. Hier liegt bestimmt eine Verwechslung vor."

Einer der Gorillas nahm meinen Rucksack auseinander.

„Pfoten weg, Frankenstein!"

Frankenstein zog den Picasso heraus.

„He, das ist ein Geschenk für meine Mutter", protestierte ich und musste mit ansehen, wie er das Geschenkpapier zerriss. „Wenn du auf Bilder stehst, mal dir gefälligst selber eins."

Der Strohhutmann lächelte seinem Lakaien fürs Grobe zufrieden zu und wandte sich dann an mich: „Ich hoffe, es ist dieses Mal nicht selbst gemalt." Er nahm das Bild, drehte es um, prüfte mit dem Finger den Brandfleck und roch an der

Leinwand. Er nickte, legte es beiseite und schaute sich nun eingehend den Matisse an. „Wirklich perfekt. Sie sind ein Naturtalent, junge Frau. Eine Million ist allerdings ein etwas überhöhter Preis. Schließlich muss ich noch mehrere Gutachten anfertigen lassen, die die Echtheit des Bildes bestätigen."

Jetzt kapierte ich.

Viktors Kunde holte seine Ware selbst ab.

„Das müssen Sie mit Viktor klären. Soweit ich weiß, gibt es mehrere Interessenten für das Bild", bluffte ich. „Entweder Sie nehmen es jetzt für den Preis, oder ich werde mich anderweitig umsehen. Für so eine Rarität könnte ich locker mehr verlangen."

Verblüfft sah mich der Strohhutmann an, mit Gegenwehr hatte er wohl nicht gerechnet. Und damit, um den Matisse konkurrieren zu müssen, wohl auch nicht.

„Frau Pfeffer, ich habe Sie anscheinend unterschätzt. Sie sehen zwar nicht so aus, aber Sie scheinen einiges von diesem Geschäft zu verstehen. Ich bin beeindruckt."

Wiederstrebend begann er, Geldbündel in eine Plastiktüte zu werfen. „Na gut, also eine Million."

Das war ja mal völlig stillos. Teuren Anzug tragen, fette Limousine fahren, sich Bilder im Millionenwert übers Sofa hängen, aber die Kohle in der Plastiktüte wie ein Penner transportieren? Da hätte ich mindestens einen silbernen Geldkoffer erwartet.

„Dafür müssen Sie mir aber etwas versprechen, Frau Pfeffer."

Ich guckte ihn fragend an. Er hielt die Tüte fest im Griff. „Es gibt da noch einige Bilder, die zusammen mit dem Matisse im Zweiten Weltkrieg verschwanden. Vielleicht tauchen diese ja auch wieder auf …"

Hatte ich mich verhört? Gab mir der Mann, der sich noch nicht einmal vorgestellt hatte, gerade den Auftrag, weitere Fälschungen anzufertigen?

„Eigentlich wollte ich erst einmal Ferien machen“, sagte ich mit gespielter Gelassenheit und überlegte, ob ich ihn nach seinem Namen fragen sollte. Irgendwie traute ich mich aber nicht.

„Das eilt ja nicht, ich hatte eher an eine langfristige Zusammenarbeit gedacht“, sagte der Strohhutmann geheimnisvoll.

„An was dachten Sie denn, Herr …?“

Er verzog den schmalen Mund zu diesem überlegenen Alte-Männer-Lächeln. „Werke von Rubens, Rembrandt, Tizian, van Dyck … Oh, entschuldigen Sie meine Unhöflichkeit, ich vergaß wohl, mich vorzustellen. Nennen Sie mich einfach Signore Uno.“

„Laufen die zukünftigen Geschäfte wieder über Viktor?“

„Da gibt es ein kleines Problem. Signore Russo ist im Moment etwas in seinem Bewegungsradius eingeschränkt.“ Er verzog keine Miene.

Hatte er ihn etwa umgelegt? Mir stockte das Blut in den Adern. Mein Fluchtinstinkt meldete sich.

Ich straffte mich. „Es soll mir recht sein, den Preis mit Ihnen direkt zu verhandeln. Gewähren Sie einen Vorschuss für die Kosten? Sie wissen schon, Leinwand, Farbe, Atelier …?“

Ohne mit der Wimper zu zucken, öffnete er seine Brieftasche und legte mir mehrere Geldbündel in die Hand. „Reichen zweihunderttausend?“ Ich nickte und steckte das Geld weg.

Ratlos sah ich ihn an. Wie man sich von einem brutalen Gangsterboss verabschiedete, hatte mir mein Kriminalistik-Ratgeber auch nicht verraten. „Ja, also … Signore Uno … äh … dann wünsch ich noch einen schönen Sonntag. Bleiben Sie frisch! Ach so, wie erreiche ich Sie denn telefonisch?“

„Melden Sie sich, wenn Sie so weit sind“, sagte er und schrieb mir eine Nummer auf einen Zettel.

Ich nahm ihn, stieg aus und lief, ohne mich umzudrehen, so ruhig wie möglich zum Auto zurück.

Als die Limousine außer Sichtweite war, machte ich meiner aufgestauten Anspannung Luft. „Huuuuuhhh“, rief ich und sprang auf und ab. Ich war verdammt stolz auf mich. Mein Hochgefühl musste ich unbedingt teilen, deshalb setzte ich mich ins Auto und raste im Affentempo zum Ferienhaus zurück.

Dort angekommen, schloss ich die Tür hinter mir, lehnte mich mit dem Rücken an das Holz und atmete erst einmal tief durch.

Dörte, die sich gerade durch die Fernsehsender zappte, schaute mich mit weit aufgerissenen Augen besorgt an.

Ich rannte auf sie zu und umarmte sie jubelnd.

Dann erzählte ich überschwänglich, was passiert war, kippte den Inhalt der Plastiktüte auf den Tisch und schichtete die Geldbündel zu Haufen auf. „Das ist für den falschen Matisse, und das ist die Anzahlung für weitere Unkosten.“ Dörtes Augen wurden immer größer.

„Signore Uno gab mir gleich mehrere Fälschungen in Auftrag.“

„Signore Uno? Mehrere Fälschungen ... Annemie, du wirst doch nicht wirklich ...?“, fragte meine Freundin entsetzt.

Ich grinste nur. „Warum eigentlich nicht?“

„Das ist kriminell.“

„Findest du? Er will, dass ich ihm Bilder berühmter Maler kopiere. Wenn Signore Uno meint, dass meine Nachbildungen so viel wert sind ...“, dabei wies ich auf den Haufen Geldbündel für den Matisse, „kann ich mich doch geschmeichelt fühlen.“

Sie zündete sich nachdenklich eine Zigarette an. Ich spürte, dass sie protestieren wollte, und rechtfertigte meine Entscheidung. „Was er damit anfängt, ist doch nicht mein Problem. Ich denke, man muss die Feste feiern, wie sie fallen. Das hast du selbst einmal gesagt.“

„Ich weiß nicht … Mit den zwei Millionen werden wir immerhin länger als eine Woche satt."

„Richtig, aber womit vertreiben wir uns die Zeit? Jeden Tag shoppen gehen ist auf die Dauer auch langweilig. Mir kam auf der Rückfahrt eine Idee. Sollen diese Reichen doch ruhig etwas mehr Geld für ein Duplikat hinblättern, das ihnen der ältere Herr aus der Tasche zieht. Wenn wir das Geld gut anlegen …"

„Du willst das Geld anlegen? Halt dich von Immobilien und Fonds fern, damit hat mein Berater mein gesamtes Erbe durchgebracht", warnte Dörte mich.

„Ich dachte beim Anlegen eher an etwas im Sinne von Robin Hood."

Jetzt sah meine Freundin mich mit großen Augen an.

„Wir gründen einen Hilfsfonds zur Unterstützung von Jugendkunstschulen, damit Kinder aus sozial schwachen Familien ohne einen Teilnehmerbeitrag Mal-, Gesangs-, Tanz- und Theaterkurse besuchen können, um ihre Talente zu entdecken und diese zu fördern."

Dörte grinste und drückte ihre Zigarette aus. „Das klingt gut!"

„Damit stellen wir ein bisschen Gerechtigkeit her, und ich kann nach Herzenslust malen. Vielleicht können wir ja auch selbst Kurse geben. Ich glaube, das würde mir Spaß machen."

„Mir auch. Ich könnte mit den Kindern ein Musical inszenieren, und du entwirfst dazu mit anderen Kindern Bühnenbild und Kostüme", schlug Dörte vor.

„Und wir könnten mit den Werken der Kinder Ausstellungen organisieren."

Wir stießen aus Mangel an alkoholischen Getränken mit rotem Traubensaft auf unser Vorhaben an.

Ich suchte im Fernsehen einen Musiksender, um dem Drang, meiner Freude tänzerischen Ausdruck zu verleihen, nachzugeben. Bei einem italienischen Nachrichtensender stoppte ich und horchte. Natürlich verstand ich kein Wort von dem, was die Reporterin da erzählte, aber die Bilder sprachen für sich. Zwei Polizisten führten Viktor in Handschellen ab. Das Bild seines Anwesens bei *Grosseto* erschien, danach eine Pistole und ein schlechtes Foto von meinem Mann.

Viktor war nicht tot, sein Bewegungsradius beschränkte sich auf das Innenmaß seiner Gefängniszelle. Deshalb war Signore Uno gezwungen, sich selbst um den Abschluss unseres Geschäftes zu kümmern.

Im weiteren Verlauf des Berichts tauchte Picassos „Bildnis der Hermine Bein" im Leipziger Bildermuseum auf. Ein Foto mit dem Untertitel „van der Lohe" wurde eingeblendet. Ich zählte eins und eins zusammen. Viktor wurde verhaftet, weil er in Verdacht stand, in Leipzig den Picasso geklaut und mit der Waffe Wolfgang erschossen zu haben. Die Polizei fand die Waffe in seinem Ferienhaus? Wie war die dort hingeraten?

„Die haben Viktor in Verdacht, Wolfgang erschossen zu haben", sagte Dörte und starrte entgeistert auf den Bildschirm. „Ist das die Waffe, die aus Wolfgangs Nachtschrank geklaut wurde?"

„Kann sein, die sehen doch alle gleich aus, jedenfalls für Laien."

Ich setzte mich auf die Sessellehne und ärgerte mich darüber, dass ich den Volkshochschulkurs *Italienisch für Anfänger* nicht fortgesetzt hatte. „Das verstehe ich nicht!" Abwesend schaute ich auf das Fernsehbild. Das war unmöglich. Es musste sich um eine andere Waffe handeln. Ich könnte meinen Commissario fragen. Nein, lieber nicht. Schämte ich mich doch für mein Verhalten bei unserem letzten Treffen. Plötzlich stutzte ich. Wieso war Picassos „Hermine" plötzlich im Museum of Modern Art in New York?

Ich rieb mir die Augen. Noch vor einer Stunde steckte es in meinem Rucksack. Nee, oder? Dörte und ich starrten uns zum zweiten Mal fragend an.

Bevor wir nur einen Ton herausbrachten, klingelte es.

Erschrocken rannten wir zur Tür und lugten durch den Spion.

Der falsche Tomatenbauer stand davor.

Wir schlichen ins Wohnzimmer und versteckten die Geldbündel hastig im Geschirrspüler, bevor wir ihm öffneten.

36. KAPITEL

Ciao, Annemie! Ich wollte dir nur mitteilen, dass die Leiche deines Mannes zur Beerdigung freigegeben ist.“ Er wirkte unschlüssig, regelrecht verlegen, und duzte mich plötzlich.

„Kommen Sie doch rein“, ergriff Dörte das Wort.

Wir setzten uns ins Wohnzimmer.

„Espresso, Cappuccino, Kaffee?“, fragte ich, um meine Verlegenheit zu überspielen.

„*Si, grazie!*“

Ich stand auf und suchte im Küchenschrank nach einer Tasse. Mist! Nur noch ein sauberes Glas. Die Tassen standen alle im Geschirrspüler.

Er beobachtete mich. Ich lächelte.

Wenn ich den Geschirrspüler öffnete, sah er aus seiner Sitzposition das Geld und wunderte sich sicher.

Demonstrativ schaute ich in die Kaffeebüchse, dann sendete ich einen Warnblick zu Dörte, damit sie mir nicht dazwischenfunkte. „Oh, der Kaffee ist alle. Wie wäre es mit einem Glas Traubensaft? Für Kaffee ist es auch viel zu heiß“, sagte ich und lüftete mein T-Shirt.

Der Commissario nickte. Ich reichte ihm das Glas und setzte mich ihm gegenüber. Er trank und schaute mir tief in die Augen.

Ein kurzes Schweigen stand im Raum.

Schade, dass er Polizist war …

Schade, dass wir uns unter diesen Umständen kennengelernt hatten …

In diesen Mann hätte ich mich verlieben können. Sein Blick weckte die Schmetterlinge in meinem Bauch. Ich biss mir unsicher auf die Lippen. *Jetzt bloß nicht weich werden, Annemie.*

Rocco räusperte sich und sagte: „Wir haben den Täter gefasst.“

„Wirklich?“ Ich stellte mich dumm und unterdrückte das Bedürfnis, aufzuspringen und ihn zu küssen.

„Der Tod deines Mannes steht im Zusammenhang mit einem Kunstraub in Leipzig. Ein gewisser van der Lohe, der Besitzer eines Gemäldes von Picasso, hat offenbar den Diebstahl in Auftrag gegeben, um die *assicurazione* … Versicherungssumme zu kassieren.“

Ich stutzte. „Aha?“ Der alte Mann in der schwarzen Limousine, der sich mir als Signore Uno vorgestellt hatte, sah van der Lohe kein bisschen ähnlich. Wie kam die Polizei darauf, dass Viktor seinen Auftrag, den Picasso zu beschaffen, von van der Lohe erhalten hatte? Ein kurzer Blick zu Dörte verriet mir, dass auch sie hinter ihrem Pokerface grübelte.

Mein Drachentöter sprach weiter: „Van der Lohe ist … *fallito* … bankrott. Der Verkauf des Picasso war unmöglich, weil van der Lohe ihn bereits als Bürgschaft für einen Privatkredit eines italienischen Milliardärs eingesetzt hatte.“

Sprachlos glotzten wir ihn an. Mir fiel die Kinnlade herunter.

„Van der Lohe setzte sich mit dem dubiosen Kunsthändler Viktor Russo, der wiederum Kontakt zu deinem Mann aufnahm, in Verbindung. Dein Mann sollte über dich herausbekommen, wie die Sicherung der Bilder erfolgt. Du arbeitest im Bildermuseum Leipzig, *sì*?“

„Ja, aber …“, stotterte ich.

„Russo streitet das zwar ab, aber wir haben die Aussage von Frau Broccoli“, unterbrach mich der Commissario.

Ich verstand kein Wort mehr. „Frau Broccoli?“

„Angelina Broccoli alias Elena Kaminsky. Sie ist Versicherungsdetektivin und war van der Lohe und seiner Absicht in Bezug auf den Versicherungsbetrug auf der Spur.“

Und zusätzlich hat das kleine Luder sich mal ganz nebenbei ein Milliönchen verdient …

„Sie beschattete van der Lohe sowie Russo und bekam das Treffen zwischen ihm und deinem Mann mit. Von ihm ließ sie sich als Taschendiebin Elena Kaminsky festnehmen und wurde seine *amante* … Geliebte, um die nötigen Infos zu bekommen. Sie gaukelte ihm Liebe vor, ermunterte ihn, den Diebstahl mit ihr durchzuziehen, um sich dann mit dem Geld gemeinsam nach Argentinien abzusetzen. Was sie natürlich nicht wirklich vorhatte. Sie wollte Russo der Hehlerei, van der Lohe des … *dolo* … des Betruges überführen und den Picasso an das Museum of Modern Art übergeben, wo er als Nächstes ausgestellt werden sollte. Was ihr ja auch gelungen ist."

Jetzt musste ich mir das Grinsen aber richtig verkneifen. Wenn Elena Kaminsky … äh … Angelina Broccoli dem Museum of Modern Art Picassos „Bildnis der Hermine Bein" übergeben hatte – dann hing mein Bild nun in einer der weltberühmtesten Galerien. Leider musste das Dörtes und mein Geheimnis bleiben. Ich fühlte mich dennoch unendlich geschmeichelt. Ein Blick zu meiner Freundin, und ich sah in ihren Augen, dass auch sie eins und eins zusammengezählt hatte.

Ich räusperte mich. „Zwei Fragen habe ich noch. Die Waffe, mit der mein Mann erschossen wurde …?"

„… fanden wir im Anwesen bei Signore Russo mit seinen Fingerabdrücken. Den Tipp erhielten wir von Frau Broccoli. Sie brachte uns erst auf Viktor Russos Spur."

„Warum hat Viktor Russo denn meinen Mann ermordet?"

„Dazu hat er sich nicht geäußert. Wir und Frau Broccoli vermuten, dass es zwischen deinem Mann und Russo einen Streit gab und das Ganze vielleicht ein Unfall war."

Ich staunte. Schließlich wusste Elena … äh … Angelina doch, unter welchen Umständen mein Göttergatte ins Gras gebissen hatte.

Aber natürlich! Sie plauderte nicht, weil sie so van der Lohe überführen, Viktor ins Gefängnis bringen und in Ruhe ihre Million ausgeben konnte. Viktor tat mir schon ein bisschen leid. Vielleicht sollten wir ihn einmal im Gefängnis besuchen, aber erst, wenn Gras über die ganze Sache gewachsen war.

Dann hatten wir mit Wolfgangs Tod wohl alle bekommen, was wir haben wollten ...

Na ja, fast. Bei diesem Gedanken schaute ich den falschen Tomatenbauer an.

Er lächelte. Wahrscheinlich war er froh, dass er mich nun endgültig als Tatverdächtige ausschließen konnte.

Ich schlug die Augen nieder, nahm meinen ganzen Mut zusammen, sah ihn im nächsten Moment direkt an und sagte: „Ich möchte unseren verpatzten Abend gerne wiedergutmachen. Darf ich Sie ... äh ... dich heute Abend zum Essen einladen? Ich verspreche auch, kein Lamm zu bestellen."

Wir lachten.

Dörte goss uns Traubensaft ein, und wir stießen an. „Cheers!"

Ich schaute kurz zum Himmel und prostete Wolfgang heimlich zu. „Danke für mein neues Leben!", flüsterte ich.

Zwei Tage später saßen Dörte und ich im Flieger von Pisa über Mailand nach New York. Wir waren anlässlich meines vierzigsten Geburtstags zu einem Kurzurlaub aufgebrochen. Auf unserem Plan standen Shoppen, Shoppen und nochmals Shoppen sowie ein Besuch im Museum of Modern Art, wo ich mein Werk, das „Bildnis der Hermine Bein", unbedingt mit eigenen Augen bewundern wollte.

Ich hatte ganz schön weiche Knie, als ich im Bauch des Metallvogels Platz nahm. Schließlich handelte es sich um meine Entjungferung, was das Fortbewegen zwischen den Kontinenten betraf.

Dörte bot mir den Fensterplatz an. Ich lehnte dankend ab, denn ich glaubte, in Ohnmacht zu fallen, wenn ich sah, wie ich den Boden unter den Füßen verlor. *Nee, nee!* Dann lieber schön in der Mitte sitzen und den Blick starr auf den Speckrücken des Vordermanns richten und sich einreden, man sitze in der überfüllten Straßenbahn.

Ich atmete schwer, und die Schweißperlen traten mir auf die Stirn. Dörte hielt mir kurz die Hand.

„Du hast Angst."

Ich nickte stumm und hielt mich an ihr und der anderen Sessellehne fest. Noch war Zeit, den Rückzug anzutreten. „Wollen wir nicht lieber mit dem Schiff fahren?"

„Wasser hat auch keine Balken."

Na gut. „Dann hoffen wir, dass der Pilot keine Frau ist, sein Handwerk versteht, nicht unter Depressionen leidet, hoffnungslos verliebt oder bis über die Ohren verschuldet ist." Ich schnallte mich fest.

Und dann ging es auch schon los. Die Sardinenbüchse setzte sich mit ihrem quasselnden Inhalt in Bewegung und rollte langsam an. Dörte hielt immer noch meine Hand. Die blauuniformierte Stewardess mit rotem Halstuch und eingemeißeltem Dauerlächeln begrüßte uns über das Bordmikrofon und gab das Wort an den Piloten weiter, was mich ein wenig beruhigte, denn der Mann am Steuer sprach mit fester Stimme, die recht zuversichtlich klang, dass wir am Ende unserer Reise pünktlich auf amerikanischem Boden landeten.

Als die Stewardess wieder das Wort ergriff und uns den Gebrauch der Schwimmwesten und Atemmasken sowie den Ausstieg über die Notrutschen erklärte, zückte ich schnell Zettel und Stift und schrieb mit. Sie redete so schnell, das konnte sich ja kein Mensch merken. Ich meldete mich. Sie schaute zu mir. „Gibt es ein Problem?"

„Ja. Ich bin Fluganfänger. Können Sie das mit den Schwimmwesten bitte noch einmal demonstrieren und zum Mitschreiben wiederholen?"

Alle Köpfe drehten sich zu mir um.

„Oh!" Das Dauerlächeln verbreiterte sich.

Dörte kam ihr zuvor, schaute mich entgeistert an, öffnete die Klapptasche an meinem Vordersitz und sagte: „Du musst nichts mitschreiben. Im Ernstfall findest du da drinnen die bebilderte Gebrauchsanleitung. Beruhige dich, Annemie! Wir stürzen nicht ab."

Ich nahm die Gebrauchsanleitung in die Hand und schaute sie mir an. „Kannst du mir bitte verraten, wie ich diese klein gedruckte Schrift im Ernstfall lesen soll, wenn meine Brille über meinem Kopf im Handgepäck liegt? Ich bestehe darauf, dass mir die Handhabung der Schwimmweste so erklärt wird, dass ich sie mir im Notfall ohne Probleme selbst anlegen kann", wehrte ich mich etwas zu laut, denn jetzt ging ein Raunen durch die Menge. Einige lachten sogar über mich. Aber das war mir egal. Hier ging es um mein Leben. Sollten sie doch im Ozean ersaufen. Ich wettete, dass jeder Zweite nicht wusste, an welcher Lasche er ziehen musste, damit sich die Weste aufblies.

„Meine Freundin hat Flugangst", entschuldigte Dörte mein Verhalten.

Die Stewardess trat neben mich, löste meinen Gurt und gab mir eine Einzelstunde Sicherheitstraining. Na also, geht doch! dachte ich und beruhigte mich langsam. Dörte grinste in sich hinein. Schon im nächsten Moment hob die Maschine ab. Es drückte mich in den Sessel, und ich spürte, wie wir an Höhe gewannen. Ein komisches Gefühl. Ich schluckte, dass es in meinen Ohren knackte. Und dann waren wir über den Wolken, und ich wagte einen Blick aus dem Fenster. Der Himmel über uns war blau. Unter uns schwamm eine graue Nebelsuppe.

Über den Wolken muss die Freiheit wohl grenzenlos sein, sang eine innere Stimme, und die Bilder des Abendessens und der darauffolgenden Nacht mit meinem italienischen Drachentöter schoben sich in meinen Kopf. Ob aus uns mehr würde als eine kurze Affäre, würde die Zukunft zeigen. Ich lächelte in mich hinein und fiel in einen tiefen schwarzen Schlaf.

Ein heftiger Windhauch streifte meine Haut. Ich fror, krallte mich mit den Fingern fest. Trotzdem fiel ich in einen unendlichen Abgrund. Die Ereignisse der letzten Wochen liefen im Rückwärtsgang vor mir ab.

Ich schrie aus vollem Hals, doch kein Ton kam heraus. Meine Muskeln verkrampften sich wie beim Achterbahnfahren, wenn der Scheitelpunkt überschritten war. Rings um mich brach Panik aus. Die Menschen kreischten und lösten ihre Gurte, rannten wild durcheinander. Nur ich klebte wie gelähmt am Sitz und konnte mich in der Gewissheit, gleich den Löffel abzugeben, nicht rühren.

Nein, ich war noch nicht bereit. Nicht jetzt, wo mein Leben gerade erst angefangen hatte, spannend zu werden. Ich wollte noch nicht sterben! Ich erkämpfte mir eine herumfliegende Schwimmweste, zog sie mir über und die Lasche heraus. Dann wurde ich auch schon von einem gewaltigen Sog erfasst. Ich griff nach Dörtes Hand. Wir wurden durch die Luft geschleudert und fielen ins Bodenlose.

Dann ruckelte mich jemand sanft am Arm: „Annemie! Annemie!“

Ich klappte die Lider hoch und blickte direkt in Dörtes besorgtes Gesicht. Ich musterte meine Freundin in ihrem bunten Sommerkleid und dem grünen Tuch, dass ihre Löwenmähne bändigte. Sie schien nicht einen Kratzer bei dem Absturz abbekommen zu haben. Mein Mund verzog sich zu einem Lächeln.

„Du lebst“, sagte ich, froh darüber, dass ihr nichts passiert war.

„Ja?“

Jetzt schaute ich mich um. Ich saß allein neben Dörte in meinem Flugzeugsitz. Die anderen Passagiere hatten den Flieger längst verlassen. Die Stewardess stand vor mir im Gang.

„Wir sind also gar nicht abgestürzt?“

Sie schüttelte verneinend den Kopf. „Pünktlich vierzehn Uhr fünfunddreißig in Mailand gelandet."

„Dann sind wir ja höchstens eine halbe Stunde geflogen."

„Und du veranstaltest so ein Theater. Komm, wir müssen umsteigen, sonst verpassen wir unseren Anschlussflug."

Am nächsten Vormittag standen wir im Museum of Modern Art und bewunderten Picassos „Bildnis der Hermine Bein". Mir füllten sich die Augen vor Rührung mit Tränen.

„Das ist mein schönstes Geburtstagsgeschenk", sagte ich feierlich und drückte Dörte die Hand.

Auch wenn niemand wissen durfte, wer der wirkliche Maler dieses Bildes war, erfüllte mich die Tatsache, in einer der größten Galerien der Welt zu hängen, mit Stolz. Obwohl es sich nur um die Kopie des Werkes handelte. Immerhin eine perfekte Kopie.

Der Anblick bestärkte mich in meinem Vorhaben. Wenn ich mein Talent in Zukunft sinnvoll einsetzte und damit auf der einen Seite sogar etwas Gutes tat, bekam mein Leben endlich einen Sinn. Schon bei dem Gedanken an unser Projekt fühlte ich mich wie Robin Hood. Am liebsten hätte ich sofort losgelegt.

„Mein Bedarf an Kunstgucken ist gedeckt. Wollen wir irgendwo einen Kaffee trinken gehen und auf deinen Geburtstag anstoßen?" Stöhnend ließ sich Dörte auf eine der ledernen Sitzbänke fallen.

„Ja, mir schmerzen auch langsam die Füße. Allerdings würde ich vorschlagen, wir trinken zur Feier des Tages ein Glas Champagner. Immerhin ist das mein erster Geburtstag als Millionärin."

Lachend liefen wir die große Treppe herunter und blieben auf der vorletzten Stufe wie angewurzelt stehen.

Die schöne Elena stand in einem grauen Kostüm mit hochgestecktem Haar inmitten einer Gruppe von gut gekleideten älteren Herren und diskutierte geschäftsmäßig im akzentfreien Englisch mit den grauhaarigen Männern.

Sie drehte sich um und steuerte auf die Treppe zu. Es gab kein Entkommen. Unsere Blicke trafen sich. Ich spürte, wie sie für einen kurzen Moment innerlich zusammenzuckte. Anscheinend reagierte ihr Fluchtinstinkt analog.

Wir musterten uns abschätzend, wohl wissend um das Geheimnis des anderen. Dafür, dass sie mit ihrer Aussage dafür gesorgt hatte, dass in Wolfgangs Tod nicht weiter ermittelt wurde, sollte sie meinetwegen das Geld behalten. Plötzlich fühlte ich mich überlegen, denn von dem falschen Gemälde und meiner zukünftigen Mission ahnte sie nichts.

Ich nickte ihr grüßend zu und lächelte, denn Frieden beginnt mit einem Lächeln. Ohne den Umstand, dass Wolfgang der schönen Elena verfallen wäre, würde ich wahrscheinlich heute noch mürrisch in meinem vergilbten Bademantel herumschleichen. Manchmal brauchte es für einen Spurwechsel eben etwas Kräftigeres als einen Tritt in den Hintern.

Elena nickte zögernd zurück und schob sich dann eilig mit ihren Begleitern an uns vorbei.

Jetzt geht es erst richtig los, dachte ich voller Erwartung, hakte Dörte unter und sagte: „Was wäre das Leben, hätten wir nicht den Mut, etwas zu riskieren?“

Sie lächelte. „Van Gogh, wie passend!“

– ENDE –

NACHWORT DER AUTORIN

Es stimmt, dass ich mein Leben mit einem echten Kriminalpolizisten teile. Trotzdem möchte ich klarstellen, dass Wolfgang weder im Aussehen noch im Charakter Ähnlichkeit mit meinem Ehemann besitzt. Er pflegt auch keine symbiotische Beziehung zu seiner Mutter.

Bis auf die Tatsachen, dass in meiner Tiefkühltruhe eine Tupperdose mit besagtem Wurstsuppenklumpen herumlag (ich habe ihn mittlerweile entsorgt), unser Rosenbogen bei Sturm fast durchs Dorf geflogen ist und mein Mann bisher meinen Wunsch nach einem Gartenpavillon erfolgreich ignoriert hat, sind Handlung und darin vorkommende Personen frei erfunden. Alle eventuellen Ähnlichkeiten sind reiner Zufall und vollkommen unbeabsichtigt.

Falls Sie erwägen, sich eine Kopie oder das Original der im Buch vorkommenden Gemälde übers Sofa zu hängen, vergessen Sie's oder malen Sie selbst! Es gibt weder ein „Bildnis der Hermine Bein“ von Picasso noch den „Hirtentraum mit nackten Frauen“ von Matisse.

DANKSAGUNGEN

Ein Buch schreibt sich ja nicht von allein. Deshalb möchte ich allen danken, die an mich geglaubt und mich unterstützt haben.

Einen dicken Kuss bekommt mein Mann fürs ideenreiche Brainstorming, die scharfe Kritik und seine Geduld, wenn ich hin und wieder über dem Schreiben die Existenz meiner Mitbewohner vergessen habe.

Eine Knuddelumarmung kriegen:

Meine Tochter Wencke fürs Zuhören, ihren unschlagbaren Humor im Weiterspinnen von Situationen, der manch lebensbedrohlichen Lachanfall (Erstickungsgefahr!) beim Essen von Streuselschnecken verursacht hat. Bloß gut, dass der Arzt für die Wiederbelebung gleich anwesend war.

Mein Sohn Veit für die tolle Homepage. Du hast schon so viel für mich getan.

Alice, die mich mit ihrem Italienisch bei den Dialogen gerettet hat.

Das allerdickste Dankeschön geht an meine Eltern – weil ihr immer für mich da seid.

Einen ganz besonderer Dank erhält Sophie von der Projekt- und Medienagentur Gerd F. Rumler, die stets an mich geglaubt und mit ihren Ideen sowie der ehrlichen Kritik dafür gesorgt hat, dass meine Fantasien von Figuren und Plot in die richtige Bahn gelangt sind und sich so manche Schreibblockaden und Wortfindungsstörungen in Luft aufgelöst haben.

Danke den Mitarbeitern von MIRA Taschenbuch, die aus dem Wolfgang ein Buch gemacht haben:

An erster Stelle natürlich meiner Lektorin Maya Gause. Sie hat dem Text mit ihren Anregungen den letzten Feinschliff verpasst und dafür eigentlich mindestens einen Blumenstrauß verdient.

Danke dem Marketing und der Grafik von MIRA Taschenbuch, die für das herrliche Cover verantwortlich sind. Die Idee mit dem Sarg hat mich gleich begeistert.

Und last but not least allen Leserinnen und Lesern …

Cathrin Moeller, Februar 2015

Und danke, danke, danke!

Oder besser gesagt: Es ist ein anerkannter Brauch, wer Gutes bekommt, der bedankt sich auch. (Wilhelm Busch)

Lesen Sie auch:

Liv Jansen

Zornröschen

Ab September 2015 im Buchhandel

Band-Nr. 25860
9,99 € (D)
ISBN: 978-3-95649-210-5

KAPITEL 1

Hamburg, Februar 2014
Anne

Das absolute Ende war nicht plötzlich, sondern wie ein drohendes Unwetter langsam und schleichend gekommen. Erst wurden Telefon und Internet abgestellt, dann der Strom, schließlich kam die Kündigung der Wohnung, der Versicherungen und der Zeitschriften-Abos. Unzählige Schreiben von der Bank. Es ging um die Giro- und Sparkonten, und es ging um die Raten für die kleine Eigentumswohnung, die sie im neu erschlossenen Hafengebiet von Wilhelmsburg gekauft hatte. Auf Kredit natürlich. Sie hatte zweieinhalb Zimmer, und irgendwann wollte sie selbst einziehen. Mit ihrem Mann vielleicht, wenn sie mal einen haben sollte. Ihre letzte Beziehung hatte sie beendet, nachdem Matthias ihr gesagt hatte, dass er verheiratet sei. Und seine Frau hatte vom Verhältnis zu Anne erfahren. Matthias war schneller weg gewesen als der Schall, hatte aber die Nerven, ein paar Wochen später noch mal anzurufen und zu bitten, ihm seine Sachen zu schicken. Unter anderem zwei Kaschmirpullover, die sie zusammen gekauft hatten. Und noch ein sündhaft teures Aftershave aus einer Parfümerie in der Innenstadt, die die Düfte selbst herstellte, für die man ein Vermögen bezahlte.

Anne hatte ein schönes Päckchen gepackt und an Matthias' Frau adressiert. Die hatte dann die Pullover, die mit dem Aftershave getränkt waren, auspacken dürfen. Es waren noch andere Kleinigkeiten dabei gewesen. Dessous, die Matthias ihr gekauft und mit handgeschriebenen Kärtchen überreicht hatte. Vielleicht passten sie der Dame ja.

Matthias hatte daraufhin wütend angerufen und gefragt, ob sie seine Ehe zerstören wolle, und Anne hatte aufgelegt.

Anne ging langsam weiter. Sie musste aufpassen, dass sie nicht anfing zu schlurfen. Es hatte sie schon immer gestört, wenn Leute ihre Füße nicht richtig hoben. Nie hätte sie gedacht, dass sie selbst die Füße mal nicht mehr würde heben können. Sie war so müde. So lange hatte sie ihre blonden Locken nicht mehr gewaschen, so lange kein Peeling gemacht – wieso fiel ihr das jetzt gerade ein? –, und sie hatte das Gefühl, immer kleiner zu werden, was vielleicht daran lag, dass sie nicht mehr gerade ging. Bei einer Größe von etwas über eins sechzig war man ja sowieso kein Riese. Und dünn war sie geworden.

Irgendwann war alles weg gewesen. Sie hatte nichts mehr. Nur einen Koffer mit ein paar Klamotten, und der war ihr kurze Zeit später geklaut worden.

An dem Tag der Zwangsräumung, es war ein Mittwochmittag, hatte sie dann also unten auf der Straße gestanden und war so verwirrt gewesen, dass sie beinahe von einem Auto angefahren worden wäre. Nachbarn hatten schweigend aus dem Fenster geschaut, die Fenster wieder geschlossen und Anne weiter durch die Scheiben beobachtet. Nachbarn, mit denen sie früher oft gesprochen und gelacht und mal ein Glas Wein getrunken hatte. In Urlauben wurde die Post reingeholt, die Blumen hatte man gegenseitig gegossen und auf die Wohnungen aufgepasst. Aber dann war Anne „irgendwie komisch" geworden, ging gar nicht mehr zur Arbeit, hatte jeglichen Kontakt vermieden, und natürlich hatten die Nachbarn mitbekommen, was der Postbote so an Briefen und amtlichen Zustellungen brachte. Der tratschte nämlich auch ganz gern.

Anne hatte an diesem Tag alles wie durch Watte gesehen. Leute schauten sie an, sie wirkte wahrscheinlich fahrig, wie paralysiert und sehr verwirrt. Wie eine Irre, die unter Drogen stand und eigentlich in eine Zwangsjacke gehörte. Zufällig war sie an ihrem früheren Stammitaliener vorbeigekommen und automatisch stehen geblieben. Hochbetrieb. Mittagszeit. Gerade gingen vier Leute hinein, die Tür fiel langsam wieder ins Schloss, der Geruch von Hackfleisch und Knoblauch drang nach draußen. Hatte sie eigentlich Hunger gehabt, damals? Sie wusste es heute nicht mehr. Später hatte sie oft Hunger gehabt, damals, an diesem Tag im Oktober 2012, noch nicht. Dann hatte sie gesehen, dass die vier Leute im Restaurant ihre ehemaligen Kollegen aus der Werbeagentur waren. Anne war näher zur Scheibe gegangen. Die vier hatten an einem großen Tisch Platz genommen, und sofort brachte der flinke Kellner Weißbrot, Oliven und eine Schale mit hausgemachtem Dip. Anne hatte wie festgenagelt dagestanden und sich keinen Zentimeter bewegt. Nur eine Scheibe trennte ihr altes Leben von ihrem neuen.

Da hatte Berit, eine ihrer ehemaligen Kolleginnen, sie gesehen und durch die Scheibe auf sie gedeutet.

Erst hatten die anderen sie nicht erkannt, aber dann schon.

Und alle hatten begonnen zu kichern, dann steckten sie die Köpfe zusammen und redeten.

Anne hatte sich umgedreht, war die Straße entlanggegangen und hatte nicht mehr zurückgeschaut.

Ihr neues Leben hatte begonnen.

Hamburg, Februar 2014
Charlotte

Charlotte stand da und sah sich um. Sie kam sich vor wie in einem schlechten Film. Seit über zwölf Jahren war sie nicht mehr hier gewesen. Es hatte sich fast nichts verändert.

Vor ihr erstreckte sich das fünfzig Quadratmeter große Wohnzimmer mit dem Parkettboden, der so wunderschöne Intarsien hatte, dahinter die Terrasse, der etwas abschüssige Garten mit den Rosenbüschen, Hortensien und Klematis. Noch blühte nichts, aber das würde bald kommen. Sie trat näher an die riesige Panoramascheibe heran, um einen Moment lang den unverbaubaren Blick auf die Alster zu genießen, die träge vor sich hinfloss. Auch das Sonnensegel, der Holztisch, die gemütlichen Stühle und die Liegen waren genau wie damals. Wie oft hatten sie und Alexander hier gelegen, mit einem Glas Caipirinha oder Gin Tonic in der Hand, während durch die Außenlautsprecher die Töne einer Café-del-Mar-CD klangen oder Alex von seinem neuen Bild erzählte, das er gerade in seinem Atelier im obersten Stockwerk malte. Charlotte hatte einen großen Raum extra für ihn umgestalten lassen. Das Licht war wichtig, und ein Architekt hatte Wochen herumgetüftelt, bis alles perfekt war. Alex war glücklich gewesen. Und wenn Alex glücklich war, war Charlotte das auch, selbst wenn ihm der große Durchbruch mit dem Bild nicht gelungen war. Mit den anderen, die davor und danach kamen, ebenfalls nicht.

Es musste ja auch nicht sein. Sie hatte genug Geld gehabt. Ihre Unternehmensberatung wuchs und wuchs, da konnte Charlotte sich nicht beklagen. Und auch in der Liebe schien sie den großen Glückstreffer gelandet zu haben.

Sie hatte Alex auf einer Vernissage eines Kunden kennengelernt. Er war angeschickert und, wie er selbst kokett sagte, eigentlich nichts, aber freischaffender Künstler. So ähnlich wie Jack Dawson in *Titanic*, hatte er erzählt. Der brauchte ja auch nur ein glückliches Händchen beim Pokern und frische Luft in seinen Lungen.

Der Abend hatte damit geendet, dass sie mit einer Flasche Champagner auf dem Klettergerüst eines Spielplatzes standen, sie vor ihm, mit ausgebreiteten Armen, er hielt sie von hinten umschlungen und rief: „Ich bin der König der Welt!“ In diesem Moment hatte Charlotte beschlossen, mit ihm gemeinsam auf dem Schiff zu bleiben. Sie war damals sechsunddreißig gewesen. An ihrem siebenunddreißigsten Geburtstag hatten sie und Alex geheiratet.

Ihre Freunde und auch ihr Anwalt hatten damals darauf

gedrängt, dass sie einen Ehevertrag machte, aber sie hatte gelacht und Nein gesagt. Man heiratete doch aus Liebe. In dieser Beziehung war sie absolut das Gegenteil einer Geschäftsfrau. Charlotte, die im Berufsleben kühl, hart und unnahbar war und privat recht lange brauchte, bis sie jemanden an sich heranließ, war von Alex' Lebensfreude und seiner Einstellung, einfach in den Tag hineinzuleben, wahnsinnig beeindruckt gewesen. Bei ihr war jede Minute von vorn bis hinten durchstrukturiert, Alex war so locker und fröhlich und schaute selten auf die Uhr. Einmal hatte er am Montagmorgen einfach ihren Wecker ausgestellt und gesagt: „Heute machen wir blau und fahren an die Nordsee."

„Das geht nicht, die Firma", hatte Charlotte gesagt.

„Du hast Angestellte", war Alex' Meinung gewesen, und damit hatte er ja völlig recht. Sie waren im Cabrio nach St. Peter-Ording gefahren und hatten sich einen wundervollen Tag gemacht, der Charlotte einen Sonnenbrand auf der Nase, einen Strohhut, Modeschmuck, ein Strandtuch, eine leckere Meeresfrüchtepfanne, Eis und eine Menge gute Laune eingebracht hatte. Sie hatten Luftmatratzen gekauft und ließen sich von den Wellen rauf- und runterschaukeln; es war einfach herrlich gewesen. Später hatten sie unglaubliche Lust auf eisgekühlten Weißwein bekommen und sich spontan in einem Hotel mit Meeresblick eingemietet, noch mal gut gegessen und noch mehr getrunken. Und dann hatten sie wahnsinnig guten Sex gehabt.

„Ich war noch nie so glücklich", hatte Charlotte danach geflüstert, und Alex hatte sein Glas gehoben und gesagt: „Dann mache ich ja alles richtig. Wie schön. Das, mein Schatz, hast du auch verdient."

Sie fühlte sich sicher und geborgen. Wie auf der *Titanic*, bevor der Eisberg kam und man merkte, dass das Schiff zu wenige Rettungsboote hatte. Und sie hatte bis zum Schluss nicht gemerkt, dass Alex irgendwie unecht war und dass er sich auf ihren Lorbeeren ausruhte und dabei viel zu viel trank. Er hatte sich an das bequeme Leben mit ihr und ihrem Geld einfach gewöhnt. Alex gehörte nicht zu den Männern, die unbedingt ein eigenes Einkommen haben mussten.

Es war so lange her. Über zwölf Jahre. Damals war sie vierzig, jetzt zweiundfünfzig. Nach drei Jahren Ehe war das Aus gekommen, und sie hatte es erst zum Schluss gemerkt, als es zu spät war.

Charlotte ging zur Terrasse und öffnete die Tür. Die klemmte nach so langer Zeit immer noch, Vögel zwitscherten. Der Frühling schien fast da zu sein. Oder zwitscherten manche Vögel immer?

Langsam ging Charlotte raus und sah sich weiter um. Der Holzboden der Terrasse müsste mal wieder mit Teaköl behandelt werden. Aber vielleicht würden sie das nach dem Winter erledigen. Sie ging wieder ins Haus, an den beiden italienischen Sofas und dem Barockspiegel vorbei, und sah, dass hier immer noch ihre orientalischen Teppiche lagen. Sie hatte sie mit Alex gemeinsam auf einer Auktion ersteigert, ein Pärchen aus dem neunzehnten Jahrhundert war das. Angeblich hatten sie mal im Schlafzimmer der Mätresse irgendeines Königs gelegen. Alex und sie hatten das wahnsinnig romantisch gefunden. In der offenen Küche die Pavoni-Espressomaschine, in der Schublade das silberne Christofle-Besteck im klassischen Augsburger Faden, das sie beim Stöbern in einem Münchner Antiquitätengeschäft gefunden hatte. Es hatte zufälligerweise ihre Initialen gehabt: CF. Charlotte Fürst. Sie hatte sich oft gefragt, wem das wohl mal gehört hatte. Da – das Porzellan von Meissen, die Elektrogeräte von Miele. All das hatte sie gekauft. Ihr hatte so viel an diesen Dingen gelegen. Sie verließ die beiden Räume und ging hinaus in den Flur, sah sich weiter um. Langsam, um bloß alles in sich aufzunehmen, ging sie über den Marmorboden im Eingangsbereich, hob den Kopf, um den uralten Kronleuchter aus Frankreich anzuschauen, den man mittels einer Seilwinde hoch- und runterlassen konnte. Alle paar Monate war ein dreiköpfiges Reinigungsteam gekommen und hatte Stunden damit zugebracht, die Prismen und Birnen zu reinigen oder auszuwechseln. Der Lüster hatte einen Durchmesser von fast zwei Metern. Charlotte hatte ihn von einem Kunden zum Dank geschenkt bekommen. Warum, wusste sie nicht mehr. Wahrscheinlich hatte sie seine Mitarbeiter so gedrillt, dass die Firma endlich wieder schwarze Zahlen schrieb. Oder er hatte mit ihrer Hilfe beziehungsweise der Mithilfe der Anwaltskanzlei, mit der Charlotte damals zusammenarbeitete, die Hälfte der Belegschaft entlassen können, ohne Abfindungen zahlen zu müssen. Einen Großteil dieses Geldes hatte dann Charlotte bekommen.

War das eigentlich alles richtig gewesen?

Da, das Bild von … wie hieß der Künstler gleich? Wie hieß er nur? Chagall hieß er. Es war eines der weniger bekannten gewesen, deswegen hatte Charlotte es sich gerade so leisten können. Alex wollte es unbedingt haben, er als Künstler legte großen Wert auf so etwas. Dann hatte er also einen Chagall gehabt. Und noch so einiges mehr. Den 911er zum Beispiel oder den Jaguar. Sie selbst war oft Rad gefahren, auch um fit zu bleiben. Aber Alex liebte seinen kleinen Fuhrpark.

Auch in ihrem Arbeitszimmer war kaum etwas verändert worden. Der alte Mahagonischreibtisch mit der grünen Lederauflage, dem Tintenfass und Stifthalter. Der Ohrensessel. Die vielen Regale mit allem möglichen Krimskrams drin. Die maßgeschneiderten Rollos, die man so einstellen konnte, dass das Licht im Raum wie flüssiges Silber und verzaubert wirkte. Die kleine Anlage, aus der oft die klassische Musik klang, die Charlotte so mochte, wenn sie zu Hause arbeitete. So wie es aussah, saß jetzt wohl Vivian immer hier. Und – Charlotte ging näher zum Schreibtisch – ganz offenbar trank sie aus ihrer Tasse. Es war eine Keramiktasse aus dem Elsass, auf der Charlottes

Name stand. Vivi und sie hatten ein Wochenende in Straßburg verbracht, Weinbergschnecken und Foie gras mit Zwiebelmarmelade gegessen und süffigen Wein getrunken. An einem Marktstand hatte Charlotte diese Tasse entdeckt, und Vivi war traurig gewesen, weil es keine Tasse gab, auf der Vivian stand, da der Name wohl zu selten war.

Vivian hatte bei allem, was war, also auch noch die Nerven, aus ihrer Tasse zu trinken. Das fand Charlotte mit am schlimmsten. War sie so wenig wert, war sie so in Vergessenheit geraten, dass man einfach so aus ihrer persönlichen Tasse trank, ohne ein schlechtes Gewissen zu haben, ohne an sie zu denken? Charlotte musste schlucken.

Vivian und Alex waren wohl in der Firma. Klar, es war ein normaler Mittwoch, kurz vor zehn Uhr morgens. Was Alex da genau machte (er hatte keinen Schulabschluss, logischerweise kein Studium und auch keine Ausbildung, nur die „des Lebens", wie er sagte, und von Unternehmensberatung verstand er so viel wie von höherer Mathematik), war Charlotte genauso wenig klar wie die Antwort auf die Frage, wie alles so aus dem Ruder hatte laufen können.

Sie ging zurück in die Küche, öffnete den Kühlschrank und aß, was sie finden konnte. Hinterher wusste sie noch nicht mal mehr, was es war. Dann ging sie in den Keller. Da stand all das, was in einem Keller eben so stand. Neben einem Fitnessraum auch ein Werkraum. Hier hatte Alex unter anderem Bilderrahmen aus Holz gefertigt und verschieden große Staffeleien gebaut. Wenigstens das konnte er. Und wenn Charlotte sich nicht irrte, lag hier auch ein sehr großer Vorschlaghammer, der noch vom Vorbesitzer stammte. Sie und Alex hatten oft überlegt, wozu der Vorbesitzer den brauchte. Vielleicht hatte er seine Frau damit erschlagen und irgendwo im Haus eingemauert. Eine gruselige Vorstellung, trotzdem hatten sie albern kichern müssen.

Da lag der Hammer. Charlotte hob ihn hoch und lachte nicht.

Mit dem schweren Teil in der Hand ging sie wieder nach oben.

Februar 2014
Anne

Die Daunenjacke war viel zu groß, doch das war Anne egal. Es war ihr immer noch peinlich, die abgelegten Kleider von anderen zu tragen, aber was sollte sie tun? In ein Geschäft gehen und klauen? Nein. Mittlerweile hatte sie den Dreh raus, diese Schiebeklappen von Altkleidercontainern so zu bedienen, dass sie mit einer langen Stange Dinge rausziehen konnte. Einmal hatte sie auch gewartet, bis die Männer kamen, die den Container leerten, und die beiden waren so freundlich gewesen und hatten ihr erlaubt, sich die Sachen zu nehmen, die sie brauchte. „Da hast du deinen eigenen Secondhand-Shop", hatte der eine Fahrer freundlich gesagt, und Anne hatte genickt, wobei sie sich zum hundertsten Mal fragte, wieso sie eigentlich immer und von jedem automatisch geduzt wurde. War man ein Kind, wenn man auf der Straße lebte? Oder dachten die Leute, alle Obdachlosen seien automatisch zu blöd, um zu wissen, dass man jemanden auch siezen konnte? Oder dachten sie, „so jemand" sei eh nichts wert? Anne machte sich oft über solche Fragen Gedanken. Sie hatte ja jetzt Zeit.

Es war kalt. Nachts Minusgrade. Schließlich nahm sie die Jacke und zwei große Herrenpullover. Dazu Stiefel, die ihr zu groß waren. Das war gut. Da konnte man mehrere Socken anziehen. Zu enge Schuhe waren das Schlimmste. Anne zog ihre Schuhe nachts natürlich nicht aus. Was, wenn man plötzlich aufstehen und wegrennen musste? Schon ein paar Mal war es vorgekommen, dass irgendwelche Idioten auftauchten und sie vertrieben. Einem hatte sie mal „Hau ab, du Penner!" zugerufen und zu spät gemerkt, wie lächerlich dieser Ausruf doch gewesen war.

Anne nahm die Sachen und stopfte sie in den Einkaufswagen, den sie vom Edeka geklaut hatte. Der Edeka hier war einer der rar gewordenen Supermärkte, die noch kein Münzsystem für ihre Wagen hatten. Den alten Einkaufswagen hatten ihr besoffene Jugendliche am Samstag weggenommen und durch die Gegend gekickt. Danach hatten sie den Wagen in die Alster geschmissen.

Anne hatte versucht, nicht zu weinen, musste es dann aber doch tun. Sie war herumgelaufen und hatte ihre Sachen zusammengesucht, aber der Wagen war verloren, die Alster zu tief an dieser Stelle. Natürlich hätte sie jemanden fragen können, ob er ihr half, es liefen genügend Leute mit Hunden oder joggende Pärchen herum. Aber Anne hatte die Erfahrung gemacht, dass man sich das auch sparen konnte.

Sie war mal wieder hier, in Eppendorf. Alle paar Wochen kam sie her, in ihre „alte Ecke“. Manchmal ging sie zur Agentur im Eppendorfer Weg und schaute nach oben. Auf dem Fensterbrett ihres einstigen Büros stand eine Sonnenblume in einem goldenen Übertopf.

In ihrer Wohnung im Abendrothsweg wohnte jetzt ein hippes Paar. Es war eine schöne Wohnung im ersten Stock mit drei Zimmern und zwei Balkonen. Dielenboden, weiß lackierte Schiebetüren mit Scheiben, in die Jugendstilornamente in Milchglas eingearbeitet waren. Eine schicke Einbauküche, ein grau-weiß gefliestes Bad. Ein rosarotes Leben.

Anne schaute hinauf. Da hingen ihre alten Balkonkästen aus Terrakotta, die sie mal aus Italien mitgebracht hatte, darin befanden sich Buchsbäumchen, von der neuen Bewohnerin der Wohnung sorgfältig in einen Kälteschutz gewickelt. Vielleicht würde sie im April oder Mai ein paar Primeln oder Narzissen in die Kästen tun und gemütlich mit ihrem Mann auf dem Balkon sitzen und die Nase in die ersten warmen Sonnenstrahlen halten. In den schönen Korbsesseln, die Anne wie alles zurückgelassen hatte. Zurücklassen hatte müssen.

Die letzten Monate damals, im Oktober 2012, waren entsetzlich gewesen. Wie sie aus dem Job gemobbt wurde, wie eiskalt ihr Chef sie rausgeschmissen hatte. Wie sie ihre Miete nicht mehr zahlen konnte und ihre Freunde sich von ihr abgewandt hatten. Keiner war mehr da, niemand hatte Zeit. Manche hatten ihre Handynummer gewechselt. Dani, eine gute Bekannte, war sogar mal schnell auf die andere Straßenseite geflüchtet, als sie Anne sah.

Dann der Vermieter, der von seinem Vermieterpfandrecht Gebrauch machte („Tja, da kann man nichts machen, Frau Holzhäuser“), nachdem der Gerichtsvollzieher kam und ihr mitgeteilt hatte, dass ihr nichts mehr gehörte, und sie auf die Straße gesetzt hatte. Zwangsräumung. Anne hatte die Post zum Schluss nicht mehr geöffnet. Sie war zum Schluss auch nicht mehr rausgegangen. Sie hatte gar nichts mehr gemacht zum Schluss, zum Schluss, zum Schluss. Ganz am Anfang, vor dem Schluss, hatte sie noch Hoffnung gehabt. Arbeitsamt, Hartz IV, tausend Formulare, Vorstellungsgespräche, die nichts brachten außer Kopfschmerzen und Schwindel, weil ihr alles zu viel war, sie stand kurz vor dem Zusammenbruch, zitterte, übergab sich einfach so, konnte nicht schlafen, schwitzte, fror, hatte kein Zeitgefühl mehr, konnte sich plötzlich nicht mehr richtig artikulieren, alles Vorboten der schweren Depression, die dann auch zuverlässig an die Tür klopfte, um es sich in Anne gemütlich zu machen. Ihr Hausarzt hatte ihr damals noch eine Überweisung zu einer Psychotherapie ausgestellt, da konnte sie die Kassenbeiträge noch bezahlen. Sie hatte dann tatsächlich eine Therapie angefangen, aber war dann aus der Krankenkasse geflogen, und es dauerte der Therapeutin zu lange, bis Anne das mit der Arbeitsagentur wegen der Kostenübernahme geklärt hatte. Zugegebenermaßen war diese Klärung sehr langsam vor sich gegangen, weil Anne alles so mühevoll fand und vieles vergaß. Und dann beendete die Therapeutin die Zusammenarbeit von heute auf morgen, was Anne in ein tiefes Loch stürzen ließ. Sie hatte diese Hanna Winterstein sogar angebettelt und geweint, was sie würdelos fand, aber es ging nicht anders, sie konnte nichts dafür, sie hatte solche Angst, wieder allein dazustehen. Die Gespräche hatten sie ein Stück vorangebracht, doch es lag noch ein langer Weg vor ihr. Aber Frau Winterstein ging gar nicht mehr ans Telefon, Anne sprach gefühlte hundert Mal heulend auf den Anrufbeantworter, und nie erfolgte ein Rückruf; die Tür wurde auch nicht geöffnet. An der Sprechanlage wurde sie von Frau Winterstein angeschnauzt. Das sei ja schon Stalking. Daraufhin war Anne zu gar nichts mehr in der Lage und konnte sich überhaupt nicht mehr aufraffen. Einmal hatte sie Frau Winterstein noch gesehen, da war sie aber schnell vor ihr weggelaufen. Sie biss sich die Fingernägel blutig, was sie früher nie getan hatte. Der Verfall begann. Es war alles so scheißegal.

Es war noch recht früh am Tag, und Anne hatte Hunger. Sie hatte *immer* Hunger. Vierundzwanzig Stunden am Tag. Sie beschloss, in eines der ganz reichen Viertel zu gehen, da warfen die Leute manchmal richtig gute Sachen weg. Sie hatte einmal ein noch nicht angebissenes belegtes Brötchen aus einem Mülleimer gefischt und sogar zwei Mettwürste. Später würde sie sich irgendwo dort einen Schlafplatz suchen, sie könnte natürlich auch in eins der Wohnheime gehen, aber das vermied sie, wann immer es ging. Sie hatte noch ein klein wenig Selbstachtung, wollte sich nicht in eine Reihe stellen mit den verwahrlosten, gescheiterten Existenzen, die stanken und randalierten. Also versuchte Anne, auch bei Kälte draußen zu schlafen. Sie besaß zwei Isomatten, die hatte sie mal vor einem Sportstudio gefunden, das alte Sachen vor den Eingang gelegt hatte, damit die Sperrmüllmitarbeiter sie abholten. Außerdem hatte sie einen dicken Schlafsack und jetzt die Daunenjacke, es müsste also gehen. Heute würde sie in Pöseldorf bleiben und abends irgendwo an der Alster ihr Lager aufschlagen. Sie musste morgens nur früh genug fort sein. Am besten, bevor die ersten Jogger kamen. Wobei die ihr nichts taten – sie machten immer nur einen Bogen um sie. Als ob sie die Krätze hätte oder sonst was. Dabei hatte sie gar nichts. Im wahrsten Sinne des Wortes. Aber sie war immer froh, wenn eine Nacht rum war. Einmal hatte sie in irgendeinem Park verschlafen, zwei Schulkinder waren vorbeigekommen, stehen geblieben und hatten dann ihre Schulbrote aus den Rucksäcken gekramt und sie ihr in die Hand gedrückt. Auf dem einen war Leberwurst gewesen, auf dem anderen Salami und Käse. Einen Schokoriegel hatten sie ihr auch noch geschenkt. Anne war so überrascht gewesen, dass sie noch nicht mal Danke hatte sagen können.

Am meisten Angst hatte sie vor der Angst. Wenn es dunkel wurde, kam die nämlich angeschlichen. Es war nicht so schlimm, wenn andere Obdachlose in der Nähe waren, wobei sie sich auch bei denen nicht wohl und sicher fühlte. Die meisten waren betrunken und bekamen sowieso nichts mehr mit, egal ob wach oder schlafend. Manchmal übernachtete Anne tatsächlich in einem Wohnheim, gerade im Winter. Aber dort war es furchtbar. So dämlich es klang – sie fühlte sich den anderen gegenüber auf eine arrogante Art überlegen, nach so vielen Monaten immer noch. Und sie hatte schreckliche Angst davor, dass sie so enden könnte wie diese Frau, die in ihrem Alter war und nur noch drei schwarze Zähne im Mund hatte. Anne legte Wert darauf, nicht obdachlos zu *wirken*. Es gelang ihr nicht immer. Manchmal hatte sie einfach keine Kraft mehr, für nichts. Sie mied sinnfreie Gespräche mit anderen, am liebsten war sie allein. Oft saß sie da und träumte vor sich hin. Von ihrer Wohnung bei Kerzenschein und im Herbstwind wehenden Vorhängen, von Abenden mit Freunden, viel Wein, Fondue und selbst gemachten Dips. Ihre Aiolisoße war der Hit, keine schmeckte besser. Ihre Freunde ... weg waren sie. Alle. Waren es Freunde gewesen? Was war mit Elli, mit Stella, mit Dirk und Basti und den anderen aus der alten Clique? Sie hatten sich, nachdem Anne ihren Job verloren hatte, sowieso nicht mehr oft gemeldet, auch weil sie so komisch geworden war. Anne hatte Dirk und Elli damals gebeten, ihr Geld zu leihen, nur zur Überbrückung, aber ihre Freunde hatten behauptet, gerade nicht flüssig zu sein. Die Beiträge für die Lebensversicherungen und die monatliche Belastung für die Eigentumswohnungen waren ja auch höher geworden. Klar. Anne war irgendwann eingefallen, dass sie von Dirk sowieso noch Geld bekam. Sie hatte ihm in einer Notsituation mal fünfhundert Euro geliehen. Als sie Dirk auf den Anrufbeantworter gesprochen hatte, rief er nicht zurück. Als sie vor seiner Wohnung auf ihn gewartet hatte, behauptete er, dass er ihr das Geld schon längst zurückgegeben hätte. Sie war zu diesem Zeitpunkt bereits so verwirrt, dass sie sogar in Betracht zog, es könnte stimmen. Also hatte sie die Sache dann auf sich beruhen lassen. Irgendwann nach ein paar Wochen, als sie nachts auf einer Bank lag und die Sterne beobachtete, fiel ihr ein, dass Dirk ihr das Geld nie zurückgegeben hatte. Es war ihr egal. Sie hatte dagelegen und weiter in den Himmel geschaut, während es später und später wurde. Einmal meinte sie, eine Sternschnuppe gesehen zu haben.

Aber sie hatte sich dann doch geirrt. Da war keine Sternschnuppe am Himmel. Anstatt sich etwas zu wünschen, hatte sie stattdessen auf Rascheln und andere Geräusche geachtet, und oft klopfte ihr Herz. Denn sobald es dunkel wurde, kam dieses Gefühl der Hilflosigkeit, die Furcht davor, dass jemand ihr etwas antun könnte. Anne fehlte die Sicherheit von Wänden und Türen, das, was früher selbstverständlich gewesen war, vermisste sie so sehr, dass es wehtat. Ihr schönes Bett mit der guten Matratze, die Möglichkeit, sich immer *einfach so* Kaffee zu machen oder Essen aus dem Kühlschrank zu nehmen.

Ihr fehlte das normale Leben. Gemeinsames Kochen, Lachen und ins Kino gehen, das Knarren des Dielenbodens an einer bestimmten Stelle, Baden in Lavendelschaum, die blonden Locken bei ihrem Stammfriseur um die Ecke in Form bringen lassen, Maniküre bei Frau Hollinger, die immer über ihren Hund redete, zweimal die Woche Sport. Alles weg. Wenn sie an all das dachte, schossen ihr die Tränen in die Augen. Nicht dran denken, nur nicht.

Ihr Magen knurrte. Es war Februar. Wie sollte das weitergehen? Sie rappelte sich auf und lief Richtung U-Bahn, fuhr in Richtung Pöseldorf, durchforstete die Mülleimer und schaute, ob sie was finden konnte. Ihre Ausbeute nach einer halben Stunde waren ein Schokoriegel, eine halbe Flasche Cola und ein Stück von einem Plunderteilchen mit Zuckerguss. Sie verschlang alles gierig, dann ging sie weiter, an ein paar schönen Häusern vorbei. Aus einem besonders hübschen Patrizierhaus drang ein ohrenbetäubender Lärm. So, als würde jemand das komplette Mobiliar zertrümmern. Aber vielleicht wurde auch nur renoviert. Was ging sie das an? Trotzdem blieb sie einen Moment stehen und lauschte.

„In Touch“ mit MIRA!

Das **Verlagsprogramm** elektronisch abrufbar

Interaktiv dabei sein: **Buchbesprechungen**, **Gewinnspiele**, **Aktionen**, **Leseproben** und vieles mehr.

Folgen Sie uns auf **Twitter**, **Facebook**, **Instagram**, **Pinterest** und **google+**

www.mira-taschenbuch.de

MIRA TASCHENBUCH

Tanja Janz
Strandperlen

Band-Nr. 25838
9,99 € (D)
ISBN: 978-3-95649-181-8
eBook: 978-3-95649-436-9
304 Seiten

Tschüss, St. Peter-Ording: Tante Lilo, nicht mehr ganz frische 65, muss aus Gesundheitsgründen in wärmere Gefilde ziehen. Aber was wird nun aus ihrer geliebten Strandperle? Entschlossen vermacht sie das Unternehmen ihren zwei Nichten Insa und Stephanie. Zwei gestandene Frauen, die sich nur vom Hörensagen kennen …

Für Insa ist der Nordseeort eine willkommene Abwechslung zum Schnellimbiss in Gelsenkirchen, für Stephanie die perfekte Fluchtmöglichkeit von ihrem betrügerischen Ehemann in Düsseldorf. Doch kaum erreichen sie ihr Erbe, knirscht der Sand im Getriebe ihrer Hoffnung! Denn statt einer schnuckligen Strandpension hat ihnen Tante Lilo einen heruntergewirtschafteten Campingplatz vermacht. Watt für ein Sommer am Meer …

Band-Nr. 25744
8,99 € (D)
ISBN: 978-3-95649-009-5
eBook: 978-3-95649-314-0
304 Seiten

Anna Gold
Verpissimo!

Italienische Sprachkenntnisse sind nur eine Frage der Einstellung!

Auswandern nach Italien! Nix hält Dana und ihre allerbeste Freundin Mel in Deutschland: Ihre Jobs sind ätzend, ihre Freunde (Käfer-Klaus und Mickey) betrügerisch beziehungsweise Muttersöhnchen. Kurzentschlossen investiert Mel in eine Villa im Piemont, die ihr der italienische Makler am Telefon ans Herz gelegt hat. Eine Frühstückspension ist angedacht. Nur: Der schrullige Vorbesitzer (Müll-Mastro, die Altlast) weigert sich auszuziehen. Zahlende Gäste kommen entweder gar nicht oder sind Rocker. Oder Grufties. Meer ist weniger, und was um alles in der Welt ist die Kottize Fischikale?

Die Freundinnen sind mittendrin im dolce vita für Hartgesottene inklusive italienischer (Alb-)Traummänner …